# 扶贫现场

——广东公安脱贫攻坚战的故事

广东公安文联　　韩唐　著

群众出版社
·北京·

图书在版编目（CIP）数据

扶贫现场——广东公安脱贫攻坚战的故事／韩唐著．——北京：群众出版社，2021.6
ISBN 978-7-5014-5937-7

Ⅰ.①扶… Ⅱ.①韩… Ⅲ.①纪实文学—中国—当代 Ⅳ.①I25

中国版本图书馆 CIP 数据核字（2021）第 119970 号

## 扶贫现场——广东公安脱贫攻坚战的故事
### 韩唐 著

出版发行：群众出版社
地　　址：北京市丰台区方庄芳星园三区 15 号楼
邮政编码：100078
经　　销：新华书店
印　　刷：天津盛辉印刷有限公司

版　　次：2021 年 8 月第 1 版
印　　次：2021 年 8 月第 1 次
印　　张：9.5
开　　本：880 毫米×1230 毫米　1/32
字　　数：198 千字

书　　号：ISBN 978-7-5014-5937-7
定　　价：49.00 元

网　　址：www.qzcbs.com
电子邮箱：qzcbs@sohu.com

营销中心电话：010-83903991
读者服务部电话（门市）：010-83903257
警官读者俱乐部电话（网购、邮购）：010-83901775
公安业务分社电话：010-83905672

本社图书出现印装质量问题，由本社负责退换
版权所有　侵权必究

# 前　言

2021年是中国共产党成立100周年。中国共产党自诞生之日起，就把为人民谋幸福、为中华民族谋复兴作为初心使命，团结带领全国各族人民与贫困作斗争。中国共产党的百年发展史，就是消除贫穷与落后、让人民过上好日子的百年奋斗史。

党的十八大以来，在以习近平同志为核心的党中央领导下，全国上下齐动员，采取一系列卓有成效的政策举措，组织实施了人类历史上规模空前、力度最大、惠及人口最多的脱贫攻坚战。2021年2月25日，习近平总书记在全国脱贫攻坚总结表彰大会上庄严宣告：脱贫攻坚战取得了全面胜利，中国完成了消除绝对贫困的艰巨任务，创造了又一个彪炳史册的人间奇迹！

在这场伟大战役中，广东公安队伍坚决贯彻落实习近平总书记关于脱贫攻坚重要指示精神，在省委统一领导下，在厅党委正确指挥下，充分发扬广东公安不畏艰险、砥砺奋进的优良传统，以干公安的精神干扶贫，高水平超预期完成脱贫攻坚任务，为我省打赢脱贫攻坚战作出了应有的贡献。截至2020年年底，全省各级公安机关对口帮扶贫困村全部实现脱贫摘帽，脱贫群众生活水平显著提升，脱贫地区落后面貌发生根本改变，脱贫群众精神风貌焕然一新，脱贫地区基层治理能力明显增强，涌现出以合江村为代表的新农村建设示范样板村，广东公安四名民警荣获"全国脱贫攻坚先进个人"称号，取得了丰硕的脱贫攻坚成果和优异的发展成绩，切实履行好党和人民赋予的新时代使命任务，无愧于对党和人民许下的庄严承诺。

本书以广东省公安厅扶贫工作队对口帮扶罗定市合江村的真实事件为基础，以牟维照、黄文学等扶贫工作队队员为原型，通过大量真实故事，记录了从2016年3月到2021年5月，五年多来广东公安在脱贫攻坚战役中面临的困难和挑战，再现了扶贫工作队不忘初心、砥砺奋斗，将一个偏远落后、集体年收入不足两千元的贫穷山村建设成为如今集体年收入超八十万元的新农村建设示范村的感人历程。

全书情节均取材于真实事件，从工作队初到贫困村的迷茫、村民的不理解不配合、振兴乡村经济的艰难探索、队员们的巨大牺牲和奉献等方面，生动展现了公安队伍在脱贫攻坚中迎难而上、开拓创新、带领村民脱贫奔小康的奋斗历程，深刻反映了中国共产党带领全国人民开创新时代、奋斗新征程的伟大功绩。在庆祝建党100周年的历史时刻，全面总结广东公安在脱贫攻坚事业中取得的丰硕成果，生动展现人民公安对党忠诚、不畏牺牲、不负人民的铁军形象，从而更加深刻地领悟中国共产党带领全国各族人民开创新时代、奋斗新征程的伟大功绩。

习近平总书记指出：脱贫摘帽不是终点，而是新生活、新奋斗的起点，在全面建设社会主义现代化国家新征程中，我们必须把促进全体人民共同富裕摆在更加重要的位置，让广大人民群众获得感、幸福感、安全感更加充实、更有保障、更可持续。全省公安机关和广大民警要把脱贫攻坚精神转化为做好公安工作的强大动力，坚决贯彻落实习近平总书记重要讲话精神，始终保持昂扬精神和旺盛斗志，以更加强烈的政治担当、使命担当、责任担当，全力做好当前各项公安工作，坚决捍卫祖国政治安全、全力维护社会安定、切实保障人民安宁，以党和人民满意的新业绩、新形象庆祝中国共产党成立100周年！

# 目　录

引　子／1

一个电话，我成了扶贫干部／5

接二连三的下马威／31

撸起袖子加油干／49

我们到哪儿，哪儿风气好／75

奋战，以公安作风干扶贫／105

脱贫路上，一个也不能少／131

流血时刻，我们从不退缩／159

为种辣椒，工作队和村支书吵架／187

病有所医、幼有所学，挫折中的艰难探索／217

乡村蝶变，是谁让我眼含热泪／245

扶贫五年，我成了孩子眼中的英雄／265

后　记／289

# 引 子

2016 年以前合江村贫困户居住的危房

1996年春天，对单恒兴一家来说永生难忘。

这一天，单恒兴五十多岁的母亲早早起床，把刚盖好的二层砖瓦房里里外外打扫了一遍，然后搬把椅子坐在门前的院子里晒太阳。

春风拂面，草木青葱。

院墙外是连绵不绝的山，山上长满了竹，竹林里不时发出沙沙的响声，听起来舒适又惬意。

这时，院子外面传来一声女人的惊呼，紧跟着一道黑影嗖地钻进院子，朝单恒兴的母亲冲过来。

"阿奶！"

"哎哟，你这个祥仔，吓死我了！"

一个五六岁的男孩儿抓着单母的手使劲儿摇晃，噘着小嘴直嚷嚷："阿妈说好带我去镇上买玩具，说好的又变卦！阿奶带我去。"

话音刚落，男孩儿的妈妈就从身后一把揪住儿子的衣领，怒气冲冲地说："说过你多少次，这几天不要乱跑，一转眼就不见影子，你是要把我气死吗？"

"阿奶……"男孩儿眼泪汪汪地看着单母。后者赶紧把孙子从儿媳妇手里"解救"出来,不住地安慰:"祥仔乖,你听阿妈的话,阿奶就带你去镇上买玩具。"

"阿妈,你太宠他了,以后他就更不听话了。"儿媳妇看着祥仔得意的样子无奈道,"要是隔壁……"

"诶,当着孩子面不要说这个。"单母打断儿媳妇的话,搂着祥仔慢慢摇晃,"男人的事,让他们处理吧。"

婆媳二人正说着话,没注意院墙外又有人影闪过,那人个头不高,身上穿着脏兮兮的军绿色劳动布褂子,瘦削的脸上胡子拉碴,头发蓬乱,手里提着一把菜刀。

"阿荣,你怎么来了?"单母发现不对立刻从椅子上站起来,把孙子护在身后,旁边的儿媳妇也呆住了,手脚微微颤抖,紧张地盯着对方。

"干什么?"阿荣竭力压低声音,双眼似要喷出火来,"我就是咽不下这口气!"

一边说一边朝三人走去。

"你别做傻事!"

"啊……救命,杀人啦!"

"阿祥,快跑!"

"阿奶,我怕,呜呜……"

……

很快,单家的院子里再次恢复平静,山里的竹林仍旧被风吹得沙沙作响,春天的阳光照得大地暖洋洋的,可椅子上已经空无一人。

# 一个电话,我成了扶贫干部

牟维照在贫困户家中走访

2016年3月20日,星期天,对于广州来说正是"回南天"的季节,空气里潮湿得能滴下水,建筑物的墙面、地板上到处都是水渍,整个城市闷热如蒸笼。

这天一早,黄文学匆匆吃过早饭,换上衬衣西裤,对着镜子左照右照,还时不时用手捋两下锃亮的头顶。

刚上初一的女儿黄子琪迷糊着眼睛去厕所,看见黄文学搔首弄姿的模样一脸嫌弃:"老黄,你一大早捯饬得那么英俊,到底是出门还是出轨?别忘了你老婆还在屋里呢。"

黄文学正对着镜子咧嘴笑,听见女儿连爸爸都不叫,嘴角瞬间耷拉下来,恶狠狠地瞪她一眼:"跟谁老黄呢,我是你爸!"

"哼,你就作吧,等你老婆发现你一大早偷偷摸摸凹造型,你就不是我爸了。"黄子琪根本不吃他那一套,打个哈欠进了厕所,"咣当"一声关上门,把黄文学噎个半死。

"吴小燕,看看你闺女,都成啥样了,没大没小的。"黄文学气不过,朝着卧室喊了一嗓子,然后弯腰去穿皮鞋。

"老黄,你自己丫头没长明白,少往别人身上赖,都是你惯成这样的。"吴小燕的声音毫不示弱,从卧室里砸出来,"我跟你说,孩子已经上初一了,以后归你负责,别再烦我。"

"行,我一会儿就买个棒球棍回来,以后我揍她你可别拦着。"黄文学擦了擦皮鞋,原地跳了两下,感觉精神很抖擞,这才推门离开。

坐在出租车上,黄文学心里还在琢磨,以前乖巧又懂事的女儿从啥时候开始变成刺猬的,张嘴就呛人,简直没法跟她说话了,难道这就是叛逆期?以后自己是不是得多加加班,离这个小刺头远一点儿才行。

正胡思乱想呢,手机突然响了。

他掏出一看顿时皱眉,犹豫了半天也没接。

然而,《运动员进行曲》那激昂慷慨的旋律比他还固执,都快演奏到发奖牌的部分了,黄文学没办法只好接通:"喂,刘处啊!周末还起这么早哪?"

"小黄,别说没用的,我就问一句,我们家下水道返臭味的事儿到底还能不能解决?"电话那头声如洪钟,虽然有点儿沧桑的意思,但动力却是强劲。

"刘处,您别急啊,我们已经跟后勤协调过了。您这种老房子下面建了化粪池,下水道的污水都得在池子里过一遍才能慢慢流走,时间长了味道越来越大,就顺着管道反上去了。"黄文学耐心解释,"最好的解决办法是定期清洗化粪池,不过单位没有这笔预算,咱们家属院又没请物业,动员大家凑钱需要时间。"

"行了行了,你这话我耳朵都听出茧子了,我还没退休的时候就这么跟我说,现在我都快七十岁了还是一样的话。再过几年我去见马克思,是不是还得请他老人家出面协调一下?"

"哎,哪里话,刘处您才六十八岁,还小呢。"

"你才小!"刘处长的大嗓门又高了八度,顺着听筒弥漫在出租车里,司机师傅不着痕迹地把车窗降了一条缝隙,让马路上的噪声飘进来中和一下,并同情地通过后视镜瞥了一眼黄文学冒汗的光脑壳。

好说歹说,总算把刘处长安抚住了,出租车也抵达了目的地。

黄文学放下电话好长时间,谄媚的笑容还在脸上挂着,自从部队转业到省公安厅老干处以来,他就养成了职业习惯,见谁都先摆出一副笑脸,导致现在跟老婆吵架都是笑呵呵的。

下了出租车,黄文学调整好姿态,站在马路牙子上抬头看了看眼前高耸入云的建筑:这是广州最繁华的商业区,既有天河城百货这种地标性建筑,又有体育西路站这种地铁枢纽,还有高大上的写字楼,人只要往这儿一站,气质就自动上升两个档次。

黄文学收回目光,朝着天河城正门走去,他挺注重仪式感,今天可是个重要的日子,必须严肃对待。

几分钟后,他在一辆白色大巴前停下脚步,白色巴士经过改造,一个伸缩遮阳棚从车顶探出,下面摆着桌椅,车身刷着硕大的"无偿献血,奉献爱心"标语,红色字体苍劲有力,给人一种无限光荣的感觉。

黄文学微微一笑,驾轻就熟地填表、量血压、称体重,然后坐在沙发上开始献血。小护士看着黄文学的献血记录,用钦佩的眼神儿打量他道:"您每年都献血啊,可真了不起。"

"没什么了不起的,就是力所能及地出点儿力而已。"黄文学哈哈一笑,看了看暗红色的静脉血正顺着采血管缓缓流淌,心里有种说不出的满足,"我每年都来你们这儿,已经习惯了,将来等孩子大了我也会带她来的。"

"您肯定是个好爸爸。"小护士由衷地夸赞一句,"如果是刚满十八岁的孩子来献血,我们还有纪念奖章颁发。"

"是吗?那敢情好。"黄文学心里一喜,想着等黄子琪十八岁时就带她来献血,不过想到最近女儿各种作妖,突然又有些不确定了。

说到颁发奖章,《运动员进行曲》适时响起。黄文学一眼就看见打电话的还是退休干部刘处长,不禁一阵头痛。

"哎,你别紧张啊,小心晕血。"小护士看见黄文学一副便秘的样子,赶紧提醒道,"电话等会儿再接,刚献完血,吵架也得等半个小时。"

"不行啊,只怕我还没晕血呢,电话那头就脑出血了。"黄文学无奈地把手机放到耳朵边,"刘处啊,您好,我不是跟您解释过了嘛,现在就差几户不同意交钱,钱不够就没办法清洗……"

半个小时后,黄文学解开衬衣上面的纽扣,前心后背都被雨水浸湿,连头顶都挂满水珠,在人潮汹涌的街道上顺着人流前行。商业中心就是这点不好,出租车拦不到,网约车还加价,黄文学决定走一段路到偏僻点的地方再打车。可广州的雨季真不是闹着玩的,刚才还烈日炎炎,突然就下起雨来,黄文学躲避不及被淋了一身。现在，衣服湿漉漉地黏在身上，甭提多狼狈了。

好不容易回到家，一进门就看见女儿黄子琪正噘着小嘴在墙边罚站，泪珠儿在眼眶里打转就是不往下掉。黄文学心里一下就软了，但表面上一点儿没表露："咋了这是？怎么大周末的就在这儿站军姿？"

"切，我乐意，你管着吗！"黄子琪转过脸还是那副欠揍的模样儿。

黄文学心里刚涌出来的父爱还没泛滥就给硬怼回去了，感觉心脏都有点儿跳不动，深吸一口气默念道："亲生的，亲生的。"

"黄文学，你赶紧管管你女儿，一大早起来脸不是脸、嘴不是嘴的，我招她惹她了，说话净往我心窝子上捅。"老婆吴小燕的不满源源不断地从厨房传来，最后还不忘补一刀，"跟你一个德行！"

"行了行了，我不也被她呛得血压高了嘛，都少说两句，让我清净清净。"黄文学感觉这家没法待了，要不是浑身湿漉漉的，真有一走了之的冲动。

"砰！"

厨房里没说话声了，但传来菜刀剁排骨的声音，一下、两下……

黄文学想起老婆的工种是拿手术刀的，而且刚取得博士生导师的资格，顿时有点儿后背发紧，脖子后面升起一股凉气。

正在气氛陷入尴尬的时刻，久违的《运动员进行曲》再次响起，黄文学从来没有这么喜欢过老刘，看都没看直接接起电话："老哥啊，我很理解你家的情况，这种天气臭烘烘的谁也受不了啊!"

电话那头愣了一下,传来另一个声音:"文学啊,是我呀。"

"啊!"黄文学愣住,赶紧低头看看手机,原来是厅机关党办主任骆伟顺,立马尴尬地说,"不好意思,骆主任,我以为是反映问题的退休老干部呢。"

"没事儿,周末还忙着哪?"电话那头的声音显得挺轻松,"我有个事儿,征求下你的意见。"

"啊?什么事,您说吧。"黄文学有点儿奇怪。

"是这样,厅里马上要开始新一轮扶贫了,过几天就要开厅机关的动员会,你有没有兴趣来参与一下?"

"参与扶贫?"黄文学脑袋没转过弯儿,他搞不清楚是让他参加扶贫工作,还是说帮忙筹备会议。刚犹豫一下,就听见厨房里传来菜刀剁排骨的声音,身上不禁一哆嗦,老子惹不起还躲不起吗?于是,立刻答道,"可以,我应该没问题。"

"那就好,我去跟领导汇报,下周你就到党办来吧。"电话那头的声音更轻松了,"初定下周三开会,正好早点儿参与进来。"

放下电话,黄文学脑袋还是蒙的,参与一下是什么意思?怎么又让他去党办?难道自己要调到党办上班?是不是去党办以后就不用再为通下水道的事烦心了,好像也不错。

一回头,正好看见站在墙根儿的黄子琪冲自己冷笑:"老黄,什么好事儿笑得这么开心,是不是准备抛妻弃女了?"

黄文学这才想起来电话已经说完了,脸上的笑容还没切换过来,只好尴尬地拍拍脑袋打个哈哈。没想到黄子琪却没打算放过他,扯着嗓子冲厨房喊:"妈,你老公要去扶贫,不要咱娘俩儿了。"

三天后。

省公安厅扶贫工作会议召开，厅主要领导宣布新一轮扶贫工作正式启动，厅机关将对口帮扶罗定市合江村，并且成立厅扶贫工作领导小组，下设办公室，还派遣三名同志组成的扶贫工作队进驻合江村。会场上，黄文学看见自己的名字赫然在列，正是扶贫工作队的一员。

会议结束后，黄文学心怀忐忑地找到厅机关党办骆主任："主任，我怎么稀里糊涂地就成了扶贫队队员了？"

哪知道骆主任根本不接他的茬，直接布置道："你们这次去的合江村从全省来说属于最穷的贫困村，而且地理位置偏远。厅党委选择这里帮扶就是因为合江村最偏远、最贫穷。你们身上的责任很重啊……"

黄文学当兵出身，参加过一九九八年抗洪和汶川大地震救援，最听不得领导跟他说任务重，骆主任还没说完，他就立正敬礼，大声道："骆主任放心，我一定尽最大努力完成任务。"

骆主任忍不住笑起来，拍拍他肩膀："家里都同意了吧？扶贫工作很有意义，不要带着包袱上阵，有什么困难告诉我，领导会帮你解决。"

"没问题，家里都说好了。"黄文学拍着胸脯保证。实际上，话一说完他就有点儿后悔。昨天晚上老婆和女儿结成统一战线，批判了他一晚上，虽然没说不让他去，但那些话句句带刺儿，扎得他心里现在还滴血呢。

"好，接下来就看你们的了。"骆主任满意地点点头，"这次的工作队队长是牟维照,他也是上一轮扶贫的负责人,经验丰富,有什么问题多向他请教。"

黄文学点头应是,拿出手机再次查看合江村的位置,看到导航显示从广州开车过去需要 4 小时 57 分钟,心里更没底了。扶贫到底是做什么呢?以后是不是就不能回家了?公安民警去扶贫,以后会不会成了边缘人?在单位还有没有前途?一连串的问题在脑袋里绕来绕去,越想越迷糊。

琢磨了半天,他决定再去找老牟打听打听。如果扶贫真回不了家,那他还是得跟领导反映,最好换个人。

去往老牟办公室的路上,黄文学连续遇见几个同事,都一脸羡慕地恭喜他要去扶贫,把他说得更蒙了。

"文学,听说扶贫工作可好了,不用在单位坐班,乡下空气也好,吃得也好,全是原生态、有机物,而且山高皇帝远,谁也管不着,多爽啊!"

"是啊,你看人家老牟,上一轮扶贫搞了好几年,身体越来越结实,大冬天还穿着短袖乱晃,你要是去了,别的不说,至少年轻十岁。"说完还有意或无意地瞟了他头顶一眼,让黄文学忍不住摸了摸光秃秃的脑袋。

"扶贫真有这么好?那为啥不见别人去呢?"

"这你就不知道了,你可是骆主任亲自挑的,谁还敢跟你争啊。"

黄文学听得心里美滋滋,一琢磨好像还真有点儿道理,不行就先看看什么情况再决定也不迟。一想到每个星期都有几天不见老婆和孩子,他心里似乎还有点儿小期待。

想着想着就到了老牟办公室，这间屋子不算大，里面摆了两张办公桌，老牟坐里面，外面坐了另一个同事，这会儿没在座位上。屋里的小沙发上还坐着一个人，戴着副黑框眼镜，头发浓密、皮肤黝黑，大概五十岁的样子，黄文学上午刚见过，是工作队的另一个同事名叫洪延彬，在警校后勤处工作。

　　"文学，来得正好，赶紧坐。"老牟是山东人，长得十分魁梧，面方口阔、大开大合，给人一种很有气势的感觉，他冲黄文学招招手，"正想给你打电话，咱们得赶紧合计一下，接下来有的忙了。"

　　黄文学坐下来，奇怪道："扶贫主要是干什么呢，接下来有什么要忙啊？"

　　老牟一瞪眼："你不知道扶贫是干什么，那就决定来扶贫了？"

　　"骆主任让我来，我就来了。"黄文学点点头。

　　老牟顿时无语，从抽屉里掏出个小药盒，一股脑倒进嘴里，然后端起台面的大茶缸咕咚咕咚灌了一大口，说："你得做好准备，扶贫可是个苦差事，整天和村民打交道，有得你烦啊！"

　　黄文学脸有点儿僵："怎么会烦呢，扶贫不是给他们送钱去吗？他们高兴都还来不及吧。"

　　"哼，高兴？"老牟冷笑一声，"看来你是真不了解，算了，反正已经上了这条船，以后慢慢体会吧。"

　　旁边一直没吭声的洪延彬也凑了一嘴："扶贫工作可不好干，穷山恶水出刁民懂不懂？我要不是没的选，才不会跑到那鸟不拉屎的地方找罪受呢!"

真有这么恐怖？黄文学将信将疑："不是说乡下空气好，吃得也好，还没人管吗?"

"什么！你听哪个蠢货说的？"老牟差点儿把刚喝进肚里的药喷出来，"那都是站着说话不腰疼，你让他们试试连续几年每星期周一到周五不回家，有时候周末还得蹲在村里，住的是农民房，吃的是水煮菜，工作完不成还得追究责任……"

黄文学听得目瞪口呆，这哪里是扶贫，这分明是去受罪啊！

老牟却不给他纠结的机会，直接把一沓子材料甩在他面前："先看一下材料，晚上收拾东西，明天出发进村。"

黄文学觉得脑袋嗡嗡直响，老牟接下来的话对他来说跟听天书似的，什么"精准扶贫""人员识别""两不愁三保障""四看、五优先、六进、七不进"等，这些乱七八糟的概念一股脑灌进来，撑得他太阳穴突突突地跳个不停。

晚上回到家，他都不敢跟吴小燕和女儿提自己以后几年长驻村里的事，只说要出趟差，下周就回来。吴小燕在书房忙着指导学生论文，心不在焉地应了一句，算是蒙混过关。女儿这里没想到更顺利，黄子琪一听他要下周回家，高兴得就差把"开心"两个字写脸上了，恨不得他赶紧走才好。

黄文学原本还准备了一套说辞，没想到昨天晚上还把他批判得体无完肤的两个人今天就跟没事儿人一样，看来自己去村里待一阵子也不错。

都是共产党员，在哪儿干工作不是干呢？

黄文学想了想也就释然了，开始打点行装，中间看见自己周末装在身上的献血证，因为怕被雨淋湿所以特意放在衣服里面的口袋，于是小心翼翼地拿出来放好，脑子里出现了一幅几年后自己带着女儿一起去献血的场景，心里一阵温暖。

第二天一早，老牟和洪延彬在厅门口等他，骆主任也来送行。他们穿着一身运动服，有说有笑，旁边还停着辆警用越野车，不知道的还以为要去旅游呢，一点儿扶贫受罪的气氛都没有。

黄文学下了出租车，心里竟也有一种说不出的轻松，好像这趟下去就是给生活做点儿调剂似的，隐隐还有些期待。

三人上车，骆主任站在车窗外叮嘱道："你们到了村里先安顿好，心急吃不了热豆腐，首先要做的是和村干部搞好关系，下面才能开展好工作。要做的工作很多，等我把手头的事处理完，马上就去跟你们会合，有什么问题随时打我电话。"

三人点头答应，驾车出发。

黄文学本想主动开车，没想到老牟说自己先开一段，回头换着来。黄文学想想也对，便不再坚持，不过他瞄了一眼仪表盘，发现这车还很新，刚跑了不到10万公里，忍不住感叹："厅里还是很给力啊，肯借这么好的车给我们。"

"不是借的，这是车队专门调过来给工作队的保障用车，骆主任费了不少劲儿才争取到的，以后咱们去村里就用它。"老牟哼着小曲儿，一脚油门，车子便出了大门，"车牌号也很棒，516，牛吧！"

"嗯，牛！"黄文学和洪延彬一起点头。

洪延彬有点儿晕车,主动要求坐副驾驶。黄文学一个人"霸占"了后排,宽敞的车身让他几乎可以伸腿睡觉,老干处最好的车也没这空间一半大,看来扶贫还是挺舒服的。

几个人有一句没一句地聊着天,车子汇入滚滚车流,上了高速朝西驶去。

开了一个多小时,刚上路时的新鲜劲儿慢慢褪去,三个人该聊的也聊完了,车厢里陷入沉默。老牟开车哪儿都好,就是有个毛病:手不喜欢抓方向盘。一会儿不是掏耳朵就是擤鼻涕,反正就没闲过。洪延彬因为晕车,紧闭双眼靠在座位上休息,眼不见心不烦。但黄文学这种操心多的人就有点儿受罪。每次看见老牟松开方向盘,一只手在口袋里掏来掏去,他心里就难受得要命,硬咬着牙才没张嘴提醒。

但越想忍反而越忍不住,当老牟第八十九次准备伸手去抠脚丫子时,黄文学实在憋不下去了:"牟哥,你累不累?要不换我开吧。"

"不累,你们好好休息,到地方还得忙活呢。"哪知老牟一点儿不累,反而换了个更舒服的姿势,一边挠脚丫子一边开,脸上一副陶醉的模样,把黄文学都快看崩溃了。

他跟吴小燕都是武大医学院毕业的,不同的是吴小燕去了医院,他参了军。但医学生的本能让他最看不得老牟这种不讲卫生的行为,更别提一边开车一边犯事儿,简直跟吞了一只又一只绿头花斑大苍蝇似的,要不是车速太快,他连跳车的心都有了。

正抓耳挠腮呢,坐在副驾驶位的老洪突然说话了:"老牟,人家文学是想开警车,你就给他尝尝鲜儿呗。"

"哦,这意思啊!"老牟恍然大悟,刚抠完脚丫子的大手牢牢握紧方向盘,略显责怪道,"我说文学,你直接说想开警车不就完了,下个服务区马上换你!"

说完,大手一挥,把方向盘里里外外摩擦了一遍,估计是准备随时打方向往服务区拐呢。

黄文学脸都绿了,看着老牟一顿骚包操作,差点儿没哭出来:这还咋开啊!

很快,服务区到了,老牟大大咧咧下了车,黄文学不情不愿地坐进驾驶位,两只手举起来又放下,就是狠不下心去抓方向盘,心里把自己骂得狗血淋头:黄文学啊黄文学,你这不是吃饱了撑的、没事儿找事儿嘛!

老牟已经在后排舒舒服服地躺下了,还不忘提醒一句:"下高速以后的路不好走,手可得把紧方向!"

黄文学含泪点头,咬牙切齿地抓住方向盘,开车上路。

很快,车后排传来老牟的呼噜声,黄文学觉得自己就是欠得慌,在后排躺着睡觉不香吗?干啥非得换过来开车呢!

不知道是不是休息够了,还是被老牟的呼噜吵得睡不着,老洪也睁开眼睛开始有一搭没一搭地和黄文学聊天,这样一来,还真转移了不少注意力。

"老洪,你昨天说自己没得选才来扶贫,是咋回事儿?"黄文学没话找话。

"唉,一言难尽。"老洪叹口气,"我那是被逼得没招儿了,迫不得已才出此下策啊!"

"啥意思？你这话听着怎么像受迫害了一样。"

"可不嘛！"老洪的表情一下丰富起来，黑框眼镜不由自主地滑到了鼻子尖儿，露出后面一双贼溜溜的眼珠子，"我问你，公安厅有没有谁在一个岗位当科长超过十八年的？"

"啊？"黄文学想了想，又摇摇头，"我还真没听说有人干这么久科长的。"

"那就是了，公安厅没有，但是警校有，就是我。"老洪一副痛心疾首的表情，"我干了十八年的伙食科长，天天泡在饭堂里，全校师生有点儿不满意就指着鼻子骂，你说换谁能受得了？"

"这……"黄文学有点儿呆，突然觉得他们这个工作队好像有些不靠谱，"咱们仨真是去扶贫的吗？我是给老干部服务的，老洪你是个厨子，只有老牟有点儿经验但好像也不太……"

黄文学通过后视镜看了看四仰八叉躺在后排打呼噜的老牟，心说这都是什么事儿啊，自己怎么稀里糊涂地就上了贼船呢？

老洪对此表示反对："你别看咱们表面看起来不专业，但跟基层打交道最怕的就是太专业，村里老百姓才不需要你有多高大上，能帮到他们就会受欢迎。"

"我跟你说，我 2008 年那会儿去韶关扶贫过几个月，对基层还是有点儿了解的，扶贫主要是做人的工作，说难很难，说不难也真不算难。等到了地方，你慢慢就体会出来了。"老洪补充道，"我当时就提出去扶贫，把伙食科长的位置让给别人，可是全学校没有一个人愿意干，大家都怕吃力不讨好，院领导最后还是硬把我拉回来继续干。这一干就到了现在，所以这次无论如何我都要换个岗位。为这事儿，学院里几个有可能接替我的人全都报名来扶贫了，结果我们还搞了几轮PK，最后还是我成功拿下。"

老洪说完有些得意地嘿嘿一笑："扶贫有啥难的，不就是带着村民种地养鸡嘛，到时候先把底摸清楚，然后整明白一共有多少资金，做好规划，哪些用于盖房子、哪些用于办学校、哪些用于做产业，不就一清二楚了。"

"这么简单？"黄文学一听好像有点儿道理，似乎扶贫也就那么回事儿。

"嗯，就这么简单。"老洪肯定道，"只要跟村里把关系处好，就什么事儿都好办。"

不知不觉，导航显示要下高速了。黄文学看看时间，他们已经开了三个多小时，下了高速还有六十多公里，相信开着警车的话用不了多久就能到。

可他一出高速收费站没多久就发觉不对，开始那段公路还算平坦，但越走施工的地方就越多，最后干脆整条路都被封得只剩一条车道，两边的汽车需要排队交替通行，这样一来，时间就没谱儿了，谁也不知道要等多久才能过去。

怎么会这样？这得多久才能到啊！

等了将近十分钟，他们好不容易才通过施工路段，可车速还没提起来呢，路况又变得坑坑洼洼起来，尽管他们开的是越野，但几个人被颠得七荤八素滋味也不好受，更何况在这种路上速度根本提不起来，如果后面全是这种路况怕是得下午才能到了。

老牟从后排爬起来,伸个懒腰,朝窗外看了看说:"嗯,这路比我前两天来的时候更差了。"

"你上个月就来过啦?"黄文学挺好奇。

"是啊,骆主任他们1月就来过了,否则咱们的吃住行哪能那么顺利?我还算晚的呢。"老牟解释道,"公安厅是省直机关里面的大户,帮扶对象可不是随便就能定的。按照厅党委要求,我们必须选最贫穷、最偏远的地方帮。老骆之前考察了不少地方,就属合江村最穷、最远,脱贫难度最大,所以才确定的这里。"

"敢情这么复杂,那咱们压力不是更大了?"

"压力小就不交给公安了,省里之所以这样定,就是看重咱们纪律严明、能打硬仗。"老牟朝车外努努嘴,"你看现在的路况很差对吧,这还是在罗定市边上,再过一会儿你就知道什么叫偏远山区了。"

黄文学踩着刹车小心翼翼从一个大坑旁边绕过去,这会儿路面上已经全是灰土,前车驶过后扬起漫天灰尘,连路都变得隐约起来。

"不会吧,这路已经够差的了,前面还能更差?"

刚说完,前面的车又依次停下来,原来远处又碰上施工了。

三个人就这样走走停停,一个多小时过去了才开出不到二十公里,而且就像老牟说的,随着远离市区,道路也开始变得弯曲起来,不仅路况糟糕,时不时出现的大弯道让车里每个人都头昏脑涨,本就晕车的老洪早就捧着塑料袋吐了几次,脸色白得瘆人,整个人瘫在座位上连说话的力气都没有。

黄文学终于明白厅里为啥给他们派了辆越野车，原来其他车根本开不过来啊！

就这样，他们早上 8 点出发，11 点多下了高速后又在省道上颠了三个小时，直到下午 3 点才赶到合江村。在老牟的指引下，车子在村委会门前停下来，三个人不约而同地长出了一口气，总算到了。

黄文学下了车，扭了扭酸疼的屁股，感觉两条腿都不是自己的了，走在路上好像踩着棉花似的轻飘飘。他想起快到合江村的最后这十几公里，有种劫后余生的感觉：前后全是半挂卡车，扬起的灰土遮天蔽日，完全看不清路。整条路只有两条车道，根本没有直路，对面的货车一辆接着一辆，想超车都做不到，只能跟在后面吃灰。而且路上还时不时碰见施工点，一停就是十几分钟，简直能把人逼疯。

"这种鬼地方，我以后再也不想来了！"黄文学在心里告诉自己，一回去就跟骆主任说，自己还是回老干处给老同志通下水道，哪怕他自己掏钱给老同志清洗化粪池，他也认了。

正在瞎琢磨，老牟已经进了村委会，很快里面就响起老牟招牌式的大笑。

老洪拉着还在神游的黄文学一起进了村委会，只见老牟正跟一个稍微上了点儿年纪又高又瘦的村干部聊天，对方还戴着一副金丝边框的眼镜，说话慢条斯理，声音不大但口音很重，跟大大咧咧的老牟正好是两种风格。

老牟向他俩介绍："这位是合江村的支书，你们叫他三哥就好，他对村里的情况特别了解，咱们接下来的工作就要靠三哥支持了。"

三哥推了推鼻梁上的眼镜，仔细打量了一下老洪和黄文学，这才露出笑脸和他们握手。

老洪是梅州人，会讲客家话和白话，很自然地就和三哥聊起来。这让只会讲普通话的黄文学在一旁干瞪眼，压根儿听不懂人家说的啥。老牟也不会讲白话，但他好歹还能听懂两句，站在旁边不时做出一副了然的表情。不过黄文学怀疑老牟是装的，因为这家伙总是等老洪和三哥笑了才会跟着笑两声，而且节奏也不对，跟自己和老同志聊天赔笑脸差不多。

老洪聊了一会儿主动跟他俩解释："他们当地讲的白话口音很重，更像广西那边的，连我听得都费劲，你们还是直接认厌让村干部帮忙翻译吧。三哥说他们没想到我们这么快就进村，等会儿先带我们四处转转，然后到镇里看一下，现在先歇会儿，顺便参观参观村委会。"

没想到几个人还没动地方呢，外面就来了两三个村民，都穿着土黄色的劳动布褂子，脚上套着雨鞋，身上斑斑点点全是泥巴，应该刚从田里干活回来。

"三哥，是不是有领导下来了？"一个村民用本地话问。

"没错，省公安厅的领导，来给咱们村扶贫的。"三哥点点头，"有事儿？"

"是阿灿的事，他昨天晚上突然走了，一点儿征兆都没有，现在人还放在家里，三哥你看该怎么办？"

"这，得赶紧办后事啊。"三哥眉头皱得很深，"你们都是本家的，先帮着料理吧，村里也会想办法帮一下的。"

"那丧葬费怎么办?"这几个村民明显不满意三哥的安排,"他们家穷成那样,不用问就知道没钱,村里不出钱我们就不办。"

"你们可是本家兄弟,帮衬一把都不行吗?"三哥语气也冷了几分。

"三哥,不是我们不想帮。而是他本来就借了我们钱,现在人死了,欠的债肯定也要不回来了。还让我们出钱办后事,这实在说不过去。"

几个村民嚷嚷着必须要村委会出钱,否则他们就不管了。其中一个村民说到激动处,干脆把挑着的水桶往地上一扔,大吼道:"我不管,反正我们没钱埋,不行今晚就把人抬到村委会门口,看你们管不管!"

三哥被他们气得老脸通红,用手指着他们,半天说不出话。

洪延彬知道老牟和黄文学听不懂,便小声翻译了一遍。黄文学听得一阵头痛,怎么刚到村里就遇见这种事,这也太背了吧。

"三哥,这个阿灿家里没人吗?"老牟奇怪道,"老婆孩子都没有?"

"有,不过还不如没有。"三哥叹口气,"阿灿老婆又聋又瞎,还不会说话,什么也做不了。大女儿在外面打工,基本不回来,还有两个小的在读小学,欠了一屁股债,你说怎么办?"

"这样啊。"老牟三人面面相觑,"是挺麻烦的。"

"可不是,以前他们家靠着他种地好歹还能勉强活下去,昨天晚上他突然心脏难受，后半夜就死在家里了。"三哥无奈道，"本来给他们家评了贫困户，还说以后就有好日子了，没想到他没这个福气。"

老牟想了想，对门口的村民说："这样好不好，你们既然是本家的亲戚，那阿灿的后事还是得辛苦大家帮忙料理一下，怎么说也是一个姓的同胞。至于丧葬费，可以让阿荣的家属给你们写个欠条，以后他们家日子好过了，再还给大家，你们看好不好？"

三哥有点儿惊讶地看着老牟，摇头道："阿灿家已经欠了不少钱。"

"放心，他们家既然是贫困户，那就是我们帮扶的对象。"老牟自信地笑道，"欠条上我来作保，一年内，保证让阿灿家把钱还上，如果还不上，到时候来找我要！"

"这样不好吧？"三哥将信将疑地看看老牟，后者却大手一挥，直接给那几个村民递上烟，开始聊天了。

"行，既然你们愿意作保，我也没意见。"三哥见状知道老牟主意已定，自己正好也少个麻烦，何乐而不为呢。

几个村民看见村委门口停的警车，再加上三哥的保证，知道这几个人确确实实是省里来的扶贫公安，于是接受了这个方案，赶着回去料理后事。

"像阿灿这种经济条件的，在村里多吗？"老牟看着几个村民远去，扭头问道。

"不少，目前我们掌握的贫困户有一百六十户，贫困程度都差不多。"三哥回答，"后面你们如果进村走访的话就知道了，我先带你们参观下村委会吧。"

说完，几个人在村委会溜达起来，说是参观，其实根本没啥可看的，整个村委会就是一栋灰不溜秋的二层农民房，一楼是村民办事的地方，二楼算是个会议室，满打满算能坐十几个人。凳子都是很有年代感的长条板凳，桌子更是坑坑洼洼看不出颜色，墙面上整片整片的墙皮已经脱落干净，露出里面的土砖，房顶上还挂着糊了一层黑泥的吊扇，跟三把砍刀似的悬在脑瓜顶上。

村委会一楼还分出来一间小屋，听三哥说租给村里的风水先生自主创业，每年租金一千八百元，算是村集体的收入。黄文学刚才下车时没注意，走出门口才发现隔壁果然是一间商铺，玻璃门上贴着花花绿绿的符纸，门框上面挂着一个土黄色的招牌"看相排命风水"，虽然透着浓浓的乡村风，但跟灰头土脸的村委会一比，感觉还挺时尚。黄文学好奇地往里面打量，发现屋门锁着，里面摆着一排货架，角落里还竖着个大冰柜，一看就是个小超市，不知道为啥非得挂个算命的招牌。

随后，三哥又带着他们走到村委后面不远的小学看了看，这会儿学生们正在上课，四层高的教学楼里不时传来有气无力的读书声，楼前是一块空地，上面长着杂草，看样子算是个操场。

参观完毕，三哥有些不好意思道："没想到你们来得这么快，村委会也没什么准备，要不晚上去我家里吃饭？我让老婆做点儿好的，如果不嫌弃的话先住我家也行。"

老牟连忙摆手："不行，住村民家里绝对不行。上一轮扶贫我们在村民家里吃住，按天付钱，结果被纪检部门批评了。我们出发的时候骆主任交代了，住宿都在镇政府，已经安排好了。"

"那我带你们去镇上，离这儿很近，开车五分钟。"三哥招呼道，"镇政府的领导应该都在，正好见见面。"

在开车前往镇政府的路上，三哥简单介绍了一下合江村：这里地处两广交界，附近全是连绵的大山，几乎看不到平地，所以村民们住得特别分散，最远的村民住在七八里地以外的山里，过着半隔绝的生活。

"那村里人靠什么为生？"黄文学听完介绍还是有些不敢相信，都改革开放这么多年了，广东竟然还有这么偏僻的地方？

三哥操着口音浓重的普通话道："村里年轻人大多出去打工，有些出不去的就只能种几分山地，养点儿鸡鸭，维持温饱。村里有两条河流过，稍大的那条叫益水河，小的那条叫中湾河，河道两侧还有一些水田，不过面积很小，只够一家人填饱肚子。"

到了镇政府，镇委书记和镇长已经在办公室等着了，双方见面少不了一阵客气。

镇委巫书记个子不高，说话语速挺快，一副精明强干的样子。寒暄过后，巫书记告诉大家，骆主任已经提前安排好了住的地方，就在镇政府宿舍，吃饭也可以在镇政府饭堂搭伙，每人每餐都有固定标准，按月结算。

大家一听这才放下心，没想到骆主任考虑得这么周全。

老牟作为工作队负责人，让三哥晚饭后回村里通知村干部开会，一是认人，二是分工安排工作，明天开始进村走访。

黄文学听着五大三粗的老牟井井有条地布置工作，心里总算有了点儿底，别看老牟外表粗犷，但考虑问题还挺周到的。

正说着，三哥电话响了，他拿起来用本地话说了一通，表情也越来越凝重。老牟和黄文学听不明白，只好看向洪延彬，结果老洪的表情也挺严肃："好像有村民到村委会反映问题，说贫困户认定不合程序。"

大家顿时紧张起来，老牟抓起车钥匙说了一声："走，不吃饭了，先回村里。"

几个人匆匆出门，巫书记还专门派镇里分管扶贫的李副镇长跟着一起去，看看到底怎么回事。

# 接二连三的下马威

合江村村委会旧貌

一行人很快回到村委会,这会儿天还没黑,可村委会门前却已经黑压压地挤了一大堆人,男女老幼,全是村民。

村委会的房子紧挨马路边,门前就是一个不小的弯道,不少半挂货车擦着人群呼啸而过,稍不注意就可能把人撞倒,看得人心惊胆战。可村民们却跟没事儿人似的挤作一团,根本不在乎路面的危险。

老牟远远看见吓得赶紧打开警灯,又把警车停在距离村委十几米的路边,红蓝相间的灯光闪烁不止,总算让经过弯道的汽车速度慢了不少。

"三哥,赶紧把人疏散开,这位置太窄了,一旦出事就是大事儿。"老牟着急地跟三哥商量,"不行让人先去小学,有什么事慢慢说。"

三哥闻言点点头,走进人群跟几个站在最前面的村民说了一阵儿,但他们没有挪地方的意思,反而越来越激动。老牟见势不妙赶紧挤过去,发挥自己大嗓门的优势,对着大家喊道:"各位,我们是省公安厅派到合江村对口扶贫的工作队队员,我是队长牟维照,旁边是我的同事,大家有什么意见可以尽管提。但是站在路边太危险,我们换到里面说行不行?"

村民们早就看见工作队的人了,只是被路边闪着的警车震慑住,不太敢跟老牟说话。现在他大声一问,有几个村民便跟着点头。老牟赶紧让三哥把人领进去,一楼坐不下就去二楼,实在不行还可以去房顶的平台。

黄文学和老洪也帮忙维持秩序,引着那些上年纪的和抱着孩子的村民找地方坐下。刚才堵在村委会门口看着人挺多,但实际上也就二三十个而已,进村委后门口就空了。

二楼会议室里,几条长凳全部坐满人,还有不少人站着围在四周,老牟他们则站在人群中间,因为听不太懂本地话,他们只能靠李副镇长帮忙翻译。几个村民情绪有点儿激动,语速飞快地说着要反映的问题,主要是针对各自然村贫困户认定的,他们认为有些人明显不符合贫困户标准,结果却被纳入贫困范围,而自认为符合条件的反而没有纳进去。

之前黄文学通过材料已经了解,合江村是个大行政村,下面还包括24个自然村,像树枝一样分布在周围山里,全村一共1111户,人口4552人。在他们进驻前,当地政府已经确定的贫困户有160户550人。

现在村民们跑到村委就是针对贫困户认定提出异议的,因为一旦认定为贫困户,今后将享受国家一系列优惠政策,还能受到公安厅的慰问照顾,这对贫困地区的村民来说绝对是难以抵挡的诱惑,自然也最容易引起争议。

老牟听完村民们的诉求,皱眉问道:"之前确定贫困户走没走程序?有没有公示?"

三哥慢条斯理道:"是按照程序来的,公示也都在各个自然村张贴过了,执行得很严格。"

老牟瞟了三哥一眼,心说,如果程序严格规范,那怎么还会有这么些村民跑到这儿呢?

黄文学从来没见过这种场面,有点儿手足无措,脑袋里想的全是老洪那天对自己说的话:"扶贫工作不好干,穷山恶水出刁民。"现在他们屁股还没坐热呢,事儿就来了,以后的日子看来也不会好过。想到这儿,他招牌式的笑脸怎么也笑不出来,只能看着老牟处理。

老牟等村民们都说完,这才清了清嗓子:"大家说的问题我都清楚了,无非就是不符合条件的列进去了,符合条件的没有列进去。这事儿好办哪,我们明天开始挨家挨户地上门调查,有不符合条件的我们直接剔除,凡是符合贫困户条件的就吸纳进来,大家可以把符合条件却落选的人名字告诉我,我们一定认真调查,怎么样?"

村民们听完都不说话,从神情上看明显不太相信。

老牟补充道:"大家别忘了我们是干什么的,扶贫我们可能是外行,但调查情况全省都没有比我们更强的了。你们要是连公安厅都不信,那还相信谁呢?从现在开始,我们就把手机号码公布出来,大家有什么意见直接给我打电话、发信息,我们一定认真对待,深入调查,保证公平。"

村民们听到老牟这样说,自然也没什么说的,纷纷记下他的电话,然后逐渐散去。很快,老牟的手机上就连续收到好几条短信,有反映某某人不符合贫困户条件的,还有写明哪些人应该入选贫困户的。

老牟翻了翻，突然抬头问三哥道："单恒兴是谁？怎么这么多人说他不符合条件呢？"

三哥闻言笑了笑："他是比较特殊，以前家里出过事，现在住镇里，按规定购买商品房的就不属于贫困户，但他在镇上的房子不值几个钱，确实困难，村里就没有把他剔除掉。"

老牟"哦"了一声，不再追问，老洪和黄文学对视一眼，不约而同记住了这个名字。

时间不早，村干部陆续到齐，大家坐下来开会，鉴于村民们对贫困户认定有异议，所以老牟决定从明天开始就深入每个贫困户家里走访调查，务必把情况摸准。三个人各带一个组，每组一名村干部陪同进行。

一百六十户贫困户，工作队按照距离远近和自然村划分好名单，就算明确下来。会上，老洪提出个问题：不少贫困户住在山里，车开不进去，为了提高效率最好骑摩托车进村。

大家一琢磨还真是这个道理。据三哥说，除了靠近省道、县道的几个自然村，还有好几个村都没通路，最近雨水多，汽车根本进不去，有些地方连摩托车都够呛，只能靠步行。

老牟看了看破破烂烂的村委会知道村里不可能有摩托车，也许镇里可以想办法支持一下。李副镇长当即表示镇派出所有两辆警用摩托，镇政府还有两辆护林员骑的摩托车，巫书记肯定会支持的。

开完会，已经是晚上 10 点多了，三个人饥肠辘辘地赶回镇上，饭堂早已下班，巫书记他们还在办公室等着，带他们到镇上唯一的夜宵店吃饭。说是夜宵店，其实就是大排档，老板阿灿的手艺也一般，只会两个菜，一个土豆炖牛腩，一个咸鱼烧茄子，晚上连米饭都没有，想吃主食要么煮粥，要么炒米粉。三个人一商量决定吃碗炒粉，早点儿休息，明天开始还有硬仗。

巫书记挺够意思，除了支持摩托车外，还专门从饭堂带过来一瓶本地辣椒酱，三人拌进炒米粉里，吃得满头大汗，很是痛快。这期间，老牟跟巫书记沟通了一下晚上的事，问他怎么看。巫书记笑笑说："乡下是这样，不患寡而患不均。大家都受穷的时候没人有意见，一旦别人有好处了，其他人就会眼红。人性嘛，也可以理解。"

"那他们反映的情况呢？"老洪问，"里面有多少是真的？"

"这个嘛，不太好说，我个人判断之前的认定还是比较客观的，但也不排除个别人在里面浑水摸鱼。村里每家每户都有点儿沾亲带故的关系，再加上有些村民相互间有矛盾，抓住机会就想恶心对方一下，所以明天的进村走访就是对你们的考验，能不能调查清楚、让人信服就看你们的了。"

"对了，镇上的房价贵不贵？"黄文学突然插了一句，"听说有人在镇上买房了。"

"贵肯定是不贵，全镇人口还不到三万，镇上只有一栋商品楼，就在这条街口，去年买的话几万块钱吧。"巫书记奇怪道，"你们省城的房子那么值钱，就别打我们这种小地方的主意了吧？"

"不是，今天听说有贫困户住在镇上，不符合条件。"老牟放下筷子，打个饱嗝道，"单恒兴这个人你知道不，好多人反映他不够条件。"

"哦，我知道他。当时评贫困户的时候就有人反映他，但是村里还是坚持报上去了。"巫书记说，"他也挺可怜，年轻的时候家里跟邻居闹矛盾，母亲、嫂子和侄子被杀，他哥也搬去外地不回来了。商品房是他借钱买的。"

"还有这种事？"三人都吃了一惊，没想到合江村这种小地方竟然还发生过这样的灭门惨案，"凶手抓住没？"

"当然抓了，早就枪毙了。"巫书记叹口气说，"其实根本不是大矛盾，就是两家的田地挨着，谁多占了一点儿之类的鸡毛蒜皮，没想到酿成了惨剧。"

"还是穷啊！"

三个人听完后心里又沉重了几分，也没了继续聊天的心情，于是纷纷回房睡觉。

镇政府宿舍和办公楼连着，房间的摆设虽然简单，可收拾得干净整洁，再加上山区的夜晚十分安静，三个人躺在床上很快睡着。

第二天一大早，黄文学就被窗户外面叽叽喳喳的鸟叫声吵醒，他看看表才6点半，虽然昨晚睡得不早，但这一觉却休息得很好，整个人一扫昨日的疲惫，感觉吸进肺里的空气都是甜的。

他拿起手机翻了翻微信、QQ和短信，除了10086发来的天气预报外，老婆和女儿一条信息都没有。看着空荡荡的收件箱，黄文学心里竟隐隐有些失落，老婆和女儿虽然聒噪得厉害，但现在听不着那些扎心的刺头话，心里反而还觉得空落落的。

穿好衣服，他来到镇政府的院子里发呆，心里想着接下来的日子该怎么过。要是以后每天都跟昨天似的，那他还真有点儿打退堂鼓。想想那些村民机关枪一样的白话，他就有种深深的无力感。

正瞎琢磨呢，其他人也都陆续起床，巫书记和几个镇领导昨晚也留下值班，招呼大家去吃早饭。来到饭堂，大家舀了米粥，拿着鸡蛋和炒粉，拌着辣椒酱吃起来。门口已经停了三台摩托车，两辆警用，一辆普通摩托，正好他们三个都有摩托车驾照，否则一时半会儿还没法骑。

按照原本的计划，三个人今天开始就要分头走访，但早晨吃饭的时候大家商量了一下，觉得最开始的时候还是一起走访比较好，等大家心里有数了再分头走，否则没有参照不好把握尺度。

于是他们没有骑摩托，而是开着车回到村委，三哥他们也已经准备好了，等他们一到就出发。今天的路线是去最偏远的自然村流沙尾，距离村委会大概八里地，路上还会经过三个自然村，汽车开不进去，只能步行。

"昨天那个家里办白事的阿灿住哪里？"老牟问。

"他家在坑塘村，是另一个方向，咱们下午再去。"三哥回道。

老牟说好，让大家带好东西准备出发。这时，老洪让他们等一下，自己跑到隔壁风水店里买了一堆零食，主要以方便面为主，塞了满满两大包。

"老洪,你这个伙食科长真不是吹的,去哪儿都得带上食材。"黄文学打趣道。

老牟却意味深长地笑了笑,没有说话。

"这你就不懂了,兵马未动、粮草先行,我这是有备无患!"老洪把一个大包递给旁边的村干部小冯,另一个大包自己背着,这才和大伙一起出发。

从省道的一个路口拐下去就是前往流沙尾的路,最近合江村也在下雨,刚开始路面还算平坦,但走了没多久地上就全是泥坑,大家只能踮着脚小心翼翼地往前走,但裤子上还是免不了沾上泥水。

黄文学边走边看,村道两边是分割成一块块长条形状的水田,水田旁边则是起伏的山坡,上面长满竹子和树木,一看就没办法耕种。

果然是山多地少,这种环境下,村民们靠种地根本养活不了自己。

一行人磕磕绊绊地来到第一个自然村红屋村,这里有三个贫困户、一个五保户和一个低保户,他们先到的是五保户崔老太家,老人今年八十一岁,患有严重的肝病,黄疸已经很厉害了,整个人看上去黄灿灿的,跟少林寺十八铜人差不多,可精神头儿却差了很远。她住的也是破旧的泥砖房,房顶滴滴答答地漏着雨,只能用塑料布简单遮挡一下。

经了解,老人五个女儿全都嫁到外地,目前只能靠政府补贴和女儿的偶尔接济生活。这情况毫无异议符合贫困户条件,而且以后的脱贫难度还不小。

黄文学是医学院科班出身，看着老人住在暗无天日的破房子里心里挺不是滋味，主动帮崔老太检查了一下身体，然后问她平时吃什么药。只见崔老太颤巍巍地从一个破木箱里掏出一个发黄的药瓶递给他。黄文学看了看，药瓶年代久远，上面的标签都掉光了，拧开盖子里面是一堆泛黄的药片，因为天气潮湿都粘在了一起，倒都倒不出来。

"这药早过期了，吃了等于喂毒！"黄文学震惊了，"得赶紧去医院重新开药才行。"

哪知崔老太见黄文学不打算还药瓶，急忙伸手去抢，嘴里振振有词地说了一堆。村干部解释，老人说这些药可贵了，一瓶要花十几块钱，她平时都不舍得吃。

在场的几个人都不说话了，黄文学直接掏出钱包拿出两百块钱塞进崔老太手里，叮嘱她过期药有毒，必须扔掉，现在就得去医院开新药。

崔老太接过钱，似乎又有些不好意思，手僵在半空。三哥见状劝她把钱收起来，并告诉她说这是省公安厅的领导帮助她的，让她放心用。老人这才藏宝贝一样把钱装起来。

"填好资料，咱们赶紧去下一户！"老牟眉头紧锁，硬邦邦地甩下一句话率先出了门。

其他人不清楚老牟怎么突然情绪不对，只好跟着他离开。

在崎岖的山路上，老牟脸色很难看，也不管脚下的泥巴了，深一脚浅一脚地大踏步朝前走去，一秒钟都不想耽搁。

众人这才明白他的意思，老牟是想加快进度，早点儿完成入户走访，这样后续的扶贫工作才能启动。

按照路线，第二户去的是低保户宋小金家，和之前的崔老太不同，宋小金今年刚满十八岁，父母在他小时候相继身故，家里只剩他自己。前几年，宋小金还小，只能一个人住在父母留下的泥瓦房里，房子年久失修，还不如崔老太家。后来，他大了一些，就早早外出打工谋生。

老牟他们到的时候房门紧锁，门前屋后全是厚厚的灰土，一看就很久没人住了。

"他小时候在伯父家寄宿，后来就出去打工了。"三哥介绍道，"好像已经两年多没回来过了，这次贫困户报名还是他伯父帮忙报的。"

"打工的话收入怎么样？"老洪问。

"他出去的时候太小了，书都没读过几年，怎么赚得到钱？"三哥说，"没有文化，连打工都没人要的。"

黄文学做好记录，继续前往下一家。就这样他们走走停停，一户户地挨着走过去，遇到实在可怜的就留点钱，老洪还送一些吃的给对方，很多贫困户都感动得直喊公安厅好。不知什么时候，他们几个人的裤子已经全被泥水浸湿，鞋里灌满了泥浆，走起路来发出啪啪的摩擦声。

老牟嫌这样走路慢，干脆把鞋脱下来，放在贫困户家里，借了对方一双破凉鞋穿上，因为时近中午，他不知道又从哪儿找来一顶破草帽扣在脑袋上，从外表上看变得跟乡下老农没什么两样。其他人也有样学样，发现这样确实轻快不少，走访的速度也稍稍快了一些。

随着逐渐深入，黄文学感觉山里面的村民明显生活更差，房子也更破败，有些贫困户家里甚至连房顶都塌了，整座房子摇摇欲坠，随便一场大风都能吹翻。

当他们来到位于大山最里面的流沙尾时，这里已经连自来水都通不过来了。居住在这儿的村民每户都离得很远，想要走到屋里还得爬上山坡，经过雨水冲刷，山坡的泥路湿滑无比，稍不留神就会摔个狗啃屎。

等大家好不容易来到山上，已经差不多成了泥人。不过所有人都没有抱怨，要知道这些贫困户可是长年累月居住在这里，外人眼里的恶劣环境对他们来说却是习以为常的生活本身。

"这户也有点儿特殊，户主叫高水大，老婆跑了，留下三个小孩儿，最大的刚上小学。"三哥指了指半掩在树丛后的那间破房子道，"高水大喜欢赌博，家里穷得揭不开锅也不愿意挣钱，孩子们基本上处于自生自灭的状态。"

老牟一路走来眼睛已经红了好几次，不仅是他，老洪和黄文学都掉了几次眼泪，闻言也没多想，跟着众人一起进屋。只见一个三十多岁、面容白皙的男人斜倚在门框上，嘴里倒来倒去地不知嚼着什么，看见众人一脸漠然。

"水大，这是省公安厅的领导来走访了，你还不赶紧倒点儿水。"三哥难得地板起脸来教训道。

"嗯。"高水大微不可察地点点头，然后便没了反应。

三哥无奈地叹口气，冲老牟说："他就这样，干什么都慢半拍。"

"你孩子呢，让他们出来。"三哥恨铁不成钢地问。

哪知高水大仍旧一副无所谓的神态，这次连一点儿反应都没了。

三哥没办法，只得自己进屋，过了一会儿拉着一个小女孩儿从里屋出来，女孩儿身后还跟着两个更小的孩子，只有四五岁，三个孩子身上的衣服都是又脏又臭，根本看不出原来的颜色，也不知道多久没有洗了。

村干部们了解高水大的情况已经见怪不怪，可老牟他们还是第一次见到这种传说中的极品懒汉，年纪轻轻、身体健康可偏偏不学好，歪门邪道样样精通，就是不愿意上进奋斗。这种人活在世上简直就是浪费粮食。

黄文学站在旁边悄悄观察老牟早已铁青的脸，生怕他压不住火上去揍高水大一顿。老洪则一副自来熟的模样，从包里掏出方便面递给孩子们，但他想了想决定亲眼看孩子们吃完才行，于是去厨房烧水煮面。

其他人盯着高水大，按理说脸皮再厚的人这时候也得有点儿礼貌。可这位倒好，直接顺着门框出溜到地上打起了瞌睡，眼睛连瞟都不瞟一下孩子们，比陌生人还要陌生。

黄文学感觉有点儿不对劲儿，高水大的反应已经有些病态，绝对不是正常人的反应。他看向老牟，发现后者的眉头也微微蹙起。

吸毒？

俩人没说话，可透过眼神已经明白了对方的意思：这个高水大有问题！

反正不急着走，大家也各自坐下来等老洪煮面。没过多久，外面飘来方便面佐料的香气，不知道是不是老洪的手艺过人，煮个方便面都做出满汉全席的味道来。屋里人都不约而同地食指大动。尤其那三个孩子，眼珠子一转不转地盯着门口，嘴巴里的哈喇子流到胸口都没发觉。

很快，老洪端着一个铁锅进了屋，变戏法似的拿出一双筷子和两个勺子，筷子递给姐姐，勺子递给两个小的。三个孩子立刻围了上去，也不怕烫，就着铁锅稀里哗啦地吃起来。

房顶上传来雨珠敲打瓦片的声音，屋外树林里不断响起风吹叶摇的沙沙声，屋子里所有人都不说话，只有三个孩子狼吞虎咽的声音。

在这种氛围下，黄文学突然有种错觉，面前的这三个孩子似乎不像是人，而是某种山里的动物，为了一口吃的什么都抛在脑后。不知不觉，他已然泪流满面。

老洪叹了口气，默默地又从包里拿出三袋方便面，转身出了屋。

很快，铁锅里的面条被吃得精光，三个孩子意犹未尽地拿着勺子舔了又舔，眼睛里终于有了些许神采。这时候，老洪又端着一口铝锅进屋，把里面的面条一股脑倒进铁锅。三个孩子二话不说，拿着筷子和勺子继续大吃起来。

刚出锅的面条滚烫无比，孩子们把面条挑到空中，眼睛一眨不眨地盯着上面冒出的烟雾，稍微一凉便塞进嘴里，生怕它会逃跑一样。

没多久，一锅面条又快见底。老洪皱皱眉，又从包里掏出三包方便面有些犹豫道："这么小的孩子怕是吃不下了吧？"

"先煮上，他们吃不了可以先凉着。"老牟面无表情地看着正坐在地上犯迷糊的高水大，"跟镇上派出所联系，让他们带东西过来。"

黄文学知道老牟说的是验毒试纸，于是出门给巫书记打电话通报情况。

孩子们吃完锅里的面条，又用勺子不断地舀汤喝，直到铁锅见了底才停下来。这时，老洪又端了一锅面条进来，不过没敢再倒给孩子们，只是放在一处干燥的地方凉着。然后又从包里掏出几块糖果，带着孩子们出了屋。

老牟明白老洪的意思，等孩子们出去了这才站起身朝高水大走过去："你叫高水大？"

高水大眼皮都没抬，仿佛没听见一样。

"我们是警察，现在问你话，哪儿来的毒品？"老牟伸出胳膊像拎小鸡似的把高水大提了起来，另一只手抓住他的头发向后一仰，睚眦欲裂道，"就你这种人根本不配当爹。"

黄文学打完电话进来道："镇派出所正派人过来，但路不好走，得花点儿时间。"

"里面还有多少户？"老牟问道。

三哥说快了，还有三四户。

"行，你们在这儿守着他，老洪留下，我和文学还有小冯去剩下那几户走访。"

砰！

老牟松手，高水大应声倒地，摔了个七荤八素，但他仍旧一脸淡漠，一点儿痛苦的表情都看不出。

黄文学和老牟心情都很沉重，走访完剩下的贫困户，时间已经到下午一点。此刻，他们心里清楚，合江村的贫困户划定应该没什么大问题，这种生活条件如果还不算贫困那就没有穷人了。

但越是这样,他们心里就越不好受。

回来的路上,老牟不断发出感慨:"同样在一个省,距离不过三百多公里,生活条件竟然差了这么多,要不是我亲眼看见,说什么我也不会相信。"

"你上一轮不也扶贫了好几年吗,难道没见过类似的情况?"黄文学问。

"个别的是有,但大多是因为生病或者意外,但是没有像这里这么普遍,一路过来你发现没有,除了贫困户以外,其他村民的房子也都不怎么样,门前的摆设基本没什么差别,这说明什么?"老牟叹息道,"这说明他们经济条件都差不多,区别在于其他人家里劳动力多一些、孩子少一些,或者兄弟姐妹团结一点儿,没遇上什么大灾大病。可这些都说不好,谁也不知道意外哪天就发生了。到时候这些村民同样一夜致贫,而且连翻身的希望都没有。"

"这么多人,靠咱们能扶得过来吗?"黄文学叹了口气,"说实话,我心里真是一点儿底都没有,而且完全不知道接下来该怎么做才能改变这种状况。"

"想这些没用的干什么?"老牟一脚踢碎路边的一块泥土,大声道,"干就完了!甭想那些有的没的,我一直这么认为:管他什么结果,只要干,就比不干强!"

"行,我听你的!"黄文学点点头,反正现在也想不明白,老牟让他怎么干他就拼命干,相信结果总是好的。

一帮人浩浩荡荡回到村委会,高水大被派出所带走了,三个孩子暂时在村委会住着,由村干部照顾。老牟他们连饭都顾不上吃，一人啃了一包方便面，就坐车朝镇上赶去。经历过上午的走访，老牟临时改变主意，决定先去见见单恒兴，他要搞清楚大家反映最多的人究竟符不符合条件。如果是真的，那说明其他人同样有可能不符合；如果单恒兴确实经济困难，那说明他们的判断也八九不离十：合江村的贫困是整体性的，光靠帮助贫困户还无法从根儿上解决贫困难题。

# 撸起袖子加油干

工作队的身影

单恒兴家就在镇口的一栋小高层里。说是商品房,从外观上看和珠三角地区农民集资盖的小产权房差不了多少,建筑风格和装修都透着一股浓浓的 20 世纪 80 年代的审美气息。

　　过来之前,老牟已经联系了单恒兴的妻子。听三哥介绍,单恒兴常年在外打工,家里就靠他妻子一个人照顾,他们家最大的问题是孩子太多,前前后后一共生了六个,除了最小的是个男孩儿,上面五个全是丫头,最大的已经去东莞打工了,最小的才刚上幼儿园,属于典型的因学致贫。

　　老牟他们停好车,在镇上的网吧里见到了单恒兴的妻子李杰英,她的工作是网吧收银员,中午正是放学的时候,网吧里生意很好,大多是附近的中学生,成群结队地跑过来打游戏。

　　可能是在镇上生活久了,李杰英性格爽朗,说话直来直去,给老牟他们的感觉一点儿也不像乡下人,反而有种城里人的自信。她知道老牟要来,已经安排了同事顶替自己,然后带着老牟他们回家走访。

　　李杰英家在六楼,屋子里到处是学习用品和课本,内容覆盖从小学到高中各个阶段,不知道的还以为进了托管班。她有点儿不好意思，赶忙收拾了一下，给老牟他们倒茶。

"我知道你们来是因为啥，村里人都说我们家不符合规定。"李杰英坐在椅子上开门见山道，"这我也能理解，不过我实事求是地报名，没有一点儿造假。我们家的经济情况是这样的：我老公现在清远打工，寄回来的钱很少，一个月只有几百块。我在网吧打工一个月工资八百元，全家每月全部收入只有一千多块钱，要养六个小孩。"

"从今年开始，老大职校毕业去东莞打工，我的压力稍微轻了一点儿。但几个大点儿的孩子都在读初中、高中，学费和生活费压得我喘不过气。这种情况算不算贫困户我也不知道，只是再这样下去几个孩子都读不下去了，只能去打工。"李杰英一口气介绍完自己家的情况，眼圈已经泛红。

老牟没想到李杰英思路这么清晰，跟她沟通一点儿也不费劲，于是直接问她现在住的房子花了多少钱。

李杰英说只交了一万块，剩下的几万块尾款还没有交。而且这一万块钱定金也是借的，她已经决定把村里的老房子交给村委会征收，到时候征地的补偿会拿到几万块，正好可以补上买房的窟窿。

"你是怎么考虑的，为什么要搬到镇上住呢？"黄文学好奇道。

"我的想法很简单，孩子在村里读书、长大没有前途，我就是砸锅卖铁也得到镇上来。"李杰英斩钉截铁道，"早几年我刚生了最小的儿子，带着他在深圳打工，老四、老五寄居在珠海亲戚家，老大、老二、老三只能自己在镇上租房子。那会儿老大刚上初一，老三才一年级，三个孩子不知吃了多少苦、受了多少委屈。即便这样,我都咬着牙、流着眼泪让他们在镇上念书,因为这是他们唯一改变命运的机会。"

老牟他们听完都震惊了,没想到李杰英这个女人竟然能说出这样一番话。据他们了解,李杰英在娘家也是老大,以前学习成绩很好,但因为家里穷,初中没念完就辍学打工。可就是这样一个文化程度不算高的女人,见识竟然超过合江村绝大多数人。甚至可以说,她是合江村贫困户里最有眼光和想法的人也不为过。

"听说你几个孩子在学校成绩都很好?"老洪也提起了兴趣,"你是怎么教育孩子的?"

"我没教育过他们,是孩子们自己懂事。"李杰英提到孩子们眼泪就掉了下来,"我连在他们身边的时间都没有,最多只能给他们一点点钱,每天他们就自己用电饭锅煮米饭,然后就着咸菜吃,遇见刮风下雨、生病受伤,全是孩子们自己解决。有一次老三发高烧,是我大女儿背着妹妹冒雨送去医院的。每次一想到这些,我心里就难受得不行。"

老牟三人对望一眼,终于明白为什么村委会三哥他们顶着压力也要把单恒兴一家报上去,在他们身上能看到一股不服输的劲头,这正是贫困户最缺的与命运抗争的劲头。

"这么说,你们家很早就从村里搬出来了?"黄文学问。

"是,自从家里出了事,老房子就不怎么住了,后来我老公外出打工,我也带着孩子在镇上租房。"

"你们家和邻里的关系怎么样?"老牟问了一句,"有没有相处不太愉快的。"

李杰英摇摇头,疑惑道:"我都出来十几年了,跟村里人没什么接触,谈不上关系远近吧。怎么了?"

"也没什么,就是想多了解一下。"老牟哈哈一笑。

可以说,经过上午的走访,他们原本沉重压抑的心突然被李杰英一家的经历照亮,原来再穷、再困难的生活都不可能击倒所有人,无论多少艰难困苦,总会有人昂起不屈的头拼命抗争。

临走前,老牟再次叮嘱:"回头村里和镇里还会对你说的收入情况进行详细核实,只要你说的是实话,我们公安厅就一定支持到底,保证你的孩子不会因贫困辍学!就算你没被列入贫困户,我个人也会帮你一把,让孩子们好好读书,考个好大学,给合江村争口气!"

回村委的路上,老洪提出一个疑惑:单恒兴家早就不在村里住了,按理说不应该得罪人,可为什么还有那么多人反映他不符合条件呢?

"我也纳闷,是有点儿反常。"老牟一边开车一边抓脑袋,"这样,下午进村的时候大家都留点儿心,旁敲侧击地打听一下。晚上咱们再碰碰。"

"会不会是李杰英没说实话?"黄文学问,"村民在外打工收入多少只有自己知道,如果赚了钱也不报,那我们也核实不了啊。"

"这确实是个问题,还有那些购买商品房的,也不太好查。除非像李杰英这种在镇上买房,大家都知道,想瞒也瞒不住。"

"我觉得真有钱去外面买房,那他也不会长期住在村里的破房子,周围一打听就能知道,所以大家走访要打起十二分精神,尽量问得细一点儿、有技巧一点儿。今天还有人给我发短信呢,全是说单恒兴的。"老牟一手开车一手拍打着大腿,"等会儿我得换条裤子,这裤子都成硬嘎巴了。"

众人互相看看,这才发现每个人衣服上都沾满泥浆,膝盖以下全部湿透,裤子紧紧贴在腿上,变得又湿又硬,走起路来都往下掉泥渣。回到村委,老牟第一时间进屋换衣服,没过一会儿人就变了个样儿:原本的运动裤变成了一条肥大的花裤衩,安踏运动鞋也成了人字拖,至于上身根本就啥也没穿,直接把背心搭在肩膀上,顶着草帽骑上那辆护林员的满是泥巴的破摩托,然后还十分风骚地掏出烟给自己点上。

"老牟,你这个形象不去拍电影可惜了。"老洪不住地惊叹,"文学,赶紧给老牟拍张照,太经典了。"

黄文学赶紧拿手机转圈给老牟拍了一套组合照,兴奋道:"老牟,360度无死角,哪天你成英模了这幅作品就可以上报纸。"

"滚犊子,你才上报纸!"老牟笑骂一声,"赶紧的,下午的任务还等着呢。"

三人骑上摩托车,带着村干部分头行动。

黄文学和小冯一组,去往上午的反方向大坑村、新星村和坑塘村,这三个自然村初步确定贫困户十五户,其中三家特困户。村干部小冯是本村人,在肇庆读完大学后回村当老师,去年刚调到村委会。他长得黑黑瘦瘦,戴着眼镜,性格有点儿腼腆,话虽然不多,但对村里情况却是相当熟悉。

黄文学决定按照从远到近的顺序走,因为几个特困户都在最远的位置,他想趁着还有精力先把最困难的家庭了解清楚,后面的条件相对较好,心理上也没那么压抑。

两人骑着警用摩托车拐下县道,一边聊天一边往村里开,雨后的山村空气一尘不染,眼睛看到的风景色彩分明,村道上不时有一群鸡鸭路过,偶尔还有两条大黄狗趴在路中间睡大觉,按喇叭都赶不走。

"这里要不是太穷,真是山清水秀的好地方!"黄文学感受着扑面而来的山风,惬意地说,"我多少年没呼吸过这么干净的空气了。"

村道顺着山势蜿蜒深入,不时能看见一两栋民居在树林后闪现,虽然房子大部分比较陈旧,但普遍都挺高大,至少有两层高度,黄色的泥砖配上深红的瓦片,看起来还是很漂亮的。

"奇怪,这些村民的房子现在看起来也很气派,这要是放在二十年前,应该是很好的屋子了。"黄文学看着看着突然意识到一个问题,"小冯,我记得上午去流沙尾的路上也看到过不少贫困户的家,都是这种二层高的泥砖房,现在虽然破旧,但往前几十年肯定都不差的,这说明合江村以前的生活还可以吧?"

"你说对了,20世纪90年代以前合江村挺富的,我听父母说过,那会儿家家户户都买摩托、盖新房,房子就是这样的,又高大又气派,后来穷了,房子也没人修,逐渐就变成现在这样了。"小冯解释。

"那就怪了,当年咱们国家还没现在这么富裕,合江村怎么先富起来了?"黄文学有点儿糊涂了。

"我听说那会儿很多家都去偷偷挖矿,一夜暴富。后来国家严厉打击，村民们突然没了财源，又陆续被打回原形。"

"原来是这样。"黄文学若有所思地点点头，"我看村里的年轻人都出去打工了，你怎么没去广州、深圳这种大城市？"

"是啊，我不习惯城里的嘈杂，所以一毕业就回来了。"小冯说，"我那些同学就不一样，他们基本都想留在大城市。"

"你家里条件应该还不错吧，能供你读大学，毕业还不需要留在大城市赚钱。"黄文学问，"我看村委会的那点儿收入根本支付不起村干部的工资吧。"

"是啊，我家孩子少，父母就供我和弟弟，压力没那么大。"小冯点点头，"村里人最怕两件事，一个是生病，另一个就是孩子多。"

"怕孩子多怎么还生那么多呢？"黄文学笑道，"现在大城市的人正好相反，都愿意生女儿，男孩儿养得累，将来还得买房子，更是养不起。"

小冯猛点头："是这样，村里不少老人就是孩子去外地不回来，老人无依无靠的，贫困户里至少三分之一都是子女常年不在身边，有些连钱都不给。"

正说着，两人来到最远的那户贫困户家，这家户主名叫刘二豪，属于特困户，家里有位七十八岁的老母亲，已经双目失明。刘二豪的老婆还是聋哑人，没有外出务工的能力，生了五个孩子，最大的儿子辍学在家，两个妹妹在读小学，老四也是聋哑人没有上学，最小的刚三岁，一家人八张嘴，全靠刘二豪打散工和残疾人的低保补助金生活，用穷困潦倒来形容一点儿也不过分。

黄文学一进门就知道这家人过得有多困难，屋子里连件像样的家具都没有，除了泥砖墙是红色的，其他地方全是黑白的：地板连水泥都没铺而是撒着一层白灰，桌椅板凳都旧得秃了皮，锅碗瓢盆也都灰不溜秋的，给人以强烈的视觉冲击力。

他们到的时候刘二豪出门做工了，只有失明的老人和几个孩子在屋里，老太太虽然看不见，但耳朵挺好使，说话也利索，跟黄文学唠叨了许多村里的事儿。黄文学正好一肚子困惑，趁机打听合江村的情况。

"20世纪80年代那会儿村里是挺有钱的，因为山里有金矿，不少村民偷偷采金，发了财。"老太太絮叨着说，"那会儿是合江最有面子的时候，随便干点儿什么一天都能赚上百块，所以很多人盖起了大房子，气派得很。"

"难道是后来被政府打击狠了，钱都被没收了？"

"没有，政府没有没收财产，只是不让私采金子，干这行的慢慢就没了。"老太太说，"那些发了财的村民没什么文化，拿着钱除了盖房子就只会花天酒地，赌博的、吸毒的什么都有，没几年就败光了。"

"原来是这样。"黄文学点头道，"原来是一夜暴富过，反而把人给害了。"

"是啊，你看村里那么多懒汉，很多就是当年富过，现在穷得揭不开锅却还是不想劳动。"

"那合江村还有什么赚钱的路子没？"黄文学趁机打听。

"这我可不知道了，这里全是山，种地只够不饿肚子。其他的营生，就只有割割桂皮赚点儿零花钱，想致富可就难了。"

割桂皮？这是什么东西？回来的路上，黄文学向小冯打听。

小冯说，合江附近的山上适合玉桂树生长，桂树长大后把皮割下来，晒干，可以卖点儿钱。但这个活儿特别辛苦，要上山砍树，挺危险的，还赚不了几个钱，所以都是比较穷的村民才会去割。

随后，他们又来到刚去世的阿灿家，和其他贫困户没什么区别，一样破破烂烂的房子，院子里堆了不少杂物，门前冷冷清清看不到一点儿人气。

小冯进屋叫了半天，也没人答应，只有厅堂正中央放了一块木板，提醒他们这家的男主人刚刚去世。两人没找到人，只好从阿灿家出来，小冯又去旁边的邻居家敲门，得知人已经被拉走了，阿灿的老婆、孩子和亲戚们一起去了殡仪馆。

离开阿灿家，他们又去了三个贫困户家里，天已经彻底黑下来。黄文学跟老牟联系了一下，得知其他人也累得快散架了，大家先回村委，今天的走访就到这里。

拖着疲惫的身躯回到村委，所有人都七倒八歪地躺在长条凳上爬不起来，没想到第一天就这么辛苦，从早到晚一共走访了二十几户，后面还有一百四十户等着，想想就脑袋疼。

老牟光着膀子，汗水混着泥一路从额头流到腰间，再滴滴答答地落在地上，整个人在昏暗的灯光下宛如一尊泥塑的金刚力士，看着就很有造型。他把脚丫子跷在板凳上，一边抠泥一边说："下午骆主任来电话，他明天就赶到村里，问咱们这边的进度。我跟他汇报了，这里的生活水平还处于农耕社会，咱们吃不饱穿不暖，急需他张罗点儿物资过来，尤其是食物，什么大米、面粉、花生油之类的，有多少运多少，明天开始咱们一边走访一边慰问，先把温暖送下去，这样老百姓才更接受咱们。"

老洪笑道："那敢情好，就怕骆主任没地方张罗啊。"

"粮油米面当然好，可这么短时间够呛吧。"黄文学也有点儿没底，"我今天听村民说，以前合江村暴富过，偷采金矿发的财，但是很快就败了，这才养出一批高水大那样的懒汉。"

"没错，我也听说了。"老牟点点头，"所以啊，合江村想要脱贫可没那么容易，我听罗定市扶贫办的人讲，合江村绝对是整个罗定脱贫难度最大的村，因为他们这里曾经富过，而且还是暴富，尝过了不劳而获的滋味，再想让他们踏踏实实地勤劳致富那可就难喽！"

"是啊，最怕的就是这种，你跟他描述美好生活，可人家几十年前就享受过了。你让他勤劳工作，可他们相信的是投机取巧也能发财，这还怎么做工作？"黄文学叹气道，"我觉得，对那代人来说，想扭转他们的思想实在太难了，我们应该想办法把下一代教育好。"

"对，咱们先回镇上洗澡吃饭，然后大家再碰一碰，把各自的体会和想法记下来。"老牟大手一挥，"重点是把下一步需要的支持列清楚，还面临哪些困难，明天让老骆头疼去，不能把咱们忽悠过来就算完事儿，必须捆到一起去！"

"明天老骆过来，就得明确接下来的任务，先做什么后做什么。"老洪说，"一天走下来，我觉得不少贫困户的房子已经没法住了，等走访完以后第一件事就是把危房改造提上日程，否则，万一房子塌了就完蛋了。"

"还有一些特困户的慰问也得赶紧提上日程，像今天上午的崔老太,她的身体已经容不得一点儿拖延,必须尽快去医院接受规范治疗。还有一些辍学在家的孩子,也得赶紧安排回校读书。"黄文学补充道,"不过要说最急的,确实是住房,我觉得那些住危房的贫困户,得先安排他们去亲戚家暂住,否则晚上睡觉都提心吊胆。"

"好,就这么办。把要做的事情列个一二三出来,明天找老骆要钱要粮。"老牟豪迈地说,"对了,你们谁了解到关于投诉贫困户认定的事没?"

黄文学看看老洪,两人不约而同摇摇头:"没听说,可能我们几天走访的都太穷了,连饭都吃不饱,哪有精神关心别人的事儿啊。"

开完会,黄文学回到宿舍,也许是因为白天疲劳过头,虽然身体累得不行但脑袋却特别兴奋,各种念头翻来覆去,怎么也睡不着:村民们集体来村委会反映问题,说明他们肯定有一致的诉求。可是村民们为什么都揪着单恒兴说事儿呢?单恒兴是买了商品房,但条件确确实实摆在那儿,揪着他不放又有什么意义?

黄文学百思不得其解。

第二天中午,骆主任赶到合江村,一同来的还有罗定市扶贫办的蔡主任,两个人在村委会边聊天边等老牟他们走访回来。骆主任的想法很明确:公安厅既然帮扶合江村就一定要帮出成效,不仅要实现脱贫,还得努力让村民致富,振兴乡村经济。

蔡主任对整个罗定的情况很是熟悉,介绍了加益周边几个镇的主打产业，有种水稻的、有发展竹制品的，还有种玉桂树的，养殖方面有一个镇把生猪养殖发展得很好，还有一家大企业在那里设立了养殖基地。合江村如果想发展，可以参考这些成功经验。

骆主任逐条记录下来，包括各个镇的联系人也都问得清清楚楚。这时，老牟他们得到消息也都陆续赶回村委。两天不见，骆主任被老牟一身农户打扮吓一跳，差点儿没认出来。

老牟大大咧咧地把草帽一摘，从兜里掏出药盒，一仰脖子倒进嘴里，捧着茶缸一通猛灌："别整虚的，我们需要的粮食运来多少？下午进村我还想扛几包大米去呢。"

骆主任说："我给你掏钱，你现在就去买，需要什么买什么。"

"好，我也不占你便宜，你出多少我跟着掏多少，先给最困难的送去。"老牟跟收班费似的，拿上钱交给黄文学，让他先去风水店买点儿米和油，不用太多，以后每天走访发现生活特别困难的都先送一份，剩下的慢慢再说。

安排完毕，几个人在村委会开了个短会，学习了一下省里和厅里最新的精神。这时，他们才得知公安厅是所有省直单位里第一支进驻的扶贫队伍，为此还得到了上级的表扬。老牟却很不以为然，觉得他们还是来晚了，早知道的话就不该让这里变得这么穷。

开完会，骆主任和老牟他们一起进村，下午走访的贫困户主要是因为残疾或者生了大病导致贫困。比如有一户叫阿才的，本人快七十岁了，身体不好，生了三个孩子，却有两个是痴呆，大儿子精神正常但离家多年，从来没有给家里寄过钱。

两个女儿没有生活自理能力，小女儿还经常跟着陌生人离家，时不时就走丢。住的房子也是破破烂烂，一副摇摇欲坠的样子，看得人心酸。

几户走下来，骆主任也有点儿崩不住，尤其是看到几个饿得面黄肌瘦的孩子，和他们见到陌生人时露出的惊恐表情，这些都说明合江村与时代的差距实在太大。贫困真的如同一道枷锁，将他们牢牢束缚在原地，无法前进、不能发展，也看不到希望。

回到村委天色已晚，骆主任说他已经决定：从今往后，他的主要精力就放在合江村。

"什么时候合江村彻底脱贫、实现振兴，什么时候收队。"

正说着话，外面有人敲门，黄文学坐在门口，打开门看见门外站着一个圆脸妇女，四十岁左右的样子，很是犹豫和腼腆。

"您是？"

"我是合江村的，之前也报名了贫困户，你们是公安吗？"女人怯生生地说，"我有个问题想反映。"

"快进来，我们就是公安厅扶贫工作队的。"老牟赶紧起身，把人请进屋里，"你有什么情况尽管讲，正好我们领导也在。"

"请问你怎么称呼？"骆主任笑得很和蔼，"有什么困难吗？"

"我叫陈祥翠，我找你们是反映我老公的事。"陈祥翠刚开口就开始掉眼泪，"他什么活儿也不干，家里穷成这样，三个孩子都吃不饱饭，连学都快上不下去了，我说他几句他就打我……"

嘶！老牟一听就火了，眼睛瞪得溜圆："什么时候打的你？他现在在哪里，我们这就给你撑腰做主！"

老洪赶紧拦住他："先听完，别激动。跑得了和尚跑不了庙，等会儿一块儿去。"

"前天你们刚到村里，我们就听说省里领导来扶贫了，大家都在传以后贫困户就能过上好日子。很多人都去打听以后能干点儿什么，好多赚钱。我让我老公也去了解了解，没想到他骂了我一顿，还说他才不去低三下四地求人，丢不起那个脸。我想起自己那么辛苦，孩子们还吃不饱，心里有气就顶了他几句，他就打我。"

陈祥翠说到伤心处眼泪吧嗒吧嗒往下掉："我每天在镇上工厂做工，一个月才赚几百块钱，连吃饭都不够，孩子们眼看都读不下去书了，所以我看见村委会亮着灯就过来反映一下，希望将来有打工挣钱的机会就帮我一下。"一口气说完，陈祥翠已经满脸泪水。

黄文学知道，这个女人是被逼得没了办法才来找机会的，这让他想起昨天见过的李杰英，同样是女人，在贫困面前似乎比男人们表现出更强的韧劲儿和毅力。也不知道是不是自己的错觉，好像这两天在村里看到的都是女人在干活儿，男人们的影子少之又少。

"你说的事情我们记住了，有合适的岗位一定通知你。我们刚来合江正好想了解一下这里的就业情况。"骆主任循循善诱道，"镇上打工的机会多吗？大概是个什么收入水平呢？"

陈祥翠答道："镇上有几家厂子，打工的话收入分成几个档次,懂技术的收入比较高,能赚两千多块。普通岗位只能赚七八百块,其他的就更少了,都是些小超市、药店之类的营业员工作,几百块钱一个月。"

"在镇上打工的人多吗?"

"不算多,挣的钱少不说,主要是太远了,从我家骑电动车一趟都得半小时,如果要照顾孩子根本来不及,一般人都不愿意去。"

"村里有没有打工的机会?"

陈祥翠摇摇头:"村里只能种地和养鸡鸭,条件好的可以养猪,但养猪的成本高,盖猪圈、买饲料都不便宜,贫困户普遍养不起。靠种地的话也只能勉强不饿肚子,孩子上学、老人看病什么的都要钱,就没办法了。"

骆主任点点头:"行,我们清楚了,如果没什么事的话,我们一起去你家里一趟。"

大家一起出了村委会,陈祥翠骑着电动车,老牟开着警车,还特意把警灯打开,大晚上的在村里闪来闪去看着挺瘆人。

陈祥翠家离村委会不远,一行人很快就到了,车刚进村道,周围的住户们就纷纷打开门窗朝外观望,不知道大晚上的怎么会有警察来。

陈祥翠的房子只有一层,晚上看不太清外表,但里面却不怎么样,红砖墙、水泥地,昏暗的节能灯,但让人眼前一亮的是贴满了整面墙壁的奖状。即便是在晚上,那些奖状上的金色花纹还在闪闪发光。

黄文学不禁想起女儿黄子琪,要是女儿也这么优秀该有多好，人家是什么条件，饭都吃不饱啊！他决定等放暑假了，一定得带着黄子琪来合江好好体验体验。

陈祥翠把车停好，进屋去叫她老公，首先出来的是三个孩子，最大的姐姐读小学六年级，两个小的则刚上小学。

大家等了一会儿，发现除了孩子以外，陈祥翠半天没出来。老牟是个急性子，走过去喊陈祥翠的名字，没想到陈祥翠自己从屋里出来，脸色古怪。

"我老公看见你们过来，给吓跑了。"

"啥？吓跑了？"大家伙一愣，这还教育个屁啊，没想到这人也太尿了。

陈祥翠十分不好意思，又是倒水又是道歉的。

骆主任摆了摆手，说反正来也来了，干脆坐下聊会儿天吧，问问孩子们的学习情况。

陈祥翠的大女儿虽然年龄不大，但说话的时候条理清晰、开朗大方，让人印象深刻。老牟告诉她，以后爸爸再动手打人就马上报警，或者直接打电话给他，他们马上就到。他还特意从袋子里拿出张 A4 纸，把自己的手机号写上去，然后签上自己的大名，让孩子找个地方挂起来，平时唬唬人也是好的。

两个小的一起使劲儿点头，看样子早就对自己父亲的行为很不满。

黄文学想了想，问他们在学校读书的情况，因为他自己女儿刚上初一，小学阶段没少接送黄子琪，对课后辅导熟得不能再熟，正好趁机了解一下合江小学。

大女儿说，她和弟弟妹妹算比较好的，因为离家近不需要在学校吃饭。有些同学家里很远，每天步行一两个小时去学校，中午连饭都没得吃，只能饿着肚子上课。"

"饿肚子上课？"大家都倒吸一口凉气，"那还有力气学习吗？"

"是啊，到了下午，不少学生都饿得有气无力，所以学校老师把体育课都安排在上午，这样下午就可以让学生们在椅子上坐着不用运动。"大女儿说，"每个年级都是这样，而且合江小学的教学水平也不太高，每年全镇考试都是倒数第一，很多家长都说孩子长大了就出去打工，不要再读书了，反正读完也考不上高中。"

这……骆主任眉头紧皱，没想到合江小学的孩子们这么可怜，都说扶贫先扶智，如果连学校都办不好的话，那做再多工作也是白费，等这些孩子长大了仍旧会走和父辈一样的穷路。

"我算看明白了，这个合江村啊，简直就是一穷二白，什么都是最落后的状态。"

回去的路上，老洪一边开车一边总结："这样有好也有坏，好的是条件差、起点低，咱们随便做点儿事效果就很明显。坏的是想要把村子彻底扶起来就不容易了，打个不恰当的比方，合江村现在的状态就跟新中国刚成立那会儿一样，什么都没有，家徒四壁，现在咱们得带着它重新经历改革开放，然后才能脱贫致富奔小康。"

"改革开放都四十多年了，咱们得缩短到几年时间里面去，把落下的功课补回来。"黄文学说，"基础设施、医疗、教育、产业，方方面面的工作都得做好，缺了哪个部分，村子都发展不起来。"

"前途是光明的，道路也不算太曲折，咱们好就好在不是自己单干,后面还有整个公安厅做后盾。"骆主任信心满满道,"眼泪也流了,情绪也煽起来了,接下来的工作就该大家动脑筋了。大家走访的时候多留点儿心,有什么信息都收集起来,说不定就能打开思路。而且,以后我们要明确一条,多去贫困户家里,走访一次只能看到表面,必须深入村民生活,跟他们交朋友,听他们说心里话,这样才能干好工作。"

"骆主任,作了这么多指示,你饿不饿?我突然想起来咱们还没吃饭呢。"老牟提醒道,"正好我跟领导汇报一下,我们这两天总是啃方便面,连顿热饭都没吃着,骆主任看是不是先给我们几个帮扶一下子,咋样?"

"行啊,说吧,加益镇范围内的大小酒楼,你们随便挑,吃多少都算我的。"骆主任霸气无比地往前一指,"只要你眼睛里看见亮着灯的,咱们一路吃过去。"

老牟差点儿跳起来:"整个镇上就只有阿灿一家店,还只会炒俩菜,能不能有点儿气魄,把隔壁镇算上不行吗?"

"那还是算了,隔壁镇比咱们富得多,消费又高,跟你们扶贫干部的气质不协调,还是去阿灿的大排档比较合适。"骆主任现场拍板,几个人去大排档吃炒粉。

到了地方碰巧巫书记也在,一起的还有两个人,是交管部门来镇上安装交通指示牌的。大家坐下后相互介绍了一下,说着说着就聊到了工作上。交管的两个人吐槽说白天打算安装交通警示标志时遇到了阻挠,村民工作不好做。

"哪个村?别是合江的吧?"黄文学问。

"没错,就是合江村的。"那个人点点头,"明明是个大弯道,来往的货车那么多,速度都很快,只要司机分一下心,很容易失控撞上民房，万一出事就是大事故啊！"

黄文学马上想起村委会门前的那条弯道，距村委会不到十米，这点儿距离对满载货物的半挂卡车来说简直等于没有。合江村那些村民无知无畏，还敢往村委会门口聚集，现在想起来真是后怕。

"竖立警示标志是好事，怎么会有人阻挠呢？"骆主任很不解。

"谁说不是，可路边那户人好巧不巧儿媳妇怀孕了，前面几个生的都是女孩儿，这次全家拼了老命要生男孩儿，所以死活不让我们装。"

"你没喝酒啊，怎么说起醉话来了？"老牟瞪眼道，"他家媳妇生男孩儿跟你们装警示标志有个毛关系，地上插个带把的不是更好吗，这兆头多棒！"

"去去去，你别胡说八道。"老洪受不了牟维照同志的胡言乱语，一脸鄙夷道，"他们村里应该是有什么讲究，我老家也有这种说法，女人怀孕不能砸东西、钉钉子之类的，对不对？"

"哎呀，洪老师不愧是警校的教授，知识真渊博！"两位同志很激动，立马对老洪肃然起敬，"洪教授赶紧指点我们一下，明天去给他们家破解破解，让我们赶紧完成任务。"

"切，洪教授肯定让你们烧一桌好菜过去！"老牟不屑地撇撇嘴。

"这个还真没办法破解，封建迷信的东西我也不懂。"老洪摇摇头表示爱莫能助。

"咱们村委会旁边不是有个风水大师吗？"黄文学在一旁提醒道，"咱们光去店里买方便面了，还没正经照顾过他家生意呢，不行你们明天去把大师请过去作作法。"

"别扯淡啊，说正事儿呢！"骆主任咳嗽一声，觉得自己怎么有种丢脸的感觉。

"这事儿啊，最好让村干部出面，明天找三哥去跟他们讲讲，可能会管点儿用。"巫书记出了个主意，"你们找个人也跟着去一下，如果是贫困户的话就更好了，他们不敢得罪工作队。"

大家觉得这个办法最靠谱，纷纷点头。

第二天上午，骆主任也加入了走访的队伍，老洪则抽出半天时间和三哥一起去做村民工作。

没想到，三哥知道后连连摇头，表示自己去了也没用："这户人家条件不差，就是铁了心生男娃，所以谁去了都不好使，建议把标志牌换个地方装吧。"

"这怎么行，那个弯道多危险，警示牌不装在那儿还有什么用啊？"老洪很郁闷，"不管行不行，咱们都得去一趟，工作总是得做一做，实在不行再想别的办法。"

三哥很不情愿地站起来，叹口气道："去就去吧，但是我可不保证结果。"

就这样，老洪、三哥还有两个工作人员一起朝那户村民家走去。

合江村有一段是挨着省道的，包括村委会在内也是在省道边上，距离并不太远，几个人走路没多久就到了。

老洪远远就看见这家人盖起了五层高的房子，一楼做门面,楼上住人,门前还停着一辆小轿车,生活条件在合江来说算是非常好的。而省道在他们家门口正好有个近乎 90 度的大弯,尽管公路建设的时候已经留了不少空间,但看着迎面冲来的各种车辆,还是让人忍不住担心。万一车辆没刹住,整栋楼都可能给撞塌。

确实太危险。

一行人来到家门口,一个五十多岁的妇女正抱着孩子站在门边,表情冷淡地冲三哥打个招呼,便不再说话。

三哥笑笑,问她阿军在不在家。女人不太情愿地转身进屋,没多久一个六十来岁的老头走出来,看样子年纪跟三哥差不多,态度倒是挺好,但直接回绝了在门前安装警示牌的提议。

"老三,你知道我们家的情况,两个孩子全是女娃,这次无论如何也得生个男孩儿。"老头说,"我也知道政府是好意,我也赞同竖这个警示牌,但不能现在竖啊!怎么也得等孩子生下来才行嘛!"

三哥为难地看看老洪和那两个工作人员,无奈地笑了笑,表示自己已经尽力。

两个工作人员说:"我们的任务是规定好了的,现在竖不起来的话,就算没完成任务,扣奖金不说,将来也不会冉安排了。为了过往车辆的安全和你们自身的安全,我们建议不要拖延的好。"

老头嘴上笑呵呵地表示理解,但就是不松口,而且跟三哥说,不仅他家门口不能竖警示牌,就是前后五十米都不可以,否则他们晚上就给拆掉。

话说到这个份儿上,已经没有继续说下去的必要了。政府部门虽然也有办法强行施工,如果老头一家真敢毁损市政设施还可以依法追究责任,但群众矛盾也会跟着激化。不到万不得已,没有哪个部门愿意得罪群众。

老洪站在旁边观察了半天,见事情陷入僵局,便把三哥拉到一旁指着这户人家房子的外立面说:"三哥,你看这房子两边都是灰色的水泥墙,咱们不用钉钉子、竖牌子,直接把警示标志贴在墙壁上,你看怎么样?"

三哥抬头看了看,觉得老洪这个提议也不错,而且位置更高,往来车辆更容易察觉,是个好主意。

两个工作人员看见他们指指点点,瞬间明白了老洪的意思,商量了一下表示可行。

于是,三哥和老洪又回到老头家门口,把老洪的建议说给对方听,问他能不能接受这种方案。老头有些犹豫,看得出来并不是很情愿,但老洪说的办法也确实没有动钉子,贴张标志牌而已,跟当地风俗好像不是很冲突。

考虑良久,老头要求给他点儿时间回去和家人商量商量。三哥说好,并且强调了一句,这是公安厅扶贫工作队的意见,不能儿戏,半个小时后等他回复。

老洪意味深长地看了三哥一眼,没有说话。

半小时后,老头回复说他们同意了。不过丑话要说在前头,如果贴了警示标志,他儿媳妇却没生出男孩儿或者有个意外什么的,那他们可不答应。

老洪一听就有点儿上火,合着你们家生男生女还得让工作队负责啊!这也太不讲理了。

三哥让他稍安毋躁,自己会跟对方讲明白的,生男生女是他们自己的事，跟公安厅没有关系。老头想了想，总算点了头。

那两个同志长舒一口气，立刻开始干活，生怕动手晚了对方反悔，三下五除二就把警示标志贴在了房子外墙上，离远一看果然效果更好。

这下双方皆大欢喜，老洪也赶回村里继续走访。

当天晚上，老洪把情况跟骆主任和老牟讲了一遍，大家都觉得这户村民实在不讲道理，哪有这样把好心当作驴肝肺的？等他们碰上意外，想哭都来不及了。

又是忙碌的一天过去了，有了之前的经验，贫困户的走访越来越顺利，虽然每天回到宿舍都是一身泥水，但黄文学觉得自己的生活似乎有了点儿变化。人都是这样，如果每天纠结在一些鸡毛蒜皮和斤斤计较当中，久而久之，这个人就变得只会盯着眼前而忘记了看向远方。这几天，他每天都看到不同村民的生活和他们的困境，心里想的事情也渐渐变成替他们的未来操心了，这种发自内心的感同身受很容易就会把他心底的爱激发出来，整个人的气质也有了点儿深邃的味道。

第二天早上，大家正在饭堂吃早饭，老牟就接到了三哥的电话，还没说几句脸色就沉了下来。

"出什么事儿了？"骆主任问。

"他妈的，三哥说昨天竖警示牌那家村民的儿媳妇突然流产了，孩子没保住。"老牟脸色铁青地道，"对方家里扬言要来村委闹事，非说责任是公安厅的！"

"什么？"老洪腾地一下站了起来，脸色一阵白一阵绿。

黄文学还是第一次见老洪这么生气,赶紧拉着他胳膊安慰,这事明显跟工作队没关系,对方就是无理取闹。

"有点儿麻烦啊!"骆主任同样眉头紧皱,缓缓摇头道,"村里干活最怕出这种事儿,还扯上了封建迷信,恐怕不出点儿血是不好收场了。"

"先别急,办法总会有的,事情总能过去。村里的事最好找村里人出面解决。"老牟脸色难看,但说的话却一改往日的作风,竟然深沉起来。

黄文学惊讶地看着老牟,没想到这家伙关键时刻竟然沉住气了,难道以前都是装的?这套路也太深了点儿吧!

# 我们到哪儿,哪儿风气好

合江村贫困户在村委会开会

关键时刻，老牟发挥出工作队队长的正常水平，他把队伍分成两路，一路继续走访，骆主任和黄文学分别带队进村；另一路则是自己和老洪一起去村民家做工作，同时拉上三哥，让他出面帮助协调。

骆主任挺赞同这个安排，他确实不太适合直接出面，先由老牟会会对方，回旋余地大一些。确定下来，他便和黄文学动身去走访了，老牟则和老洪一起先回村委会。稳妥起见，老牟还自掏腰包去隔壁风水店买营养品，顺道向老板打听打听合江村当地的风俗。

风水店老板姓余，大家都喊他余半仙，今年五十多岁，长得白白胖胖，留了两撇小胡子，脑袋光秃秃的比黄文学还亮，整天一副笑眯眯的模样，在落后的合江村确实挺有仙气儿。

"仙长，你这儿有营养品吗？"老牟在货架前东看西看，发现这里堆满了辣条、凤爪、鸡翅膀，但连一包奶粉、芝麻糊都没有。

"哎哟，领导好！"余半仙正靠着藤椅玩手机，看见老牟马上起立，"您要什么营养品？"

"补身子那种。"老牟言简意赅。

没想到余半仙误会了，闻言一脸惊讶地上下打量了老牟半天，心说这位整天光着膀子在山里乱晃，全村人都知道他那一身腱子肉，莫非还有什么难言之隐？

"领导，我这儿就是个小卖部，主要业务是堪舆、相面。补身子这种专业问题，还得去旁边的卫生站才行，不行路口电线杆儿上也有相关介绍，您可以去了解了解。"

"滚犊子，你故意的吧？"老牟一瞪眼，"我是要买营养品慰问村民，有人小产了。"

"哦，这事儿啊。我这只有牛奶卖，其他的真没有了。"余半仙明白过来，"其他的只能去镇上买了。"

"牛奶也行，拿两箱吧。"老牟无奈，他想当然地以为这边和广州一样什么都不缺，早知道在镇上买好带过来就好了，"对了，我打听一下，村里面有女人怀孕不能钉钉子的风俗吗？"

"是有这个说法，不过好像信的人也不多。"余半仙点点头，"怎么了？"

"别提了，昨天路边那户儿媳妇流产了，非说是我们贴警示标志搞的，等会儿要来村委反映问题。"老牟叹口气，"你不是大仙吗，有没有什么办法破解一下子。"

余半仙用手捋了两下小胡子，琢磨半天才道："这可不好办，那户我知道，想男孩儿想疯了，不行你就告诉他这胎是女儿，跟他们没缘分，下一胎准是儿子。"

老牟闻言连连摆手："我们是政府部门，怎么能胡诌呢？万一下一胎又是女儿呢？不行不行。"

余半仙两手一摊："那我就没办法了，我就是看风水的，做群众工作那是村干部的强项。"

老牟眼珠儿转了转，掏出手机扫码付钱："老余啊，我看你这小店生意也一般，好像除了我们也没什么人来买东西。"

"可不是，现在的村民都精着哪，优秀传统文化不好发扬啊！"余半仙唉声叹气，"你们扶贫的领导别光盯着山里的贫困户，你们眼前就有一户等着帮扶呢！"

"嗯，有点儿道理。"老牟点点头，"你看哈，我们的扶贫工作一旦推开，以后逢年过节少不了慰问走访，到时候多少都得拎点儿东西吧……"

余半仙小眼睛顿时亮起来，一拍脑袋瓜子："哎呀，我就说这个位置风水好，当初顶着阻力、亏着钱也要把这间铺面租下来，现在真是应验了！"

"你别瞎激动，我们买东西也是要货比三家的，镇上的超市商品丰富还能送货，你要竞争不过也怨不了别人。"老牟眯着眼道，"等会儿那户人来了，我就给你拉个业务，看你表现了。"说完拎着两箱牛奶出了店门。

余半仙看了老牟的背影好半天，然后叹了口气："领导就是领导，随便两句就把我给忽悠心动了，还是定力不够啊！"

老牟回到村委，三哥正和老洪说话，他赶紧问现在什么情况。

三哥慢悠悠地说："对方很生气，叫了不少亲戚，准备来村委讨说法，要不是他儿子在罗定医院陪着病人，怕是早就过来了。"

"什么诉求?"老牟板着脸道。

"没什么诉求,就是赔孙子。"

"扯淡!"老牟火了,一指村委门口道,"通知镇派出所,把民警辅警都叫过来,警车也停路边,我看哪个敢来闹事儿。"

正说着,门外响起嘈杂的人声,十几个村民拎着锄头、铁锹、镐把子气势汹汹地堵在门口,领头的正是昨天和三哥说话的那个老头,好像叫阿军。

老牟一看就急眼了,刚想往外冲,却被老洪一把拉住。他刚才一直没怎么说话,现在才开口:"老牟,别冲动,咱们刚来,如果闹出事儿影响太恶劣。"

"那怎么办?难道任由他们砸了村委会?"老牟喘着粗气低吼道,"他们这明显是冲着三哥来的,咱们不能袖手旁观。"

旁边的三哥脸色一变,心想这个牟维照心够黑的,明明是冲你们公安厅来的好吧,怎么就变成冲我来的啦?跟村委会有个屁关系。

心里虽然不爽,但老牟的话也没错,毕竟一帮人堵在自己门口,他这个村支书也没面子不是。他只好硬着头皮打圆场:"都冷静冷静,阿军也是一时糊涂,我再帮你们去劝劝他。"

哪知老牟根本不买账,掏出手机就给镇里打电话:"巫书记吗,有村民来村委会闹事,赶紧让镇派出所过来支援一下,不能让他们把村委会砸了。我们在这儿没人敢动三哥,放心吧!"

三哥气得嘴角抽搐,我啥时候需要你来保护了?老子在村里干了快三十年,平时哪个见了不是客客气气的,给阿军两个胆子也不敢来自己门前撒野。要不是你们工作队吃饱了撑的没事干,非要去竖什么牌子,能惹出这乱子吗?

但骂归骂,对方毕竟堵在了村委会门口,他不出面实在说不过去,只能硬着头皮走出门,指了指阿军:"你这是干什么?想闹事吗?"

"三哥,你别掺和,这事儿跟你没关系,我是找昨天那个戴眼镜的!"阿军满脸通红地大喝道,"让他出来,赔我家的孙子!"

后面一群村民纷纷跟着叫骂,不时用铁锹怕打两下地面,发出砰砰的巨响,声势很骇人。

"我就在这儿,你们想怎么样?"老洪站在门口,厉声喝道,"你们有没有道理心里清楚得很,来村委门口就能让你儿媳妇生男孩儿吗?"

"反正孩子是没了,昨天下午还好好的,你让他们钉了个破牌子,晚上孩子就没了。你不负责谁负责?"看得出阿军是真急眼了,快六十岁的人说到孙子竟然红了眼,"孙子就是我家的命根子,他没了,我也不想活了!"

"你这老头怎么不讲道理?你儿媳妇出意外谁都不愿意看到,但这事儿和贴警示牌有什么关系?全国多少国道、省道,路边竖着多少交通警示牌,难道人家都不活啦?"老牟不甘示弱,"你就算把村委会砸了,你孙子也回不来,还不赶紧把你儿媳妇送到条件好的大医院看病,跑这里瞎闹什么?"

三哥黑着脸也不知道是被老牟气的还是被阿军气的,说:"阿军,牟队长说的有道理,你们还是赶紧看病调养身体,你儿媳妇还年轻,身体养好了以后有的是机会给你生孙子。"

"哼,这个不用你操心,我既然敢来就没想着回去,今天要是不还我孙子，我就跟你拼命！"阿军悲愤交加道，"都是你们害的，我就不该听你们的话！"

"不听我们的也得听科学的，难道你还听封建迷信的？"老洪大声道，"我问你，你以前信了那么多年，生孙子了吗？你怎么知道这次生的一定是男孩儿？"

"不是男孩儿能这么巧吗？刚钉了东西孩子就没了！"阿军咬牙切齿道，"反正你们说什么都不好使，我今天跟你们拼了。"说着，抡起手里的铁锹就拍在了地上，咚的一声吓得所有人都一哆嗦。

"住手！"老牟大喝一声，站在最前面，"你这是犯罪，要坐牢的！"

"阿军，你给我滚回去！"三哥也动了真火，一改之前的慢条斯理，厉声道，"别忘了这是什么地方！"

阿军两手撑着铁锹把，胸口剧烈起伏，一脸悲愤地嘶声大喊："天啊，我的命怎么这么苦啊！"

就在这时，远处一辆警车拉着警笛也赶到了，正是镇派出所的警车。车门打开，两个民警和三个辅警，身上都穿着训练服、外套防刺背心，腰里挎着伸缩警棍，兜里揣着胡椒喷雾，一手持盾牌、一手拿钢叉，武装得跟钢铁侠似的。

在场的村民们哪里见过这种场面，顿时安静下来。他们心里清楚，女人流产又不是关系切身利益的大事儿，过来壮壮声势就好，真要冒着坐班房的风险那就不好玩儿了。

但阿军不这么想，反而叫得更大声了："快看啊，警察要打老百姓啦！"

附近路过的村民们见状都停下来看热闹，连省道上往来的汽车都放慢速度，还有人举着手机朝这边拍摄。

老牟心说坏事，这个阵仗要是传到网上那还得了！赶紧冲派出所的民警打个手势，叫他们进村委会再说。带队的是加益镇派出所所长梁德旺，马上明白老牟的意思，带着人进了村委会。

堵在门口的村民没人敢拦，但也没有撤退。双方各不相让，僵持起来。

"阿军，你也看到了，警察已经来了，你们现在回家我当什么事都没发生，如果继续堵下去，可就是违法犯罪了。"三哥沉声说，"到时候谁也保不住你。"

"我就没打算回去，我倒要看看你们警察还敢杀了我不成！"阿军干脆破罐子破摔，大声咒骂，什么脏词儿都往外冒。附近看热闹的人越来越多，村里好久没发生这么刺激的事儿了，估计够聊好几年的。

老洪脸上很是挂不住，他指着阿军说："昨天是我让你把警示牌贴墙上的，和工作队无关，更和公安厅没关系，你有什么不满就冲我来！"

老牟连忙附和："你说不让钉钉子，老洪才让他们把警示牌贴墙上的，这算犯了哪门子冲？你们谁老婆怀孕，家里一年没贴过东西？我就不信了，你家过年贴没贴过春联？老婆流产了吗？"

这样一喊，在场的村民都不吭声了，想想确实是这个道理。

"我不管，反正那个警示牌就是破坏了我家风水，让孩子没了！"阿军耍起赖，"你们不来，我家儿媳妇还是好好的，你们一来,她就出事儿了!"

"坏了你家风水?"老牟大声吼道,"我今天就把话撂这儿,我们公安厅风清气正,我们公安厅到哪儿,哪儿的风气就好!"

这一嗓子分贝至少上百,震得所有人都不敢吭声。不过,合江村的村民们也因此牢牢记住了老牟喊的这句话,后来过去许多年,还有村民挂在嘴边:公安厅到哪儿,哪儿的风气就好!

不过,2016年春天那会儿,合江村的村民们还是更信风水一些。

就在僵持不下的时候,村委会隔壁的风水店里响起一声悠扬的钟声,然后门口摆的大喇叭开始播放起大悲咒来。

村民们纷纷侧目,不知道这又是哪一出。

风水店的玻璃门缓缓拉开,门脸上贴着的各种符纸无风自动,伴随着悠扬的念唱声,余半仙身穿法衣、头戴星冠,脚踩一双回力帆布鞋,手握一把老年健美操专用宝剑,嘴里念念有词地闪亮登场。

大家面面相觑,彻底蒙了,连阿军都不哭了,攥紧铁锹问道:"老余,俺家又没死人,你跑出来做什么?"

站在村委会门前的老牟心里得意,忍不住悄悄捅了捅老洪,低声说:"我买牛奶请的,怎么样,这叫以毒攻毒。"

老洪还没缓过神儿,旁边的三哥瞥了老牟一眼:"老余在村里专接白事儿,他去哪儿都不招待见。"

啊?老牟愣住:"这老东西不是说专门看风水、相面的吗?怎么又改行干起超度了?"

"你被忽悠了,你看哪个风水先生店里挂着全是符咒的?"老洪没好气儿道,"除了咱们,你见过别的村民去他店里买东西没?"

"坏了,这不是往他们伤口上撒盐吗?"老牟一拍脑袋,"大意了!"

果然,阿军反应过来,气得脸都绿了,嘴里哆嗦道:"好哇,你们这帮衰仔,专门找他来咒我是吧?"

余半仙却面不改色,继续念着谁也听不懂的咒语,脚下跳着禹步,围着阿军连转三圈,然后剑指天、手指地,大声说道:"你懂个屁!老子这是帮你驱邪,救你全家的命!"

这话一出,连阿军也不敢动了,村里人讲究宁可信其有、不可信其无,既然余半仙都说了在给他驱邪,那不管真假都不敢乱动,万一被他说中了呢。

"老子白事干的比较多,时间长了自然能看见你们见不着的东西,我看你头顶三光暗淡、印堂发黑,流产只是个开始,后面的大事儿还等着呢!"余半仙晃着圆脑袋,神道道地看着阿军,"你们家那个房子位在双煞,南来的、北往的全冲着你家冲过来,你知道多少车轮下面都卷着不干净的东西,弯道急转,汽车猛地刹车,那些不干净的玩意儿因为惯性全都冲你们家里去了。"

"惯性?"阿军没听明白,"鬼也讲惯性?"

"废话,牛顿第一定律没听说过吗?"余半仙很有风度地把封建迷信和物理科学结合起来,"这是宇宙第一定律,万事万物都逃不过的。没听说,牛顿研究完物理就悟道出家了吗?这说明什么?"

"说明什么？快点儿给我们讲讲。"村民们顿时来了兴趣，纷纷放下"武器"要求听课。

老牟和老洪很是无语，没想到隔壁这位还是个人才，这么多天怎么就没发现呢。

余半仙滔滔不绝，跟村民们一通侃，从太上老君到量子力学，从风水堪舆到人工智能，最后得出结论：阿军家的房子修错了地方，以前他们家祖上的阴德还能护住，过得还算平安，但从今年开始祖上的阴德消耗完了，开始耗活人的福气了。所以就会接二连三地出事儿。

"大师，那为什么不克在我们这种老家伙身上，我儿媳妇年纪轻轻的怎么会抵挡不住呢？"阿军嘴上不承认，但犹豫的眼神儿已经出卖了他。

"错了，不是克你儿媳妇！"余半仙露出一副悲天悯人的表情，"是克在你那未出世的孙儿身上啊！我问你，你们家里谁的福气最弱？"

"难道是……"阿军彻底不淡定了。

"没错啊，孩子刚入母胎，三魂未固、七魄不安，最是脆弱。柿子先找软的捏，各路牛鬼蛇神自然不会放过，所以你那孙儿便首当其冲了。"余半仙说起谎话连草稿都不用打，"我告诉你，如果不马上采取措施，你们家还会出事儿！而且这次还是大事儿！"

"啊，大师，你这是什么意思？"阿军吓得面无血色，"这可不能开玩笑啊！"

"谁跟你开玩笑，你说说你们家现在谁身体最弱？"余半仙一副胸有成竹的模样，"下一个就是她啊！"

"身体最弱？"阿军手一哆嗦，铁锹掉在地上，"难道是我……"

"没错，就是你儿媳妇。"余半仙大喝一声，"本仙人从来不打诳语。"

"这老东西真入戏了？"老牟低声说，"要是不灵可咋办？"

老洪说："这种人套路深着哪，你没看他刚才又唱又跳的，如果人没事儿的话，他就说是刚才施法破解了。"

"而且他儿媳妇刚小产了，身体肯定伤害不小，落下点儿病根儿也是大概率事件。"黄文学补充道，"所以他怎么说都不会有错。"

"牛！服了！"老牟一挑大拇指，赞叹道。

正说着，阿军口袋里电话响，他吓得一哆嗦，不可思议地望着余半仙。在场众人都有种不祥的预感，莫非这家伙的儿媳妇真出事儿了不成？

阿军颤巍巍地按下接听键："喂？怎么样……"

过了一会儿，他放下电话，脸上的落寞谁都看得一清二楚，大家都知道一定是出事儿了。但这也太邪门儿了吧？难道真像余半仙说的那样，他儿媳妇也没了？

只见阿军慢慢转身看向村委门前站着的老牟他们，缓缓往前走了两步，对着老洪突然弯下腰，鞠了一躬。

"这是……"老洪也蒙了，心说这老头到底吃错了什么药，怎么想起一出是一出。

三哥走过去拍了拍阿军肩膀，问："怎么了？"

"我儿媳妇，宫……外……孕，幸亏送医院及时，现在人没事了。"

呼……老牟长出一口气:"吓死老子了,还以为人没了呢,搞了半天是没事儿了。"

阿军看着老洪,认真说:"我儿媳妇最近一直说不舒服,想去医院,我怕她动胎气,不让她出门。昨天你们来装警示牌,她晚上肚子疼,我觉得是你们的原因,所以让儿子送她去了罗定市医院,然后听说孩子保不住了才过来闹事。刚才我儿子打电话说,我儿媳妇是宫外孕,之前拖延了太久,幸亏昨晚送去了,如果再晚的话可能以后都没法生育了。"

说完,老头腿一软就要往地上跪。

老牟手疾眼快,一把拉住他:"这是干什么,快起来、快起来!"

"你们救了我们全家啊!"阿军再也绷不住,放声大哭起来。

几分钟后,人群散去,梁所长也带着人返回镇里,三哥则陪着阿军回家。

老牟和老洪来到风水店门前,递了根烟给余半仙。后者笑呵呵地接过来,美美地抽了一口,惬意地吐个烟圈儿:"牟队,我服务还到家吧?以后要进什么货,直接打我电话,保证随叫随到。"

老洪点点头:"可以,你帮我整两千块钱的营养品,我去医院看看他儿媳妇。"

老牟惊讶地看他一眼:"怎么,好了伤疤忘了疼,还想去招惹他们家啊。"

"没有,我就是觉得他儿媳妇挺可怜的。"老洪摇摇脑袋,叹了口气。

老牟很赞同，但是乡下的思想一时半会儿扭转不过来，只能水磨工夫慢慢来，着急不得。然后又冲余半仙说："跟你商量个事呗。"

"啥事儿？"

"把招牌换了，别整这些神神鬼鬼的，弄个正儿八经的超市，我们以后也好正大光明地来买东西。"

"好嘞！"

"还有个事儿。"

"还有啥事儿？"

"帮我打听打听，上次来堵村委的是谁带的头，到底有啥诉求。"

"这个……"余半仙有点儿为难，"你这不是让我做叛徒吗？"

"屁，我是要摸清楚村民们的真实想法，不然总欺负单恒兴一家也不是个事儿。"老牟弹弹烟灰，把背心往肩膀上一搭，留下个风骚的背影。

黄文学回到村委的时候也听说了上午发生的事情，他可以想象出当时村委门口的紧张场面，心里默然：如果村民们针对的不是老洪而是自己该怎么办？他能处理好吗？想来想去，心里还是挺担忧的。

骆主任走访完就匆匆赶回厅里汇报工作去了，让工作队按计划抓紧走访，他承诺下次一定不会空手回来。

中午的时候，三个人正在村委吃方便面，女儿黄子琪打来电话。这是黄文学到村里后第一次接到女儿电话,他兴高采烈地接了电话,哪知电话另一端传来女儿有气无力的声音:"爸,我好像发烧了。"

"啊?不舒服吗?"黄文学立马慌了,"妈妈呢,打电话给她没?"

"打了,吴小燕不接。"黄子琪发着烧还挺记仇,"你带我去医院吧。"

黄文学心疼得不行,但他身在合江,就算长了翅膀也飞不回去,只能安慰道:"乖女儿,我现在在罗定,赶不回去陪你,你看看能不能让老师送你回家,你先多喝点儿水,好好睡一觉。"

"哦。"黄子琪的失望隔着电话都能听见,"我还是在学校趴着吧,回家里万一猝死了,你们也不知道。"

"哎……"黄文学听得一脑门子黑线,这丫头的臭嘴到底是跟谁学的!

还想说两句,黄子琪已经挂了电话。

黄文学也没心思吃饭了,越想越心疼。

"咋了?"老牟放下方便面盒子,"家里有事儿?"

"嗯,孩子发烧。"黄文学有点儿失魂落魄。

"哦,你爱人呢?"

"她是医生,有时候给病人做手术,不带手机。"

"扶贫干部不容易,以后这样的事情还多着呢。"老牟拍拍他肩膀,叹了口气。

黄文学越想越不是滋味,他们是周四从厅里来的合江,周末两天全在村里走访,现在孩子病了也不能回家,扶贫也不能不管家人吧。

想了又想，他还是鼓足勇气跟老牟说："老牟，我想回趟家，因为……"

"别说了，回！"老牟根本不用他解释，直接说，"谁家里还没点事儿，把车开走。"

"车就不开了，你们进村和回镇里都要用，我去搭公交车。"黄文学对老牟的痛快感激不已，因为现在正是走访的紧要关头，自己这一走，少说也得耽误一天时间，要不是为了女儿，打死他都张不开口请假。

"这样吧，让村干部开车送你去罗定汽车站，不是为了照顾你而是为了节省点儿路上时间，明白不？"老牟斩钉截铁道。

黄文学不好再推辞，只能匆匆上车赶往汽车站。

路上的时候，妻子吴小燕打来电话，劈头盖脸一通臭骂，说他现在为了工作连孩子的死活都不管了，这样下去还怎么过日子。

黄文学听得心里发堵，但电话里又解释不清，只能不停地说好话，保证晚上一定赶回家。省道施工的地方更多了，汽车走走停停，折腾了三个多小时才赶到罗定，他买好汽车票，登上开往广州的大巴，又是三个多小时的高速，好不容易快到广州了，高速公路又开始大堵车。黄文学在汽车上给黄子琪打电话，可一直无人接听，妻子吴小燕更是直接把他拉进了黑名单，打都打不通。

黄文学从来没有这么沮丧过，只能望着窗外的滚滚车流发呆。晚上快9点钟的时候，他终于下了大巴，还好滘口汽车站有地铁，等他到家的时候已经是晚上10点多了。

进了门，家里黑洞洞的，一盏灯都没亮，他进屋转了一圈发现妻子和女儿都不在家。这下他心里有点儿慌了，难道女儿真出了什么事儿？

他吓得赶忙又出了门，往妻子医院赶，到了病房办公室，听护士们说吴小燕有个会诊，一直在开会。

"那你们知不知道我女儿在哪儿？"黄文学听到吴小燕去开会，心里反而松了口气，这起码说明女儿没什么大事。经过护士们的热心寻找，终于在一间治疗室的病床上找到睡得正香的黄子琪。

黄文学轻轻推了推女儿，黄子琪迷糊着睁开眼："老黄，你来晚了，我还是决定跟我妈过。"

"随便吧，跟谁过你都是我闺女。"黄文学不跟她计较，一路上的忐忑此刻终于安定下来，"我带你回家。"

黄子琪从床上爬下来，背起书包跟在他后面，走的时候还不忘跟护士小姐姐再见，让她转告吴小燕自己被老黄拐跑了。

父女俩就这样回了家，一进门，黄子琪惊讶地看着黄文学沾满泥巴的衣服："你怎么弄的？罗定回广州要钻山洞吗？"

黄文学照了照镜子，发现自己是挺狼狈的，这要是让吴小燕看见了又得一顿数落。于是尴尬地笑笑："村里面不讲究，每天都这样。"

说完，他去厨房给女儿和自己各煮一碗鸡蛋面。他一天没吃东西早已饿得前胸贴后背，黄子琪却没什么胃口，吃了两口就吃不下了。于是，黄文学一口气吃了两大碗，这才有力气洗澡换衣服。

"老黄，你们不是扶贫吗？怎么把自己弄成了叫花子？"黄子琪躺在床上把自己捂得严严实实，探出个小脑袋好奇道，"穿越到母系氏族了吧？"

"去去去，赶紧睡觉，生病还不老实。"黄文学开始发愁怎么跟吴小燕说扶贫的事，他们俩都这么忙，孩子谁来管？论收入，自己还没妻子挣得多。经济地位决定吵架输赢，他从来都是投降的那一方。这次自己能说服妻子吗？

正瞎琢磨呢，防盗门传来拧钥匙的声音，吴小燕回来了。

黄文学赶紧迎上去想表示一下，结果人家根本没搭理他。他讨好似的问吴小燕吃了没，可问完了才发现自己好像忘了煮她的面，不问还好，问了反而更坏事。

果然，吴小燕看看已经睡着的女儿，回到客厅柳眉倒竖："黄文学，你能耐了啊，出趟差出的连家都不要了，周末也不回来，你到底想干什么！"

"我去扶贫啊，这几天是最忙的时候。"黄文学结结巴巴解释道，"我们没白天黑夜地走访，了解情况，村民们的生活实在太艰苦了。我们早一天进驻，贫困户们就少受一天的罪。"

"随便吧，扶贫扶得女儿也不管了，我跟你过日子还有什么意思？"吴小燕甩下一句话，气呼呼地回了房间，砰的一声把门关起来，再也不搭理他了。

黄文学失落地在沙发上坐下，一天的疲惫让他脑袋晕乎乎的，一边是那些贫困户的影子在眼前晃来晃去，另一边则是女儿缩在病床上那娇小可怜的样子。每一幅画面都如同一根丝线扎在他的心坎上，然后用力拽向不同的方向，把他撕扯得无暇喘息。

沉默良久，他拿起手机，在里面翻找了半天，把这几天在合江村走访时拍下的照片挑选出来，然后一张张发送给妻子和女儿，并将自己心里的矛盾和愧疚写下来发给她们。最后，他向妻子保证，扶贫工作三年一轮，三年后他一定会回家承担丈夫和爸爸的责任。

写完信息，他穿上衣服，下楼开着私家车连夜赶回合江村。

回到镇上，已是清晨。

老牟正端着茶缸站在宿舍门口刷牙，猛然瞪大眼睛，不可置信地看着从车上下来的黄文学："文学，你疯了，怎么这么快就赶回来了？"

黄文学从车上下来，脸上并没有什么疲态，反而看起来还挺精神："孩子没什么事儿，我就赶回来了。"

老洪也从屋里出来："文学，你这样开夜车太危险了，万一出了事可怎么办呢？"

"我很小心，不是特殊情况我也不会冒险，等会儿还得继续走访。"黄文学语气沉稳，然后回屋里洗了把脸，便拎着包朝饭堂去了。

老牟看着消失在饭堂门口的身影，摇了摇头："我年轻的时候，连续一个星期通宵加班，哈欠都不打一个！我看他已经跟我的境界差不多了。"

"你不是属牛嘛，怎么还吹起牛了？"老洪不屑地道，"人家这是升华，你那是升天，不一样。"

三个人争分夺秒，白天进村走访，晚上连夜汇总，终于在半个月内完成了全部贫困户的调查摸底,每户的基本情况、致贫原因、脱贫措施和图片资料都整理得井井有条。这期间,骆主任也是马不停蹄,将之前了解到的附近乡镇的特色产业跑了个遍,凡是合江村有可能做的事情统统记录下来,准备挨着考察。

每个星期,骆主任至少从广州赶过来一趟,和工作队一起研究问题,并把厅党委的最新指示传达过来。骆主任说,厅党委计划近期召开一次扩大会议,全厅各单位的主要领导全部出席,会议上要听取扶贫工作情况的汇报,还会审议今后的扶贫规划,确定帮扶政策。

为了做好这次会议的筹备,他们需要整理出几套材料,一是贫困户的情况汇编;二是扶贫规划;三是拍摄一部合江村现状的视频;四是绘制出脱贫攻坚作战图。有了这几样材料,未来三年的扶贫工作就有了方向和路线图,剩下的就是专心落实了。

这天上午,三个人在村委办公室里商讨贫困户资料汇编的事。老牟说,这本汇编可是核心,多少村民的眼睛都盯着它,入选的就能享受一系列优惠政策,无法入选的只能眼睁睁看着别人收钱收物收慰问,所以必须慎之又慎,不能漏掉一个贫困户,也不能让那些冒充造假的人混进来。

"老洪,余半仙那里怎么样了?"

"他这两个星期一直在村里放风,说什么按照能量守恒定律,凡是申报贫困户造假的,将来子孙里就会多一个贫困户。吓得有几家跑来承认错误,说自己虚报了几千块钱的打工收入,不过真正造假的还是没发现。"老洪弹弹烟灰道,"其实想想也好理解,连贫困户的饭碗都抢,这种人基本不会有什么道德底线,更不会信什么因果报应的。"

"余半仙说村民们之所以咬着单恒兴不放,主要是因为有人在罗定市购买了商品房,同时还在村里申请贫困户,大家不敢明着说是谁所以就拼命咬死单恒兴。"黄文学说,"这帮村民还真是有脑子,把这个精明劲儿用到创业致富上该多好。麻烦的是,咱们没权力去查别人名下的房产,想要甄别出来有点困难。"

"老洪,你房子多,说说看有没有办法查到个人名下的房产?"老牟问道,"这个事儿不解决,咱们这本汇编就有漏洞,万一哪天造假的被发现了,整个扶贫工作都会失去公信力。"

"谁说我房子多?我自己住一套,单位前些年分了一套,哪里多了?"老洪不爽道,"我那套房子买的是新楼,直接在售楼部签合同交钱,哪里知道怎么查名下房产呢?"

"文学,你呢?有没有办法查?"

"我记得我给孩子买学位房的时候,中介带我们去房管局过户,拿身份证在窗口打印一张纸,上面显示我在广州有没有房,有房就属于限购对象了。"黄文学回忆道,"就是不知道罗定可不可以。"

"嗯,这个得问问罗定市政府,让巫书记帮忙打听一下吧。"老牟拍板道,"如果可行,那咱们也别怕麻烦,每个贫困户都把身份证交出来,咱们集中去罗定房管局查一查,有房子的就剔除,还得有惩罚,必须清除造假的歪风。"

"文学,你年轻,这事儿就交给你了。"

"行，我抓紧办。"黄文学点头答应，马上给镇里打电话，让他们帮忙联系房管局。经过一阵子的相处，镇政府上上下下已经跟老牟他们混得很熟，有什么事儿一个电话能解决的肯定不让他们白跑。这主要归功于骆主任的工作到位，不仅按月交纳伙食费，还捐了一批厅机关淘汰的办公家具给镇里，双方配合得越来越默契。

没过多久，镇里回复，罗定市房管局可以提供查册业务，只要拿着身份证就可以查询本人名下的房产，全省联网，准得不能再准。

黄文学跟老牟说了一下，马上开始写请示，凡是入选贫困户的家庭，必须首先到房管局查册，证明自己在市区没有房产，否则不仅要剔除出去，还会追究造假责任。

为了通知到所有贫困户，黄文学打算让三哥通知所有人来村委会开个大会，一是组织贫困户集中学习中央和省里的扶贫政策；二是宣布有关规定，并且公布这项安排。

想法很美好，可当黄文学跟三哥说这事儿时，三哥脑袋摇得跟拨浪鼓似的："不行、不行，村民们肯定召集不起来，我劝你趁早打消这个念头。"

"为什么不行？贫困户里面除了生病和年纪太大不方便的，不是还有很多身强力壮的嘛，集中学习一下总没坏处吧？"黄文学很是不解。

"我问你，开会需要钱吧？需要场地吧？就村委会这巴掌大的地方，怎么开？"三哥的态度很明确，别说集中全体贫困户了，就是按自然村都不一定开得起来。

"地方好办，村委不行就去小学，门口的操场那么大地方，足够了。"黄文学不可能放弃，"至于钱，开个会而已，又不用搭舞台、演节目，不用钱。"

三哥一脸诧异地看着黄文学："我说的是给参加会议的村民钱，不是搭舞台的钱。"

"开会还要发钱？"黄文学有点蒙，"三哥，你是不是开玩笑？"

"我开什么玩笑，村委开会都得给钱，一个人每小时五十块。这是行情价！"三哥一脸严肃道，完全没有开玩笑的意思。

"我是不是耳朵出现幻听了，还按小时计费？"黄文学彻底无语，"我给孩子报个补习班也才七十元一小时，人家还得给我孩子上课，你这里开个会就是坐在凳子上听而已，还要什么钱？"

"这里就这规矩，不仅是合江，周边的中湾镇、四轮镇，你随便打听，都是这样。咱们村经济差，一小时五十块已经是最低价了。"三哥语重心长地介绍完情况，迈着四方步出了村委会，到村里视察去了。

黄文学赶紧找老牟汇报情况，后者闻言一拍桌子："这帮家伙我看是穷疯了，你就通知他们明天开会照样发钱。到时候，老子一个子儿也不给他们，有本事就别当贫困户，我看他们哪个敢！"

就这样，黄文学又找到三哥，让他照常通知，说开会补助正常发放，每人每小时五十块。三哥将信将疑地看着黄文学，不太敢相信，然后又去跟老牟确认了，这才让村干部通知。

很快，到了开会这一天，贫困户们扶老携幼、陆续赶到合江小学。

老洪和黄文学站在学校升国旗的台子上，眼神复杂地看着一个个村民，有拄着拐杖的、有抱着孩子的，还有坐着轮椅的，就差抬着担架来了。

"老洪，你说等会儿老牟宣布不给钱的时候，村民们会不会冲上来把咱仨给吃了？"黄文学脑瓜顶上有点儿冒汗，心虚不已道，"你看他们现在多开心，一会儿就会有多愤怒。"

"没事儿，我已经提前把学校后门的锁拧开了，到时候咱俩一块儿往那儿跑，钥匙在我手上，千万记得跑出去以后把铁门反锁上，否则咱们肯定跑不过贫困户。"老洪晃了晃手里的一把黄铜钥匙，"老牟身子骨结实，等会儿就不带他了，有他在还能给咱俩争取点儿时间。"

俩人正嘀咕呢，老牟穿着大裤衩、踩着人字拖也上了主席台，他看了看操场上乌压压一片的人群，满意地点点头："我就说嘛，合江村的贫困户觉悟还是很高的。你看看，离会议开始还有二十分钟呢，这就济济一堂了。"

"那是，你按人头数数，一个五十块，这一大片算下来至少上万块。"老洪扶了扶眼镜，"等会儿我看你怎么收场。"

"没事儿，咱们正常开，按照流程一项一项来。"老牟根本不把这个当回事儿，"反正来也来了，还能把我撕了不成？"

老洪和黄文学没理他，再次跟他拉开了点儿距离。

很快，人到齐了，会议正式开始。

首先是老洪传达上级关于脱贫工作的有关文件精神，还带着村民们学习了有关政策。光是这一项就花了接近一个小时，台底下的村民们刚开始还能保持安静，到后面就有点儿躁动起来了。

老洪看了看手表，在时间刚好五十五分钟的时候完成传达。

紧接着，老牟上台，他先是告诉大家，接下来的会议是自愿参加的，想听就听，不听随时可以走，但影响了贫困户资格认定，村委和工作队概不负责。

村民们一听自然不舍得走了，大家等了大半个月不就是为了今天嘛。

老牟说好，既然大家都不想走，那会议继续进行。

黄文学开始念名单，这些人都是经过前一阶段深入走访和反复核查后初步定的贫困户名单，能否最终确定，还需要过最后一关。等黄文学念完了，老牟又继续开会，他跟大家谈了前阵子自己进村走访的感受，说到动情处还挤出几滴眼泪。但是，他话锋一转，说在走访中也发现了许多问题，很多村民之所以贫穷并不是因为天灾人祸，而是自身原因，比如沾染恶习、好吃懒做等，对待这样的贫困户，公安厅会尽力教育帮助，但如果长期不转变观念，那么对不起，公安厅也不会为了扶贫而养一帮懒汉。

台底下的村民们听了老牟的话开始小声议论，大家心里很清楚这些人说的是谁，平时本着不得罪人的原则都不提，没想到今天老牟直接把话挑明了。许多人感觉丢了面子，台底下稍微有些混乱。

黄文学捅了捅老洪，那意思是做好准备随时开溜。

老牟说到了兴头，开始临场发挥，尤其是高水大那样的屡教不改之徒，更是成了他重点批判的对象。家家户户的情况他都了如指掌，随口一说台底下就发出一阵哄笑，大家都会看向那个老牟口中的懒汉。

等老牟过足了嘴瘾，他才开始宣布最后一项考察："为了保证贫困户认定的公平，经报上级同意，所有入选贫困户都要去罗定市房管局查册，看名下是否有房产。因为人数较多，经过与房管局的沟通，对方只要求提供身份证号码即可查询。"

"之前大家申报贫困户时都提供了所有家庭成员的身份信息，所以工作队已经向罗定市房管局提交了申请，查询结果这两天就能出来。到时候，凡是在罗定市或者其他地市买房的村民，全部取消贫困户资格。"

老牟的话还没说完，台底下就响起一片嗡嗡声，绝大部分贫困户根本没能力买房，对这条规定一点儿也不意外，但他们心里清楚哪些人可能隐瞒，所以一下子兴奋起来。而那些隐瞒了房产的，则脸色大变，趁着人群议论纷纷的时候开始使劲儿吹风，说公安厅侵犯隐私。

"好了，今天的会议到此结束。大家散会！"老牟这时候突然高喊一声。

台底下的村民们瞬间炸了锅："钱呢？我们来开会的补助钱怎么没发？"

"是啊，不是说好了一个小时五十块钱吗，这都说了两个半小时了！"

"三哥，三哥去哪儿了？不是他把我们喊来的吗？"

……

人们找来找去，哪里还有三哥的影子，那家伙早就见势不妙脚底抹油了。

村民们找不到三哥,一致将矛头对准了台上的老牟。

老牟喊了半天,早就口干舌燥了,这会儿正拿着矿泉水咕嘟咕嘟往肚子里灌呢。听到台下的叫骂,不慌不忙地又站到前面:"你们这是干什么?我刚才跟你们讲的那些好政策还不值五十块钱吗?"

"我不管,以前都是这样,开会就得给钱。"村民们群情激奋。

老牟两只手往下压了压,示意大家安静。过了好久,人们终于不再说话,老牟这才说:"各位,我知道你们今天来这儿是冲着什么来的。我实话跟你们说,我一分钱都不会给!"

台下一片哗然,但大家都知道老牟还有话说,所以也没乱太久。

"公安厅来扶贫不是给大家送钱的,要是送送钱就能解决问题,还派我们三个来干什么?直接派个会计来不是更好吗?"老牟顿了顿,继续道,"多余的话我不说了,我只跟大家提一点:公安干扶贫是动真格的,不搞花架子。今天谁想领这五十块钱,就来我这儿登个记,我掏钱、你走人。从此合江村贫困户名单里再也没有你的名字。你要是不拿这个钱,那就代表你们愿意跟着公安厅干,咱们将来赚五百块、五千块、五万块!"

"我刚才说了,经过前阵子走访,在场各位都认识我们三个,我们的电话也都留给了大家,你们生活工作有任何困难都可以来工作队。我们既然来了,就是冲着改变合江村来的,你们以前开会领钱,领了这么多年,日子富起来了吗?还不是越过越穷?生了病不舍得吃药、孩子大了没钱念书、连肚子都填不饱，这样一年一年活着有什么意思，啊?"

老牟扯着嗓子喊完，台底下的村民们都不再作声。

"现在，会议结束。散会!"老牟说完，率先下台，昂首阔步地从人群中穿过，走出学校大门。

出来之后，他回头发现黄文学和老洪没跟出来，心说这俩没眼力见儿的家伙，真不懂事儿。正准备点根烟舒缓一下高亢的情绪，突然听见学校里面响起一片掌声，然后他远远看见老洪和黄文学俩人正在台上向大家鞠躬，好像还有人拿着手机给他俩照相。

老牟差点儿喷出一口老血，合着自己忙活儿半天，最后的掌声却送给了这俩货。

脸皮咋这么厚呢!

# 奋战,以公安作风干扶贫

扶贫工作队到养鸡场考察鸡苗

那天会后，果然有几户主动找到村委会承认自己家在罗定市购买商品房的事，老牟也不含糊，确认无误后把他们的名字从扶贫名单中剔除。对于单恒兴一家，工作队专门请示罗定市扶贫办，得到肯定的答复后将他们家保留了贫困户的资格。

尽管如此，老牟他们心里还是有些不踏实，原因很简单，这几户买了商品房的都是普通村民，靠在外打工买了房，留在村里的家人生活还是紧巴巴的，只比其他贫困户好一些而已。

"我觉得这里头应该还有事儿。"黄文学对着电脑一边敲字一边念叨，"否则，村民们不会那么小心翼翼地举报，肯定是怕被人惦记。"

"我也觉得，搞不好就是村干部或者镇里某个人的关系，别人不敢明说。"老洪在厨房炒菜，陶醉地闻了闻锅里的菜香，"不行就挨着去查一下，我就不信找不出来。"

"这事儿你们别管了，我再多去贫困户家里转转，肯定会有蛛丝马迹的。"老牟一边扇扇子一边道，"想不到弄得还真跟破案似的。"

随后，老牟往村里跑得更勤了，浑身上下晒得黝黑，忙得连胡子都顾不上刮,看起来比贫困户还惨。

这一天,他在一个贫困户家里聊完,骑上摩托车准备继续走访,突然注意到这户人家门口的泥土路比其他贫困户家门口的路宽阔不少,于是随口说了一句:"你们家门前的路还挺宽,都能过汽车了。"

那户人听到后面色一僵,尴尬地笑笑不知说什么好。

老牟觉得奇怪,眨了眨眼,打量了一下门口的路,发现这条泥路两旁还留着车轮轧过的痕迹。原本没有放在心上,现在却突然灵光一现,假装什么事都没发生似的离开了。

回到村委,他马上调出那户人的资料,从表面上看确实经济困难,孩子又多,上有老下有小的。但他发现这个户主的名字有些眼熟,好像在哪里见过似的。于是,他把黄文学和老洪都叫过来,几个人研究了半天。

最后,老洪一拍脑袋道:"这人的名字和他们村的生产队队长名字很像,就差一个字!"

"靠!怪不得,我说怎么这么眼熟,敢情是这个原因。"老牟恍然大悟,直接打电话给三哥,问是怎么回事。

三哥笑了笑,说他们两个是亲兄弟,哥哥是村里的生产队队长,弟弟在外面打工做小买卖。

事情终于搞明白了,敢情这户人不是买了房子,而是买了车,而且在外面的收入还不错。难怪村民们连续反映,他们废了那么大工夫也没查出来,原来不是买房而是买车。

真相水落石出,这户人因为不符合贫困户标准而被除名。

从此以后,老牟的手机上再也没收到过投诉信息,反而时不时收到村民们的感谢信息。这让工作队三个人挺有成就感,现在他们走在村里时不时会有村民跟他们打招呼，有的还会停下来聊两句。

骆主任最近来村里的频率越来越高，有时候当天都能跑个来回。除了基础工作外，危房改造、村道硬底化施工等项目也都提上了日程，工作队在村里走访的时候，骆主任就在到处打听发展村集体经济的事情。

"洪教授，我怎么觉得咱们手上的工作好像越干越多了呢？"黄文学坐在木沙发上，一边翻危房改造材料一边嘟囔，"光危房改造这一项，全村就有将近八十户，每户按两万块计算，那就一百六十万呢。"

老洪正在厨房忙着煮面条，他最近心血来潮，把宿舍后面的阳台改造成了厨房，煤气罐、微波炉、锅碗瓢盆什么的应有尽有，只要有时间就亲自下厨露一手。老牟和黄文学因此成了他宿舍的常客，老洪的称呼也升级成了"洪教授"。

"那是，以后的任务还多着呢！"洪教授抓了一把从村民田里摘的青菜，丢进锅里，"没想到老骆这么能折腾，上面定的任务是一分，他脑子里就琢磨着做到二分，最后必须实现三分。你说工作能少吗？"

"是啊，他这两天让咱们想发展乡村经济的事儿，你想的怎么样了？"黄文学低着脑袋努力翻着手里的资料问，"我快被危房改造的事儿烦死了，一点儿精力都腾不出来，晚上开会就全靠你了。"

"乡村经济好搞，养养鸡、喂喂猪，再选个特色农产品种一种，全国各地都是这样搞，随大溜就行。"洪教授胸有成竹道,"反正最后都是进了村民肚子里,养什么都一样。"

"不行啊,你没见骆主任那雄心万丈的模样,看样子不打造出个世界五百强肯定不能善罢甘休。"

"还世界五百强,能排进罗定五百强我就谢天谢地了。"老洪撇撇嘴,"我以前在韶关的时候太了解了,宣传是一回事,真正做起来是另一回事,你别不信,实在是太难了。"

正说着,骆主任和老牟推门进了屋,正如黄文学说的那样,骆主任激情澎湃地冲大家宣布:"明天咱们一起去隔壁镇,考察一下他们的养鸡场。如果合适的话就引进一批鸡苗,发给贫困户养一下。"

听说能去隔壁镇,老洪和黄文学都挺高兴:"太好了,天天窝在村子里,嘴都淡出鸟了,去养鸡场考察肯定得包括品尝肉质的环节吧?"

几个人说笑两句,话题又回到工作上。

"文学,危房改造的事怎么样了?我们得尽快确定改造对象,然后向厅党委报方案。"骆主任问道,"国家政策是根据房屋等级,每户补贴数千元到两万元,但我觉得这个资金还不太够,不少贫困户的房子已经快要倒塌了,必须得推倒重盖,这可不是两万元能解决的。"

"没错,但是差额从哪里来呢?"黄文学点点头,"按照国家的危改标准,新建住房在合江村的话至少需要三四万元才够。"

"还差两万元。"骆主任道,"咱们就这样提吧,每户由厅里出资补贴两万五千元,既然帮扶就真正帮到位。不过这个工作必须做扎实,明天上午我们可以再去需要危房改造的贫困户家里看一看,了解一下村民们的需求,下午再去考察鸡场也不迟。"

"那吃鸡的事儿呢?"老牟突然插了一句,"下午去还怎么吃?"

"放心,我个人掏钱买两只带回来,让洪教授施展一下本事。"骆主任豪气道。

第二天一大早,几个人吃过早饭就出发了。这次去的几个贫困户家里各有不同,有的是房屋年久失修随时可能倒塌,有的是房子靠近山体有滑坡危险,需要搬迁重建。这其中有些贫困户家里劳动力充足,盖新房可以自己动手;有些则丧失劳动能力,需要请人干活儿。不同的情况,改造成本也大不相同,需要详细到每家每户,是个细致活儿。因此,学医出身心思缜密的黄文学自然成了主力,这两天他把全部精力都花在危房改造上,经常夜不能寐,脑袋更亮了。

在一户贫困户家里,他们和户主聊了很久,对方告诉骆主任,危房改造最大的难题就是资金,他们家里已经穷得揭不开锅了,哪里还有钱盖房呢?

"不用你们出钱,国家给补贴,公安厅还会想办法帮助你们一部分,算下来基本不花钱。"黄文学介绍道,"趁着国家的好政策,赶紧把房子盖起来,过了这个村可就没这个店了。"

"哎呀,领导呀,你们不知道,就算国家给补贴也得我们先垫钱不是?我们连垫的钱都没有啊!"贫困户诉苦道,"周围的人都跟我差不多穷,我就算去借钱都不知道该向谁借。"

"想想办法,连两万元都凑不出来吗?房子一盖好,通过验收之后国家马上就会把钱返还给你。"黄文学还不死心。

可那个贫困户连连摇头,唉声叹气地直说办不到。

几个人连续问了好几户,大家的反应都差不多,全是诉苦借不到钱,没办法盖新房。

"咱们早该想到,合江村的贫困户都穷得叮当响,哪里有钱先盖房?"从贫困户家里出来,老牟一边走一边唠叨:"要我说,这事儿还得想别的办法,否则肯定推进不了。"

其他人也都愁眉不展,黄文学尤其沮丧,这两天他光看材料了,忘了贫困户手里没有现金的实际困难。如果这事儿推进不下去,他前期白忙活不说,合江村的扶贫任务都有可能完不成。

"前面还有两户,咱们再去看看吧。"骆主任一边思索一边往前走,"这事儿也没那么难,村民掏不起钱是肯定的,那咱们就想办法帮他们找钱,等国家的补贴发下来再还回去就是。大家想想从哪儿能借来这笔钱呢?"

几个人正往前走着,突然,迎面跑过来两个村民,一脸慌张。

"你们怎么了?有什么事吗?"老洪走在最前面,奇怪道。

"阿焕老婆快不行了,我们去路边等镇卫生院的医生。"一个村民匆匆回答,然后和同伴一起朝山外跑去。

"阿焕?会不会是那个贫困户,咱们待会儿就是要去他家。"黄文学清楚记得这家人的房子破破烂烂,好像猪圈一样,所以才特意带着骆主任实地走访一下。

不过,他老婆怎么突然快不行了呢?

"走,过去看看。"骆主任加快脚步,一行人朝阿焕家赶去。

阿焕家在大路村，之前黄文学走访的时候就去过他家，对他有点儿了解。他今年快四十岁了，因为家里穷娶不上老婆，前些年便通过介绍从外地娶了一个患有精神病的女人。两人结婚后，生了两个小孩儿，加上七十多岁的父母，全靠他一个人养。上次走访时，黄文学就发现阿焕的老婆精神状况比较糟糕，基本没有劳动能力，所以他们家被列为重点帮扶对象。

顺着山路没走多远，一栋土黄色的泥砖房出现在眼前：房子给人的第一感觉好像是块即将融化的巧克力，墙面上的泥坯整块地垂下来，在底部形成圆弧状，给人一种流动的错觉，实际上却是房子因为年久失修表皮脱落造成的。房子门口有个不大不小的院子，里面杂乱无章地堆满垃圾，据说是阿焕老婆平日里捡回来的。两个衣着破破烂烂的孩子蹲在门口玩耍，屋子里面黑洞洞的没有光线，看不清内部。

工作队来到的时候，已经有热心的邻居站在屋门口劝说阿焕，从他们脸上的表情看，似乎没什么效果。

"本来精神就不正常，还经常不吃药，发病了就关在家里，拖成现在这个样子。真是作孽！"村民见骆主任来了，便从门口退出来，一边摇头一边抱怨。

老牟一马当先，想进屋却发现断了门轴的破木门被人从里面顶住了，他大声道："把门打开，我们是公安厅扶贫工作队的。"

哪知里面的阿焕根本不理会，老牟叫了半天都不开门。

"我看看。"黄文学走到门口，轻声问，"阿焕，我是前两天来你家走访的黄文学，你还请我喝过茶的。"

良久,从里面传来一个闷闷的声音:"领导,你还是走吧。"

"我们是来查看危房改造的,前两天不是告诉你了,很快就要帮你们盖新房子吗?"黄文学说道,"今天我们就来看地方,测算一下工程,你不开门我们怎么帮你盖房子?"

"真的?"阿焕这次回答得倒挺快。

"当然是真的,骗你有什么好处啊!"

过了一会儿,屋里响起挪动物体的声音,然后破木门"咣当"一声仰面倒下,彻底坏了。

大家吓了一跳,等发现没砸到人,这才松了口气,陆续进屋。

阿焕家的房子内部和大多数贫困户差不多,因为窗户被报纸糊住,客厅黑黢黢的,只能看见靠墙摆了两张木椅,还有一条长板凳放在对面,地面上坑坑洼洼,铺的砖头早就七零八碎,和外面的泥土地没什么两样。

阿焕个子不高,精瘦精瘦的,头发又长又乱,两只眼睛向外突出,看起来有点儿吓人。

"你这个房子该拆掉重建了,国家补贴两万元,盖好验收后就打到你账户,公安厅也会适当补贴一些,你自己再凑一点儿,就可以建个新房了。"黄文学没提他老婆的事儿,而是一副公事公办的样子介绍起危房改造政策。

"没钱盖。"阿焕听完后闷了半天,小声说,"不给钱,怎么盖?"

"那你能不能想办法找亲戚朋友借一点儿,房子盖好就还上。"黄文学循循善诱。

阿焕摇摇头:"能借钱的话早就盖了。"

大家对望一眼,知道和前几户一样,阿焕也没能力先盖房后领补贴了。

"行,房子的事我们慢慢再想办法。你放心,公安厅一定会帮助大家把新房子盖起来的,不管你有钱没钱,我们说到做到。"黄文学安慰阿焕道,"盖房还只是第一步,只要你不想继续过穷日子,愿意努力,将来一定能过上好日子。"

"哼……"阿焕微哼一声,算是答复。

谁都听得出来,他就差把"不相信"三个大字贴脑门儿上了。

"阿焕,我知道你不信,不过咱们慢慢来,等你明年这时候再回过头看,就知道我们说的是真话还是假话了。"骆主任说,"还有你老婆的事,现在什么情况?"

"反正我不去医院。"阿焕扭过头不理他。

"为什么不去医院啊?"老牟急了,"怕花钱还是怕耽误工作?对了,你有工作吗?"

老洪踢了他一脚,小声骂道:"你蠢啊,哪壶不开提哪壶。"

"我没说错吧,他有工作吗?"老牟抓抓头发,问黄文学。

黄文学看白痴一样看着老牟,心说,精神病什么时候有传染性了?怎么这家伙一进屋智商就掉线了呢?

哪知老牟继续刺激道:"反正你也没工作,这样吧,我给你找个活儿,去医院照顾你老婆,照顾一天我给你开一天的工钱。"

阿焕把脑袋扭过来,同样看傻子一样盯着老牟:"你逗我呢?"

"说到做到,童叟无欺。"老牟胸脯拍得啪啪响,"一天五十元,一个月就一千五百元,爱去不去。"

阿焕扫视了一圈在座的人,见黄文学冲他点头:"没错,牟队长是我们负责人,他说的话从来算数。"

"行!"阿焕点点头,终于同意。

老牟第一个站起来:"人在哪儿呢,带我们去看看。"

阿焕带着他往里屋走,刚一进去,老牟就被一股恶臭熏得直皱眉,差点儿又退出来。

这哪里是人住的地方:一间又阴又暗的泥砖房里,几块砖头架着一块木板就算是"床",上面黑黢黢的棉被胡乱地堆在一起,隐约可见一个瘦骨嶙峋的人形蜷缩在墙角。地上的泥砖不知洒了什么液体,踩在上面黏糊糊的。空气里弥漫着一股刺鼻呛人的腥臊味儿。

最后,还是邻居帮忙,几个人用倒下的破门板把人抬出院子。大家这才看清楚,阿焕老婆整个人已经处于休克状态,脸色蜡黄、眼眶铁青,两个颧骨高高凸起,瘦得只剩一张皮了。

邻居们纷纷摇头,甚至有人觉得阿焕做得也没错,都这个状态了,干脆早点儿准备后事得了。

这时候,镇卫生院的医生也来了,看过病人之后表示超出能力范围,得送到上级医院做全面检查。

"阿焕,你老婆有买医保吗?"黄文学赶紧问道。

阿焕摇摇头,他连什么是医保都不知道。

"没事儿,先送大医院去,需要用钱我先垫上,救人要紧。"骆主任一锤定音,大家七手八脚把人抬上担架,送到停在山下的救护车上。

所谓的救护车,其实是一辆旧金杯面包改装而成,后排座位拆掉装上医疗设备,一边躺病人,另一边坐医生。也不知道这车开了多少年,车漆掉得七七八八就不说了,一边高一边低又是咋回事,还有车头的保险杠也是歪的,离远看跟冬天的铲雪车差不了多少。

医生有些不好意思,歉意道:"卫生院条件比较差,就这一辆救护车,早该报废了,也没条件换新的。"

"没事,路上注意安全就好。"骆主任叮嘱两句,让黄文学跟着车去医院,光靠阿焕肯定不行,他能把自己照顾好就很了不起了。

这么一折腾,时间也快到中午,大家返回村委会,收拾一下准备去隔壁镇考察养鸡场。

一想到阿焕老婆的样子,老洪也没了做菜的欲望。他跟骆主任还有老牟感叹:"合江村的贫困户太苦了,想彻底改变这里只能想办法发展出本地产业,让他们真正富起来。"

"可不是,所以咱们接下来的重点就是大力发展产业,只有振兴乡村的经济,才能真正脱贫。"骆主任说,"对了,老牟你刚才是故意的吧?"

老牟嘿嘿一笑:"他那个情况哪里是不舍得看病,而是根本看不起病。我以前扶贫的时候就知道,贫困户最怕什么,看病花钱是一部分原因,还有一部分原因就是因为照顾病人导致耗费一个成年人的精力,劳动力可是乡下的宝啊。阿焕要是去照顾他老婆,谁挣钱养家?谁照顾老人和孩子?这也怪不得他,现实就是这么残酷。"

"因病致贫,因死脱贫。"老洪点点头,"贫困户最大的悲哀。"

骆主任沉吟良久，说："赶紧吃饭，我们得抓紧了！"

下午，黄文学从医院赶回来，和工作队会合。阿焕的老婆则住进隔壁中湾镇卫生院，正在输液补充营养，等稳定下来再安排去罗定市的大医院全面检查。

"主要是饿的。"黄文学一边擦汗一边说，"那种生活环境，换我也得饿死。"

几个人开着车朝另一个方向的四轮镇前进，这里经济繁荣许多，人口也是加益镇的两倍还多，主要发展水稻种植和竹制品产业，做得风生水起。骆主任就是上次和罗定市扶贫办领导聊天时要到这边负责人电话的。对方向他推荐了一家本地养鸡场，品种好、效益高，喂养难度不大，正好适合合江村这种山多地少的情况。

一行人来到养鸡场，负责人陈老板热情接待，带着他们参观了鸡舍、孵化区等。看着鸡舍里密密麻麻的鸡群，他们不由得羡慕起来：要是合江村也能发展出这种规模的养殖产业那该多好啊！

陈老板告诉他们，这个品种的鸡最大特点就是易于养殖，而且在市面上比较常见，老百姓接受程度高。虽然价格达不到高端层次，但利润率并不低，零散农户喂几十只基本不用花什么精力，而且鸡肉味道和口感都很不错。

大家仔细询问了很多细节，比如市场销路、饲料、养殖技术之类的，陈老板都一一解答，关键是四轮镇距离合江村不远，养殖过程中出现任何问题他们都可以及时提供帮助。

工作队参观完后都很振奋，觉得养鸡是个不错的选择，至少风险低，不花村民太多精力，而且见效快。回去之后，大家一致决定可以先试着干一下。

骆主任也很高兴，参观完养鸡场后就连夜赶回厅里汇报，老牟他们则找村干部开始动员贫困户参与。

老牟性子急，恨不得当天就把鸡苗拉回村里分给贫困户。老洪和黄文学好说歹说才给他劝住了，就算让贫困户养鸡，也得先让他们搭个鸡窝不是，否则，一堆鸡苗扔在院子里还不都被野猫野狗叼走了。

回到村委，老牟忙着找三哥发动村民，黄文学继续整理危房改造资料，老洪则挽起袖子给大家做饭，整个团队也算各尽其职、配合默契。

"阿学，你的资料研究得咋样了？"

黄文学正埋头统计数据，冷不丁被一个贼嗖嗖的声音吓得一激灵，转头一看，老洪正围着围裙、提着炒勺站在身后，脸上还挂着一副不怀好意的表情。

"有事儿说事儿，别把我名字叫得那么猥琐。"黄文学低头继续忙碌。

"我问你个事儿，从开始扶贫到现在，你自掏腰包一共花了多少钱？"老洪的眼珠子滴溜溜地转来转去，也不知道在打什么鬼主意。

"不知道，没顾得上算。"黄文学头也不抬道。

"那你有没有打算找厅里报销一下？"老洪继续引诱。

黄文学被他干扰得心烦，干脆放下笔记本，坐直身体："你到底想说什么？"

老洪拉来一个板凳，在黄文学对面坐下道："你看啊，今天上午老牟说要给阿焕开工资,一天五十块,就阿焕老婆那个身体状况,少说也得住一个月院吧,这就一千五百块。前两天进村走访,你买了米和油,我也买了方便面什么的,都是钱吧?这还不包括我去看望阿军家流产的儿媳妇买的那些营养品。杂七杂八的加起来,我大概算了算,咱们每个人平均倒贴三四千块钱。"

"我问问你,你现在是什么职务?"老洪透过厚厚的眼镜片斜看着黄文学,"我是正科长,十八年的正科,一个月才挣多少钱?"

黄文学被他一提醒,突然觉得老洪说得也不是没道理,自己转业回厅里也才定了个副科级,一个月的收入跟老洪不相上下,要是按这个倒贴的速度算下来,工资一分钱都留不住了。

"你这一说还真是,光我开私家车来回跑的这两趟,油费、过路费什么的就不少钱呢。"黄文学点头道,"但余半仙的那个风水店也没发票开啊,就算能开,我觉得单位也不会给报销的。"

"你现在可是工作队的大管家,老牟这家伙你也知道,心眼子比我大腿还粗,我又是警校的编制,所以只能你来想想办法了。"老洪嘿嘿笑道,"你说咱们已经抛妻弃子跑这么远来牺牲奉献了,总不能流血又流泪吧!"

黄文学想了想:"你说的有道理,这事儿我们得跟骆主任汇报一下,看看厅里能给出个什么政策才行。"

正说着,老牟从外面风风火火地赶回来,兴高采烈道:"事儿成了!我跟三哥到村里一说,那些有劳动能力的贫困户都愿意养,咱们可以开干了!"

"废话，不要钱的事儿谁不同意？"老洪没好气儿道，"你没看电视吗，好多扶贫村的村民把发的鸡苗养大了都自己宰着吃了，纯粹的肉包子打狗一去不回。"

"嘿，这可不一样。"老牟坐在椅子上，居高临下地拍拍坐在小板凳上的老洪，语重心长道，"咱们下午不是都说了嘛，这种鸡市场上好卖，只要养大了不愁卖不掉。而且退一万步讲，就算市场卖不掉，咱们公安厅不是还有那么多民警吗？食堂不吃鸡吗？工会不能发吗？一周一顿，全村的鸡都不够吃的。你还担心什么？"

老洪被他堵得没话说，但还是觉得不应该太草率。

老牟转身看向黄文学："阿学，你说我讲的有没有道理。"

黄文学一阵恶寒："你们俩什么毛病，挺糙的汉子怎么说话这么恶心呢？我专心搞危房，养鸡的事儿你们拿主意就行。"

"好嘞，二比一，少数服从多数，干吧！"老牟一拍大腿，"大家把钱包拿出来，咱们凑一凑，明天就进货去。"

"靠，你疯了吧！"老洪一下子跳起来，拿炒勺指着老牟骂道，"你是处级干部，收入高，我们俩是穷光蛋，还得养家糊口呢，少打我们主意。"

老牟一愣，没想到老洪反对竟然是因为钱："先垫上，回头不就报销了吗？"

"报销你个头，从到这儿来那天开始算，咱们仨往里面贴了多少钱了，你自己算算。"老洪一脸严肃道，"我刚才跟文学算过账，平均每人掏了三四千块钱。咱们扶贫是工作，要长期坚持下去的，如果刚来一个月就把工资贴进去一半，那这活儿还能长久干下去吗？"

"老洪说的有道理,咱们之前光感动了,想着工作为先,但时间一长,谁也顶不住。"黄文学赞同道,"这事儿得跟骆主任反映才行。"

老牟一拍脑袋:"确实啊,我说自己钱包怎么越来越轻。刚才还想着找你们凑钱来着,这事儿确实得重视起来。"

"不过,养鸡这事儿确实一本万利、零风险,早一天做,贫困户们就早一天受益。"老牟又露出嘻嘻哈哈的表情,"咱们想想,从鸡苗到上市,咱们的鸡不打激素,至少也得 120 天,如果等领导批下来,那至少得拖延半个月。这意味着贫困户少赚半个月的钱啊!"

"而且,有公安厅在这儿杵着,饭堂怎么也得表示一下吧?还有你们警校的饭堂,对了,老洪你不是伙食科科长吗?采购一千只鸡不算过分吧?你说这有什么风险?"老牟使劲撺掇,讲得头头是道,好像还真有点儿道理。

经过反复讨价还价,三个人决定先凑三万块钱,明天进货,先给一部分勤劳肯干的贫困户发鸡苗,让他们试养看看效果。

第二天,他们马上和陈老板联系进货,为了方便贫困户养殖,他们决定购买已经长到一斤多的鸡苗。对方回复抓鸡苗得等下午才行,运到合江村恐怕要深夜了。

老牟一听当即表示没有问题,他马上带队去鸡场一起抓,加快进度。陈老板还没见过这么优质的客户,连抓鸡都要亲力亲为,自然没有意见。当天下午,工作队一行人浩浩荡荡赶到养鸡场,三个人按照陈老板教的办法和工人们一起进场抓鸡,一时间鸡飞狗跳,好不热闹。

等抓完鸡苗,陈老板派大货车送到合江村委,三哥早已组织好贫困户在这儿等着,大家挑着扁担、背着箩筐,一个个兴高采烈来领鸡苗。

老牟他们顶着一身鸡屎,看着贫困户们将鸡苗领走,不由得喜笑颜开。

合江村产业振兴也就在这场轰轰烈烈的鸡苗发放运动中缓缓拉开了序幕。

然而,千算万算还是漏算了一条。第二天,骆主任打来电话,说养鸡的事情要暂缓,老牟彻底傻了眼。原因是,合江村的贫困户普遍缺乏养殖技术培训,贸然投入失败的风险太大。

"哼,我就不信了,养个鸡而已,以前合江村的人还不是照样养鸡喂鸭吗?怎么不见失败,咱们走着看,等养成功了,上面自然会同意!"老牟愤愤不平道。

"唉,我看这钱怕是又要打水漂了。"老洪垂头丧气地坐在沙发上叹气。

黄文学却比较乐观,他也觉得老牟说的有道理,只要有销路还怕亏本不成?搞产业和扶贫不一样,那是要经过市场竞争考验的,只要盈利的可能超过七成就可以大胆尝试。

这时候,三哥打来电话,说合江小学的营养餐项目需要他们去检查。

原来,上次在陈祥翠家听到她女儿讲述合江小学的学生们中午没饭吃,老牟他们就上了心,打算在小学建一个厨房,每天中午给路远回不了家的孩子们做饭。在三哥的协助下,小学先搭起了一个简易厨房,先解决孩子们的燃眉之急,至于以后的建设计划等整体规划确定了再实施。

大家听说厨房建好了,心里都很高兴,一起朝合江小学赶去。

最近这段时间,工作队时不时会到小学转一转,老洪来得尤其频繁,按他的话说自己好歹也算半个老师,不能因为扶贫就忘了老本行。

老牟说他装蒜,主要是因为小学建食堂的项目才是他老本行。

三个人进了学校,正好赶上大课间,一群孩子正三五成群地在操场上闲逛,看见老牟他们吓得远远躲开,没有一个敢往上凑。

老牟还想拉几个孩子问问营养餐的事儿,结果学生们看见他都跟老鼠见了猫似的,让他很是郁闷。

"我有那么吓人?"老牟摸着自己胡子拉碴的脸纳闷儿道,"是不是老黄的脑袋太亮,把孩子们都吓跑了?"

"滚一边儿去!"黄文学没好气道,"肯定是你整天光着膀子到处晃,孩子们有心理阴影了。"

来到教学楼后面,这里并排杵着三间砖房,其中一间做了简单整理,中间修起灶台,上面支了一口大锅,旁边还有电饭煲,可以煮饭炒菜。

黄文学皱皱眉说:"临时凑合还行,长期的话卫生条件还是太差,这种房子到了晚上,老鼠、蟑螂肯定少不了。"

"没错,只能先应应急,等规划敲定了,咱们盖一间亮亮堂堂的大食堂!"老牟赞同道。

校长在旁边一个劲儿附和,难掩兴奋:"已经很好了,以前孩子们连这个条件都没有呢。中午要么自己从家带冷粥,要么饿肚子,现在有了炒菜做饭的地方,孩子们甭提多高兴了。"

几个人出了厨房,在学校里转了转,一致认为学校的面貌需要来个大修整才行,现在操场不像操场,教室破破烂烂,连教师宿舍都没有,导致很多老师都纷纷跳槽离开,这样的条件怎么可能提高教学质量?

"看来在给厅党委的汇报材料里还得把小学改造狠狠地提一提才行。"老牟说,"下个星期,厅党委就该听咱们的汇报了,大家都打起精神,一鼓作气打开局面。"

2016年5月底,省公安厅党委召开扩大会议,听取了合江村对口扶贫工作汇报,并审议脱贫振兴规划。6月15日,厅主要领导亲自到罗定市合江村调研。

扶贫工作队在骆主任的带领下,通宵达旦地完成了"四个一"材料,即:一份贫困户资料汇编、一份脱贫振兴规划、一部合江现状视频、一幅脱贫攻坚作战图。厅主要领导深入合江村各个地点,对合江村的脱贫攻坚工作提出更高要求。尤其在合江小学、村委会等地方,明确提出建设全新的现代化小学和党群服务中心。

在去自然村更头村的路上,厅长发现进村的唯一通道竟然还是一座竹桥,每到夏季洪水来袭的时候竹桥就会被冲走,当即决定为村民们建设一座新的水泥桥。此外,公安厅还明确了厅机关所有单位的正处长以上领导每人对口帮扶一户贫困户,一对一帮助解决生活困难,以前许多需要工作队自掏腰包的事情现在成了全厅各级领导的任务,而且还给工作队每个人发放工作补贴，困扰老洪的问题终于得到圆满解决。

在会上，厅长还跟所有参会人员分享了自己早年间的亲身经历：当时，他还在内地省份的一个县里当县长。有一次，市里召开紧急会议，他连夜赶到市里开会。坐车返回的时候正是凌晨4点多钟。车子在山路上行驶，他却透过车窗看到山上星星点点的全是晃动的光。好奇之下，他询问工作人员山里亮的光点是怎么回事。工作人员告诉他，那是村里的孩子们打着手电赶路上学的亮光。

这件事在厅长心里留下深深的烙印，他说，从那以后，他就再也忘不了生活在贫困地区的老百姓。所以，公安厅在合江村的扶贫一定要做出成绩，不能只满足于群众脱贫，而是要奔着乡村振兴的目标，把合江建设成为新农村建设的示范村。

厅党委提出了更高要求后，工作队的压力骤然增加，尤其是危房改造项目，关系着近八十个贫困户的生活，黄文学也变得更加忙碌了。

"党委会一开，钱的问题算是有着落了。"老牟斜靠在椅子上，惬意地往嘴里灌了口茶，"剩下就看你的了，阿学！"

黄文学露出一个比哭还难看的笑脸："是啊，钱是解决了，可这解决得也太狠了吧！"

"国家补助两万元，公安厅补贴两万元至三万元，所有这些钱全部由厅里垫付，然后盖好房子通过验收后，再把国家补贴款返还给公安厅。"老洪笑呵呵地道，"这主意肯定是老骆想的，他这个领导就是点子多。"

"那是，点子就是太多了，把我给绕里面出不来了。"黄文学撇着嘴道,"垫的钱都是以我个人名义向公安厅借款啊!七七八八算下来有三百多万元呢!老大,万一贫困户还不上,那我还有活路吗?"

"怕什么,你不是还有套学位房嘛。"老牟满不在乎道,"反正你小孩儿已经上初中了,用不着了。"

"滚犊子,用不着就得充公吗?"黄文学气急败坏,"自打这个方案通过以后,我现在就像背了一座喜马拉雅山在身上,连喘气儿都带着高利贷的气息!"

"放心吧,组织是不会抛弃你的。有点儿压力在身上,工作才能出成绩啊!"老牟幸灾乐祸道,"从明天开始,咱们就分头行动,把那些条件好的危房改造户挑出来,先开工,争取国庆前先给你要回来一部分工程款。"

"只能如此了,老天保佑,可千万别出幺蛾子啊!"黄文学两眼含泪地说。

"对了,光伏厂家最近会到村里来考察,这是咱们村的第一大项目,必须得抓稳妥喽,老洪你是高级知识分子,对这些高科技的玩意儿比较精通,这事儿就交给你负责吧。"老牟三下五除二把工作安排好,也不管两个手下的鬼哭狼嚎,自顾自地进村检查工作去了。用他自己的话说,现在是鸡苗出栏的关键时期,他必须亲自深入农户检查养殖情况。

"屁的深入农户,我看他是深入鸡窝还差不多!"老洪气急败坏道,"老子只会生火做饭,光伏发电能炒菜还是能煎鸡蛋?凭什么让我负责!"

黄文学也叹口气:"我还是学医的呢,跟盖房子有个毛关系,还不是得硬着头皮干?要怨就怨咱俩形象不好,老牟那德行天生就是贫困户的形象代言人,现在只要在路边站着,过往车辆都想跟着他去慰问。认命吧,教授!"

俩人正贫嘴呢,村委外面有人敲门:"黄科长在吗?"

黄文学站起身,问道:"是我,您是哪位?"

只见一个村民客气地说:"我是阿焕家隔壁的,上次你们去救他老婆的时候见过,我还帮忙抬人来着。"

"哦,我想起来了,有事吗?"黄文学赶紧把人请进来,倒了杯茶水。

"是这样,阿焕的老婆在罗定市人民医院已经十几天没吃东西了,医院让他把人接回来准备后事,我想着还是得跟领导们汇报一声,上次毕竟是你们救了他老婆。"那人说,"阿焕前阵子也一直尽心照顾他老婆,现在确实是没办法,医院都准备往外撵人了。看来他老婆就是这个命啊。"

"怎么会这样?前阵子不是说已经稳定住了吗?"老洪愕然,"我还以为再住几天就该回家了呢。"

"是准备回家了,这次是要彻底回老家了。"那人无奈道。

通报完情况,来人匆匆告辞。

黄文学和老洪都沉默下来,在他俩看来,阿焕一家挺可怜的,尤其是他老婆,本来精神问题不算特别严重,大多数时间还能照顾自己,不然也不可能生两个孩子出来。可就是因为家里太穷,医院开的精神药物又不便宜,所以不按照医生规定剂量吃,有症状了就多吃两片,平时则一片也不舍得吃。精神药物的副作用本来就大,这样不规律服药导致身体机能逐渐受损,最后引发了器官衰竭。

"唉,可惜了。"老洪叹了口气,"有部电影是怎么说的来着？世界上只有一种病，就是穷病。"

"两个孩子还那么小，不能没有妈妈。"黄文学最受不了这种事，一想起来眼睛就发酸，"不行，我们跟镇卫生院说说，让他们把人接过去，再抢救抢救。"

"你开玩笑吧？"老洪惊讶，"镇卫生院啥水平？能治好这个病，不得拿诺贝尔奖啊？"

"不行，我觉得还是得争取一下。"黄文学站起身就往外走，老洪在后面问他去哪儿。

黄文学说："我去镇卫生院，借救护车！"

# 脱贫路上,一个也不能少

康复的村民向工作队和镇卫生院赠送锦旗

镇卫生院就在镇政府隔壁,院长姓张,三十多岁,正是年富力强的时候,跟黄文学他们关系挺好,经常来老洪宿舍蹭饭。

来到卫生院,黄文学开门见山:"张院长,阿焕老婆在罗定已经十几天不吃不喝了,医院让他们回家准备后事,你看这事儿还有没有的商量?"

张院长正在门诊扫地,闻言抬头道:"跟我可以商量,跟阎王爷不知道能不能商量。他老婆的情况是多器官衰竭,你这个名校医学生比我明白这是啥意思,你看看我这里的条件,最高档的医疗设备就是血压计了,你觉得我能咋办?"

黄文学还不死心:"试试吧,反正你这卫生院也没病人,住院部都改成员工宿舍了,好不容易来个病人,你还往外推?没理由吧!"

"你诚心气我是吧?"张院长举起扫把,然后又放下,"你把病人拉过来没问题,但前提要跟阿焕讲明白,我这属于姑息治疗,临终关怀懂不?人道主义。"

"行,我去跟他讲。"黄文学点点头,"你安排司机,去罗定市人民医院,把人接回来吧。"

黄文学安排好,又给阿焕打了个电话,叮嘱他先别急着准备后事,人还活着就有希望,镇卫生院一定会尽全力帮他。

中午,救护车拉着阿焕和他老婆回到卫生院,和上次相比,阿焕老婆稍微胖了一点点,但还是迷迷糊糊的状态,对外界基本没什么反应,不知道是因为精神原因还是病入膏肓。

张院长看着躺在病床上的阿焕老婆,伸手在她额头上摸了摸,叹口气说:"她这就是药物中毒啊!"

然后转身看着阿焕问:"你们是不是平时不吃药,精神病发作的时候就猛吃药?"

阿焕点点头,闷闷地不作声。

"唉,好多乡下人都是这样。"张院长又叹了口气,"我在以前的医院时总是遇到这种病人。"

黄文学好奇道:"你以前在哪个医院?"

"罗定市第六人民医院,俗称精神病院。"

"敢情你才是大拿啊!"黄文学惊讶道,"那你怎么不早点儿说?非得拖到现在。"

"早说有用吗?她长年累月这样吃,一头牛都能吃死了,更何况一个女人。"张院长冷哼一声,"现在是器官衰竭,不是精神病发作,我治不管用。"

说罢,张院长在病房里找来找去,费了半天劲儿才拿出一支体温计、一支血压计,然后开始给病人量血压。

黄文学说:"张院长,这么重的病情,怎么不马上抽血呢?起码也得查个心电图吧。"

哪知道张院长摇头苦笑道:"没办法,卫生院条件有限,验血设备坏了好几年,只能量血压。"

"什么?"黄文学大惊,"一个镇卫生院,竟然连最基本的医疗设备都没有?那还怎么看病?"

正说着,血压量完了,高压80,低压45,体温39.2℃,病人明显已经处于病危状态了。

"药呢?能不能先打针稳住血压?"黄文学看着血压结果,知道这意味着什么。

可回答他的还是张院长的叹息:"药房里的药不全,维C银翘片倒是还有几盒,其他的根本不对症,想用也没办法。"

这……黄文学差点儿没背过气去,两盒维C能干什么?逗我玩儿呢?

原本还以为阿焕老婆有那么一丁点儿希望,结果连扎手指的机会都不给,看来真的没救了!

"那怎么办?卫生院还能做点儿啥?"黄文学无语地看着张院长。

张院长用手一指旁边的医生:"他是中医,可以试试针灸和草药。"

"好吧!"黄文学的专业是西医,对中医不太懂,心里暗自嘀咕:也许扎两针,病人一疼血压就上来了?

只能死马当活马医了。

中医扎了几针后,阿焕的老婆似乎稳定了一点儿,呼吸也没那么急促了,血压也没有继续往下降。

黄文学暂时松了口气,问:"能不能联系其他医院送过去?"

张院长摇摇头道:"她是精神病,身体器官又出现衰竭,需要的是具备抢救条件的大医院救治。但是呢,按照规定,严重精神病患者必须送往精神病专科医院治疗，普通医院不能收治。之前在罗定市人民医院也是因为我找了同事帮忙才住进去，现在人家不要了，那就肯定没办法了。"

"这样啊！"黄文学看着躺在床上的女人，咬牙道，"拼了，就留在你这儿吧，尽人事、听天命！"

安顿好病人，黄文学有点儿失落地回到村委会。老牟下村还没回来，老洪正跟光伏发电企业的工程师打电话。

"怎么样？人救回来没有？"老洪放下电话问，"我听说张院长那里收下了？"

黄文学点点头："希望渺茫，只能尽一下人事。"

"哦。"老洪明白了，安慰道，"人总有一死，咱们能做的就是尽量把合江发展起来，只要经济起来了，医疗条件就会跟着好起来。"

"一会儿光伏发电企业的人就来了，你跟我一起去看看吧。"老洪想让黄文学转移下注意力，拉着他出了村委，朝小学方向走。

"你这是去哪儿？"黄文学很奇怪，光伏不是要建在开阔地方吗？怎么朝小学去了？

"这你就不知道了，原本我们打算在山上或者找块空地建，但跟对方工程师一商量，既然我们首期是试验性质，规模很小，那还不如安装在房顶上节省空间。"老洪得意道，"我后来一琢磨，房顶上不就是合江小学的教学楼最合适吗？不仅可以入网发电，收入的钱正好可以给孩子们补贴营养餐，一举两得！"

"是啊，这真是个好主意！"黄文学也豁然开朗起来，"怪不得老牟让你负责光伏，看来人家牟队长知人善用，确实有一手！"

"别拍马屁了，等会儿骆主任也赶过来，光伏这个事儿投入高，动不动就上百万元，必须得小心谨慎，我压力也大得很哪！"老洪同样有点儿紧张，"咱们先上楼看看情况吧。"

两个人顺着楼梯来到教学楼顶，这里视野开阔，远处的山、脚下的水、省道上来来往往的车辆尽收眼底，只是合江村的民房个个低矮破旧，村道两旁杂草丛生、垃圾遍地，让人生不出观赏山林秀景的感受。

"真是好地方啊！这样的景色，对广东来说都不多见。"老洪眺望远处群山，感慨万千，"以后合江发展起来，这里肯定会变得特别兴旺。"

"要不你考虑一下在合江买个房子，等退休了过来养老？"黄文学笑道，"这里除了没有海，其他的都有了。"

"可以考虑，要不我们引进几个开发商，来这里建几个大楼盘，房价带动地价，经济立马起飞。"

"你要真这么干，小心合江老百姓天天堵在村委会门口排队削你。"

正说着，工程师的车到了，他们把车停在学校门口，两个人背着包也上到楼顶。

"你好，我是汉华光伏公司的刘南，这是我助手。"两个工程师彬彬有礼地自我介绍。

老洪在电话里和刘南联系过，笑着道："汉华光伏公司可是国内最大的太阳能板制造商，我们挑选了很久，最后觉得还是要选择最靠谱的企业合作。"

"请放心，我们企业的技术在全球都是一流的，一定不会让您失望。"刘南自信道。

黄文学笑笑，没有说话。

刘南做事挺认真，寒暄两句后就和助手开始测量，忙活半天，然后告诉老洪，这片空间位置还是比较理想的，技术层面没有问题。

"将来这个太阳能发电有多少收益？"老洪最关心的就是这个，"稳定不稳定？维护成本呢？"

刘南呵呵一笑，慢条斯理地说："我们公司的技术目前是国内最先进的，而且国内市场的占有率也是第一。技术上你可以放心，已经非常成熟了。而且我们公司的老总今年刚刚跻身亚洲首富的行列，这虽然不是什么成绩，但从侧面也可以反映出我们公司的实力。"

老洪点点头，继续追问："那收益率呢？能有多少？"

"收益的话需要根据最终的运行情况来定，最差也不会低于10%，理想状态能达到15%，因为广东的日照时间还是比较长的。如果需要具体的数据，由公司专门的部门来跟您确定，我这里只负责技术。"刘南的话听起来滴水不漏。

老洪有点儿犹豫，但又说不出具体的毛病，只好作罢。刘南带着助手继续在楼顶转悠，讨论施工的具体细节，老洪跟着听了一会儿，然后走回到黄文学身边，小声道："你觉得这个汉华光伏公司怎么样？"

"我不懂，不敢瞎说。"黄文学摇摇头，"不过感觉还挺专业的，主要人家公司盘子大，占有率第一。"

"我总感觉有点儿不托底啊。"老洪皱眉道，"我这几天一直在看相关资料，这个太阳能项目是国家力推的，在很多贫困地区都开展了。想法是挺好的，就是这个技术太新了，一夜之间遍地开花的感觉。没有经过时间的检验，会不会有什么问题，咱们也不好说。"

"那你还选他们家？"

"没办法，在不了解情况的时候，我只能先选规模最大、用户最多的企业考察，然后再去考察实力没那么强的公司，否则怎么办？"

黄文学想想也是，至少从目前来说，这家公司算是最保险的。

从小学下来，骆主任和老牟也到了，众人会合后决定在村里转一转，把几个备选的地点都走一下，如果光伏项目能取得预期收益，那么以后还可以投建二期、三期。

因为要去的地方不是山顶就是荒地，平时基本没人去，所以连路都找不到。本来合江村的道路就很差劲儿，现在就更不好走了，深一脚浅一脚的全是泥坑。路两边的杂草和垃圾到处都是，还有一群群的纯野生大蚊子，嗡嗡嗡地跟战斗机似的，不要命地往身上叮。

"这蚊子也太生猛了，隔着两层衣服还咬我屁股。"老牟手拿草帽上下挥舞，就这样还是有一群蚊子围着他啃。

"谁让你光着膀子，看着跟咖啡奶茶一样，附近的蚊子可不都过来开荤了。"老洪跟在后面，手掌不停地拍打，一掌一个，一会儿就拍了一手蚊子血，"村里的环境必须得好好整治整治了，不知道的还以为到了亚马逊呢。"

"是啊，几项工作都得赶紧推，时间不等人，半年已经过去了,马上就是国庆,然后就到年底,一年一年快得很呢。"骆主任说,"几件事同时做也有好处,哪个成熟推哪个,不会浪费时间。"

"奇怪,村里不是山多地少吗?怎么这片荒地没人种呢?"黄文学奇怪道。

"你看看脚底下,除了咱们走的这段泥路,旁边全是小河流,根本没法开垦。"老洪用脚扒拉开路边的杂草,果然露出下面一条几十厘米宽的水流,"要么是益水河流过来的,要么就是山上流下来的。"

"其实,这些水白白流走挺浪费的,如果能引到农田那边就好了。"骆主任说,"我经常看见村民们挑水,非常辛苦,而且效率低下。"

"没错,回头找专家来考察一下,如果可以的话修一个水渠,沿着农田的边缘走下来,整片田地都会受益。"老洪一边拍蚊子一边兴奋道,"这绝对是件大好事。"

骆主任见两个工程师面露疑惑,便向他们解释:"那片农田大概有一百亩,是合江村最大的一块平地,而且位置就在省道旁。如果能把分散的村民集中起来,种植经济价值高的作物,绝对可以带动贫困户脱贫增收。"

正往前走着,突然靠山边的一侧露出一间破砖房,孤零零地杵在那儿,显得很是突兀。

老牟扒开荒草,三步并作两步走到跟前,叫道:"奇怪了,这里怎么冒出一栋房子?而且不像是村民家。"

其他人也都陆续跟过来,仔细打量,房子是用砖砌的,外面还抹了水泥,四四方方的很像农村田地里常见的那种水泵房。不过这间房子大了不少，有门有窗，但窗户已经从里面封死了，仅有的一扇门也被锁住。

老牟直接打给三哥，问他知不知道村西鳌头山边的这座房子。三哥慢悠悠的声音从听筒里传出来："我也不太清楚，那里没有路，我腿脚又不太灵便，很久没往那儿走了。回头我帮你问问附近村的人，看他们知不知道，我猜可能是哪个村民盖来存放农具的吧。"

"谁的房子？"骆主任见老牟挂了电话，问道，"我看这房门上还算干净，说明时不时有人进来。"

"三哥说他也不清楚，得问问附近村的人，他觉得可能是存放农具用的。"老牟皱眉道，"我感觉不是这么回事儿。"

"荒郊野地的连个鬼影子都没有，谁会往这里放农具？"老洪第一个不信，"我看这里头肯定有猫腻，会不会是偷偷制毒的？"

黄文学走到门前，顺着门缝朝里面看了半天，然后摇摇头："不太像是制毒，里面乌漆麻黑，看不到什么东西。外面也没有排水管，好像也没有电，应该不是制毒的。"

"算了，一栋破房子而已，管他干什么的。"老牟没了耐心，"赶紧上山吧，这鬼地方全是蚊子，咬死我了！"

一行人继续前行，谁也没把破房子的事儿放在心上。


不知过了多久，几个人影沿着山另一侧走过来，他们都穿着长袖长裤，还有人戴着帽子和手套，驾轻就熟地绕过杂草来到破房子门前。其中一人从口袋里掏出钥匙，利索地打开屋门，几个人警惕地朝周围看了看，这才进屋。

"妈的,吓死我了,还以为那帮公安佬来抓人了。"

屋子里空荡荡的,只在正中间摆了一张破桌子,几个人就那么斜着身子坐在上面,一边抽烟一边说。

"阿水,我说你是不是太衰了?刚被派出所关了半个月,怎么一来就遇见这帮家伙。"一个龅牙男人一只脚搭在桌子边沿,另一只脚垂在空中晃来晃去,斜眼看着高水大,"咱们这个点已经够隐蔽的了,他们好巧不巧的怎么偏偏从这儿过呢?"

高水大还是一副没精打采的模样,但眼睛里却闪着邪光,恨声道:"牙哥,我保证这事儿和我没关系,他们把我关进戒毒所,害得我那么久回不了家,我跟他们不共戴天!而且,我给他们通风报信对我有什么好处?除了坑我自己,我有那么傻吗?"

龅牙想了想,觉得高水大说得有点儿道理,便没有揪着他不放。

"最近这帮公安佬天天在村里晃悠,尤其那个光着膀子的夯货,没事儿就骑着摩托车窜来窜去,搞得老子好一阵子不敢攒局,这样下去兄弟们都得喝西北风了!"

"是啊,就他可恨,跟谁都他妈有一腿,流沙尾那边几个傻子本来已经要上钩了,结果前两天又跟我反悔,说是领了多少只鸡,准备养鸡。"另一个尖嘴猴腮的家伙气愤道,"再这样下去,咱们的局子就真攒不下去了。"

"那还能咋办?人家是公安,开的都是警车,尤其到了晚上,这帮家伙也不睡觉,镇里村里来回跑,那个警灯一闪一闪的,搞得我都快神经衰弱了。"

"不行,得想个办法,让他们把精力转移到别的上面,不能总盯着贫困户。"龅牙眯着眼道,"他们扶贫跟老子没关系,但要是动了咱们兄弟的饭碗,那就必须安排安排了。"

"牙哥,你看今天的局还开不开?"

"开个毛啊开,就咱们几个,你说弄谁的钱?"龅牙越想越气,一脚踹在说话那人的腰眼上,后者惨叫一声滚出老远。

"走,以后这地方不能来了。"

几个人出了房子连门都不锁,直接消失在山后。

没多久,光伏项目完成招标采购如期开工,同样开工的还有十几个贫困户的危房改造。黄文学怀里揣着二十多万垫资款的借条,挨家挨户地通知他们一定要抓紧工期,有什么问题及时跟他联系。

老洪这天正蹲在小学了解工程进度,突然看见刘校长皱着眉头从面前过,于是问他出啥事了。

"唉,还不是学生们流失的问题,现在的家长个个都望子成龙,合江小学教学质量上不去,很多人都说下学期就不来上学了。"刘校长叹息道,"我也想把教学质量提上去,可教师队伍素质有限,再怎么着急也没用啊。"

"那就引进一些好老师。"老洪作为警校的资深后勤,对教学管理自有一套见解,"小学生是最好提升成绩的,不像中学生已经定型,想提高成绩难于登天。小学生都是听话的孩子,只要配点儿好老师,不用一年学生成绩就能翻天覆地。"

"是啊,洪老师说得太对了,可你看看小学这个情况,食堂还是你们来了以后才搭起来的,老师们连个住宿的地方都没有,这可怎么招人呢?"刘校长懊恼地说,"我早就跟镇里提过好多次，可是没钱啊。我甚至都说，只要有人能把学校发展好，我这个校长位置就让给他。"

"不用急着让位，这不是一点点在变化嘛。"老洪笑呵呵地安慰两句，突然提了一句，"你说，要是把宿舍和吃饭问题解决了，好老师就愿意来了吗？"

"当然啊。咱们合江的孩子又不傻，凭什么每次考试总是倒数第一？我跟你说，只要解决了吃住问题，老师们一定愿意来合江教课。"刘校长拍着胸脯保证。

"你怎么这么肯定？"老洪瞄了他一眼，"我算看出来了，你是不是把公安厅当冤大头了，跑我这儿来化缘了，对不对？"

刘校长惊呼一声："怎么会？洪老师你可不能乱说我，我现在愁得吃不下饭，你还有心思给我开玩笑？"

"行了行了，我不管你是假装的还是真发愁，反正只要是为学生们好，我们就一定支持。回头骆主任来的时候，咱们坐下好好聊聊，看怎么把工作做好。"老洪嘿嘿笑道，"你可以提前留意一下，镇里面有哪些教学成绩突出的老师，尤其是年轻老师，心里列个清单。"

"好嘞！"刘校长顿时喜笑颜开，脚步轻盈地回办公室了。

老洪看着刘校长的身影消失在走廊，这才拿起电话给老牟拨过去："咱们上次说的教育基金的事儿得抓紧了，否则等学生走光了，盖个摩天大楼都没用。"

老牟的大嗓门顺着听筒传出来："我知道啦，你现在在哪里？赶紧回村委会一趟，这边的工程有点儿问题。"

老洪说好，赶紧往村委走，离着老远又看见几个民工模样的人站在村委会门口，正围着老牟理论。

"咋回事?"

"给咱们测量村路硬底项目数据的工人被村民们打了。"老牟肩膀上搭着背心,双手叉腰,气呼呼道,"好心好意给他们修路,结果还把人给揍了,这帮浑蛋!"

"真动手了?"老洪有点儿不可思议,"因为啥?"

旁边站着的民工气愤道:"打倒没怎么打,就是把我们推回来了,他们死活不让测量。"

"走,我跟你看看去。"老牟骑上摩托车,"还没有王法了!"

老洪让其他人留下,只带着一个负责人上了摩托车。

十几分钟后,他们在深坑村的山坳口停下来,这里是一段水泥路和泥土路的交会点,原本工人们要对进入山坳的泥路硬底化工程进行测量,但却遭到村民的阻挠,还把测量设备一股脑扔回来,工人们也被驱赶。

老牟他们到的时候,四五个贫困户正站在路口等着,看样子他们也知道工作队肯定会来,所以早早做好了准备。

"什么情况,为啥不让测量?"老牟和这几个贫困户都认识,说话也不客气,"帮你们修路这么好的事儿还能往外推,告诉我,你们咋想的?"

一个贫困户脸上稍显尴尬,急忙道:"不是,修路没问题,但不能把俺们的田给占了吧?"

老牟低头看了看,原本的泥路只有不到两米宽,两旁是村民的水田,测量人员插在地下的桩子则有四五米宽,够走一辆汽车了。

"路修得宽一点儿不好吗?将来你们要是买了车,开进去也方便不是?"老洪说道,"眼光要放长远一点儿啊。"

另外一个贫困户不干了,说:"话不是这样说的,修路占了水田,应该大家都让一点儿对不对?凭啥我家的水田在路边就占了,其他人的水田不靠路边就一点儿影响没有?"

"那你的意思呢?"老牟脸色很难看,斜眼看着他道,"你有啥好建议?"

"要我说,既然占了水田,那大家都要分担,里面的人也得分一点儿给我们,这样才公平不是。"

工程部的负责人面露难色:"这一共才占了那么一点点,你们这么多户还要平摊?"

那个贫困户点头道:"必须平摊,不然我就不答应,原来多宽以后还是多宽。"

老牟看了看站在路边的其他村民:"你们的田也靠路边吗?"

几人纷纷点头。

老牟顺着泥路走了两步,指了指山坳说:"你们这个山坳,里面一共住了不到十户人,为了给你们把路修到家门口,公安厅投入了几十万元。这些钱要是平分给每户人,足够你们搬到镇上住个三四百平方米的大房子,条件比这里不知道好多少倍。"

"要是按我的想法,这条路根本没必要修,你们都搬出去就得了。"老牟大声道,"但是你们不愿意,说是祖宅、风水什么的。好,我们尊重大家意见,不动员你们搬家,但就这么一条硬底路,你们都不舍得修宽点儿,那将来还想不想发展?还怎么过好日子?"

老牟胸口起伏不定,恨不得一人给他们一嘴巴子,把他们扇清醒一点儿。

不过，这几户村民咬死了不准动他们水田一丝一毫，硬底化的路必须和原先一模一样宽度。

没办法，老牟只好带着人回了村委会，有些沮丧地跟工程队说："就按他们说的办吧，原先多宽还修多宽，工程造价就这样测算。"

负责人叹口气道："牟队长，你也别着急，我们在乡下干工程，这种事情见得多了。你信不信，等到路修好了，他们一定会后悔，到时候天天围着你屁股后面转。"

"随便吧，烂泥扶不上墙，我们该考虑的都考虑到了，他们实在不接受，我们也没办法不是。"老牟郁闷不已，说着他从兜里掏出药倒进嘴里，"气得老子心脏都怦怦直跳，早晚被这帮人气死。"

"你这个心脏早搏的毛病得重视起来才行啊！别什么事儿都那么着急，要是贫困户都有你这样的觉悟，那他们还会是现在这个样子吗？"老洪劝慰两句，"赶紧进屋吧，我下午跟你说的小学的事情，得赶紧商量一下了。"

晚上，黄文学也从危房改造的工地回到村委，见老牟和老洪正在啃红薯，饿得两眼冒金星的他顾不得烫手，从电饭锅里拿出一个就往嘴里塞，一边嚼一边含混不清道："这几户真挺勤快的，才两天时间水泥石子和沙子已经全部到位了，按这个进度一个月就能把房子盖起来。"

"走上正轨就好，你也可以腾出精力，忙点儿别的事情。"老洪喝着陈年普洱茶，嚼着原生态红薯，美滋滋道，"我跟老牟还有骆主任开了个电话会议，商量了一下，给贫困户子女申请的教育补贴最好建立一个长期的机制，教育和医疗都有，专门发给生活困难的学生和生病的贫困户，将来村集体收入上来了，每年定期把收益拨进去，保证基金的持续运转。"

"行，我同意。"黄文学二话不说，举双手赞成，"只有一条，别再以我名义借钱就好了。"

"瞧你那点儿出息，都说债多不压身，虱子多了不怕痒，你怎么越活越抽抽啊！"老牟很不满，"不就是三百多万元嘛，等你的债务上升到千万元以上的级别，再看危房改造这点儿钱还叫事儿吗？"

"这是不叫事儿吗？"黄文学跳起来叫道，"这就把我压死了好吧！"

刚说完，黄文学的电话响了，他抓起来道："张院长，怎么了？"

"文学，阿焕的老婆这两天经过治疗，似乎有好转的迹象，目前情况比较稳定。"张院长说。

"那太好了，你们这一票干下来，肯定名扬罗定啊！"黄文学兴奋道，"回头一定要给你们送面大锦旗才行。"

"你别激动，还有点儿麻烦跟你说一下。"张院长的语气有些犹豫，"关键吧，新农合只能报销一部分，他家那个情况你也知道，你看这后续的治疗费用怎么办？"

黄文学一下愣住："这倒挺麻烦的，我们先商量一下，等会儿给你答复。"

"怎么办，阿焕老婆的医药费没钱交了。"黄文学放下电话看着老牟道，"大家想想办法吧。"

"慰问倒是可以搞一下，还可以通知厅里面一对一帮扶的领导，给些支持。"老洪沉吟道，"不过这不是长久之计，以后类似的问题会越来越多，得尽快拿出一个解决方案。"

老牟道："刚才不是说了嘛，教育和医疗都要长远考虑，咱们就按骆主任说的思路，赶紧写报告，请厅党委支持一部分资金做启动，然后每年把村集体收益拨进来。"

"这能有多少钱？我觉得恐怕还不够。"黄文学皱眉道，"教育好说，一个孩子上学需要的生活费是固定的，测算一下就知道了。但是病人可不一样，很多大病都是无底洞，一场大病花几十万元跟玩儿似的。"

"你这样一说，我想起来了，保险公司不是有推出重病保险吗，我看村里的贫困户也可以考虑买一下，就保那些重大疾病，怎么样？"老洪提议。

"是个办法，回头找几家保险公司咨询一下。"老牟赞同道，"骆主任那天说，咱们要多想想办法，把厅里的资源发挥一下，带动促进合江村，搞搞夏令营、文化进村之类的主题活动。"

"要不咱们搞个义诊吧，走访的时候不是看到很多贫困户不舍得去医院看病吗，咱们就在村委会搞一次义诊活动。"黄文学说，"老百姓肯定欢迎。"

"好主意。"老牟一拍大腿，"就这么定了，我马上给巫书记打电话，看看镇卫生院怎么组织一下。"

大家商量完工作，把锅里的红薯吃干净，心满意足地返回宿舍。

路上，老牟一边开车一边念叨："再过几天咱们发的第一批鸡苗就差不多该出栏了，大家把手机内存都清理出来，接下来集体做微商！还有老洪，警校食堂至少弄一千只，厅机关的饭堂两千只，这点儿要求不过分吧？"

"警校没问题，那么多小伙子，正是长身体的时候，老洪肯定能搞定。"黄文学生怕老牟又把这个光荣任务交给自己，赶忙说，"就是厅里饭堂，得老牟你亲自去联系一下，看看能不能销过去。"

老牟说干就干，一只手松开方向盘去裤兜里掏手机，然后一边开车一边翻起了手机通信录。黄文学吓得魂飞魄散，急忙道："别找了，别找了，我有饭堂负责人的电话，我来打。"

"就是，知道我开车还让我联系，真是一点儿安全意识都没有。"老牟白了黄文学一眼，很是不爽。

"我就是嘴欠儿，以后就不能让你开车。"黄文学一边拨号一边嘟囔。

过了一会儿，电话打完，黄文学无奈道："老牟，人家饭堂现在不需要，说是已经和供货商签过合同，不能中间变卦。而且，咱们的鸡质量怎么样也没底，只说等大家都认可了再进货。"

"这样啊。那就只能靠老洪这一千只了。"老牟有点儿烦，"咱们这山清水秀的，不知道比养鸡场好多少倍，以后等名头打出去了，他们想买还买不着呢。"

老洪却说："别太乐观，学校的饭堂都是承包出去的，人家都有自己的进货渠道，我最多推荐一下，进不进得去可做不了主。"

"哎，你上次明明答应的，怎么说变卦就变卦啊？"老牟不乐意了，"是不是想吃回扣？"

"吃你个大头鬼,鸡苗那一万块钱我还没找你报销呢。"老洪笑骂道,"我也是被提醒了,鸡的质量如果不好,人家不愿意要我还能强买强卖啊!之前答应你是有前提的,那就是鸡的品质得过关。"

"废话,我天天去贫困户家里监督,怎么可能不过关!"老牟气鼓鼓道,"不行,我们现在就去买一只,晚上回去煲个鸡汤,咱们先尝尝质量。"

说完汽车直接掉头,驶入了最近的村道。

老牟经过几个月的走访,现在去贫困户家比回自己家还熟,直接开到一户村民家门口,跳下车喊道:"阿志,在不在家?"

叫阿志的贫困户正坐在屋里看电视,闻言开门:"是牟哥啊,这么晚了有什么事儿?"

"我记得你养的鸡差不多要出栏了,我先买一只,回去尝尝味儿,现在就给我抓一只吧。"老牟一点儿不见外,"顺便把鸡宰了,收拾一下。"

阿志挺惊讶,没想到工作队这么晚了还要吃鸡,究竟是为了工作呢还是为了别的,反正有生意上门总是好的。他让老牟稍等一会儿,自己去鸡窝里揪起一只黑红相间的母鸡,看样子能有四斤多了,然后麻利地用刀一抹脖子,母鸡扑棱着翅膀挣扎了一会儿便没了生息。阿志接了一盆开水,一手拎着鸡脚在开水里过了几遍,拔毛开膛,很快收拾完毕。

"你这手艺挺娴熟啊!"老牟赞叹一句,用微信转了八十块钱给阿志,重新回到车上把鸡丢给老洪。

"看看，这鸡不错吧？"老牟开车继续上路，得意扬扬道，"光这分量就不是一般的鸡。"

黄文学不懂做饭，探着脑袋凑到老洪旁边："怎么样？这鸡可以吗？"

老洪戴上老花镜，把车里灯光调亮，还打开手机的手电筒功能，仔仔细细、里里外外地研究半天，最后得出结论："这鸡在广州的菜市场买不着。"

老牟一听更高兴了，好像养鸡大业已经取得全面胜利一样，甚至已经开始畅想合江村漫山遍野全是走地鸡的壮观前景。

三个人都挺高兴，回到宿舍用高压锅煮了一大锅鸡汤，还把在办公室值班的巫书记和其他人也叫上，算是吃了合江特产走地鸡的头啖汤。

第三天，老牟兴高采烈地给骆主任汇报这件事，骆主任一听很高兴，让他马上准备几十只鸡快递到广州，他先拿着去送人，为以后打开销路做推广，钱由他来出。

工作队马上落实，去贫困户家里收了二十只鸡，现杀现整，然后去镇里的市场抽真空包装冷冻，通过冷链物流寄回广州。

老牟兴奋得不行，眼巴巴地盯着广州那边的回信儿。到第二天晚上，终于等来骆主任的电话。

"骆主任，鸡收到了吧，怎么样？"老牟激动地问。

"老牟啊，你们的鸡……真是一言难尽哪！"骆主任声音里带着无奈，"二十只鸡，重量不一致就不说了，怎么肥瘦还不一样呢？我给退休干部送过去，有些人说鸡肉硬得咬不动，有些人又说鸡肥得吃到嘴里一口油。贫困户在喂的时候真的是全部按照陈老板教的方法养的吗？"

"啊？这，怎么会这样呢？"老牟傻了，他最近天天进村，重点就是监督贫困户养鸡的事。因为电视里早就报道过，不少地方的贫困户养什么吃什么，所以为了杜绝这个可能性，他干脆天天检查，就是防止贫困户偷吃。没想到，鸡是没少，但养出来的品质却参差不齐，这可真是出乎他意料。

"别着急，养殖哪有那么容易？吃一次亏咱们就找到原因，把它解决了就是。"骆主任安慰道，"不过，我担心的是那些鸡出栏之后怎么销售？现在这样的品质肯定不能卖给单位，否则会引起非议。咱们都动动脑筋吧。"

一旁的老洪和黄文学都听到了，俩人面面相觑，谁都没想到会出现这么个事故。三千只鸡，除去饲养过程中的损耗，还有两千九百多只。原本以为这点儿鸡销售出去根本不是事儿，现在出了问题，可就不好说了。

"咱们得赶紧请人过来，把品质好的挑出来，还能按照合理价格卖。如果品质差的话，想办法找亲戚朋友，用成本价卖掉，最后还卖不掉的只能由镇政府和村民自己解决了。"

一连好几天，老牟他们在宿舍里一天三顿都是鸡肉。早晨喝鸡汤，中午炒鸡块，晚上手撕鸡、白切鸡轮番上阵，半夜吃夜宵都是鸡爪子。搞到后来，巫书记和镇政府其他工作人员都不敢来老洪这里蹭饭了，连镇政府饭堂都快成了全鸡宴的旗舰店。整个镇政府大院弥漫着一股浓浓的鸡屎味，不知道的还以为这里改成养鸡场了。

经此一役，老牟发展生产的积极性受到重挫，再也不提发展养殖业的事儿了，把精力转移到了危房改造上。黄文学对此表示热烈欢迎，自从这项工作启动以后，越来越多的贫困户开始了建房大业，随之而来的是黄文学身上的借贷越来越多，已经突破了百万元大关。

"老牟，最开始那几户的房子已经建得差不多了，镇里说近期就会安排验收，到时候你也得多盯着点儿才行。"黄文学反复嘱咐，"要记着，国家的标准是有严格限制的，只有符合标准才能返还补贴款。我感觉不少贫困户一旦开始建房就想着建高点儿、漂亮点儿，那都不行，只能先建一层，以后致富了可以再加高，但现在千万不能随意增加层数。"

"行，你已经说了无数遍，我早就倒背如流了。放心吧！"老牟认真道，"先建房的这几户都很勤快，人也老实，不敢玩儿猫腻，不会有什么问题。反而后面才开始建的那些，咱们得谨慎加小心，有些人还是挺多小心思的。"

"唉，我就是担心这个，这项工作真是越干压力越大，真金白银，几百万元的资金。"黄文学叹气道，"我最近天天晚上失眠，怎么睡也睡不着。"

"放轻松，我跟你一块儿去做村民工作，让他们保证把补贴款按时归还，现在不是还在掌握之中吗？"老牟的心向来很大，不觉得这是什么事儿，和危房改造相比，他更担心的反而是教育和医疗。

"教育基金和医疗基金的款项已经到账了，各投入五十万元作为启动资金，后面这笔钱怎么使用必须得有个章法才行，这才考验人哪。"老牟感慨道,"骆主任还真有本事,不知道从哪儿找来的资金,听说还有好多企业排队等着给咱们捐款呢。"

老洪点点头:"这两笔基金的使用肯定要制定管理规定才行,明确审批权限。危房改造那个虽然数额大,但标准清晰,钉是钉铆是铆,谁也赖不掉。基金这个可不一样,教育补贴给谁不给谁,怎么样才能服众?医疗更不用讲了,哪些病要补助,补助多少钱?都是门道啊。"

老洪点头道:"老牟说得没错,医疗这个最麻烦,得同样的病,我家里条件好些,自己能负担,那要不要发给他补助?不发吧,做不到一视同仁;发了吧,他好像又不是那么急需救济。难啊!"

一说到钱的问题,大家都开始头疼,不仅仅是避免矛盾的问题,还涉及财务制度和廉政风险的问题。

"我算是明白了,敢情有钱才是最大的烦恼。没钱多简单,什么活都不用干,连犯错误的机会都没有。"黄文学挠头道,"我觉得不能光靠咱们仨在这儿玩儿,必须把镇政府引进来,让他们进行监督,村委会也要介入,共同参与。"

老牟对黄文学的建议举双手赞成,说:"我怎么才发现,阿学还是个管理人才,脑子清晰,除了心眼儿小点儿,其他都挺好。"

"我那是心眼儿小吗?我那是认真靠谱!"

"认真好啊。我就吃了不够仔细的亏。要不这样,我接下来多盯着点儿贫困户盖房,你腾出精力帮贫困户发展生产,帮他们尽早致富。"老牟笑道。

"可以，反正你身强力壮，不去搬砖和泥可惜了。"黄文学吸口烟道，"我不懂讲白话，大多时候听不懂贫困户说什么，沟通起来特别不顺！"

"妥了。以后进村的事儿就交给我，老洪抓好跟施工方对接，文学做好动脑子和笔杆子的活儿，咱们的分工就算明确下来了。"老牟心情不错，"骆主任说他这两天尽快过来，教育医疗还有产业的事情都得他来把关。"

第二天刚起床，黄文学就听见老牟发动摩托车的声音，他看看表才早上7点，急忙跑到阳台上朝楼下喊："老牟，一大早的不吃饭，你要去哪儿啊？"

"我去看看贫困户的施工进度，现在天气热，不少人都是早晨起来干活儿，白天去就找不到人了。"老牟骑在破摩托车上，一脚杵地、一脚踩着踏板，头盔挂在座椅后面，显得很有范儿。

"你把头盔戴上。"黄文学叮嘱一声。

"不用，大热天的戴什么头盔啊！"老牟满不在乎，一拧油门，摩托车突突突地朝大院外驶去。

"蠢蛋，你出门代表的是公安厅，不戴头盔小心被人举报。"黄文学喊道。

"知道了。"老牟也不回头，只是举起胳膊摆了摆手，然后身影便消失在门外。

黄文学十分无奈，他有时候挺羡慕老牟这种性格，凡事都不放在心上，但心里对什么都明镜似的，有种大智若愚的感觉。这种人遭遇再大的打击和挫折都能挺直腰杆扛过去。而他自己就做不到这一点，工作压力稍大一点儿就睡不好觉，还掉头发，比如欠了单位三百多万元这种事儿。

想到这儿，黄文学顿时觉得一阵牙疼，心里大惊：莫非自己压力太大，头发掉完开始掉牙了？

朝霞从天边一点点扩散天际，远处山林间的鸟鸣声隐隐传来，镇政府大院渐渐变得热闹起来。与此同时，老牟骑着摩托车拐下县道，准备拐弯的瞬间，他想起出发前黄文学的提醒，心里犹豫了一下，伸手摸了摸身后挂着的头盔，嘴角不觉微微上扬……

黄文学刷完牙，拉着老洪询问牙龈出血的知识。老洪用猪头肉的烹饪方法举例说明，为什么吃饲料的猪会比野猪的牙坚固。主要原因在于：野猪生存在山里，每天都要为下一顿饭操心，压力一大牙龈就容易萎缩，牙齿自然掉得快。

就在洪教授滔滔不绝的时候，黄文学的手机响起久违的《运动员进行曲》，是老牟的电话。

"喂、喂？"黄文学按下接听键，对面却没有声音，只有隐约的喘息。

黄文学脸色唰地一下无比惨白，腾地站起来大吼道："老牟？你没事儿吧？"

周围宿舍的人也都被他这一嗓子吓到，纷纷走到门口查看，却只见两个人影疯了一样蹿出屋子，空气里飘荡着骇人的嘶吼："快点儿，老牟出事了！"

# 流血时刻,我们从不退缩

扶贫工作队向贫困户发放鸡苗

镇政府里瞬间炸了锅，所有人紧急下楼，打电话的、联系医院的、安排人手的，大家忙作一团。镇卫生院的救护车喷着黑烟第一时间驶向出事地点，谁也不知道老牟现在情况如何，以镇卫生院的条件肯定应付不了，大家都做好最坏的准备。

老洪和黄文学开着警车从县道一路赶往合江村，他们知道老牟的摩托车要么在县道出事，要么到了合江村后出事，不管在哪儿，从时间上看都不会离得太远。

电话里陆陆续续传来微弱的喘息，黄文学恨不得顺着电话听筒爬到对面，看看老牟究竟怎样。他对着电话不停地大喊，让老牟坚持住，他们马上就到。

从加益镇政府到合江村只需五分钟车程，但这短短五分钟在黄文学心里却像过了五百年那么长。直到电话里传来老牟断断续续的声音："寨、寨……坑……"

"寨坑村，老牟在寨坑！"黄文学马上告诉开车的老洪，同时打电话通知镇里的同志，一群人以最快速度赶到寨坑村。从县道拐入村道，果然没走多远便看见翻倒在路边深坑中的摩托车，还有车底下那个魁梧的身影。

"快,人在那里,赶紧救人!"老洪还没停稳,黄文学就从车上跳下去,飞扑向路边。这是一个近似九十度的急转弯斜坡,还没有铺设硬底化路面,地上全是摩托车碾过形成的沟壑,加上前阵子下雨,路面的泥巴也没有干透,很容易打滑。不巧的是,在急转弯的旁边正好是一个十几米深的大坑,老牟的车就是在转弯时打滑翻下深坑的。

"完了!"黄文学趴在路边,看着坑底被摩托车压得动弹不得的老牟,眼泪一下子涌出来,大喊道:"老牟,我们来啦,你能听见吗?"

此刻的老牟已经彻底陷入昏迷状态,没有任何反应。众人第一时间顺着斜坡下到坑底,小心翼翼地把摩托车搬开,露出姿势扭曲的老牟。

黄文学看见老牟头上戴的头盔,不知为什么突然觉得老牟肯定平安无事。他擦了把脸上的眼泪,和同样红了眼的老洪,一起小心翼翼地取下老牟的头盔,露出那张方阔而苍白的脸。

救护车里的担架也被递了下来,几个身强力壮的年轻人自告奋勇把老牟转移到担架上,然后固定住身体再一点点从坑底搬上来。张院长简单给老牟进行查体,初步判断身上多处骨折,但体内是否有出血没法确定。

"赶紧去罗定,先联系医院,开通绿色通道。"黄文学向骆主任报告,他正好在从广州过来的路上,双方决定在罗定市人民医院会合。老洪驾驶警车开道,黄文学跟着救护车,一路狂奔赶往罗定。

因为修路,省道路况很差,不知道是不是因为颠得太厉害,老牟竟然幽幽转醒,还想说话,但身上的伤让他痛得张了几次嘴都发不出声音,随后再次晕了过去。

两个小时后,老牟终于被送到罗定市人民医院,这里的抢救室已经准备就绪,老牟这辈子第一次享受医院 VIP 待遇,不用排队直接送上了手术台。骆主任和罗定市公安局的领导都赶到医院,黄文学正在向他们汇报情况,抢救室的门突然又被推开。

急诊科主任拉下口罩说:"没有内出血,可以放心。但是病人髋骨粉碎性骨折,还有多处挫伤,我们医院处理不了,赶紧转院去广州!"

大家听到后先是长舒了一口气,但心又悬了起来,髋骨粉碎性骨折?

"会不会有后遗症?"老洪皱眉问道。

医生斟酌了一下道:"多少会有一些,要手术后才能评估,现在赶紧安排救护车出发吧。"

十几分钟后,罗定市人民医院的救护车从急诊楼呼啸而出,警车在前方护送,一路驶向广州。

广东省人民医院手术室,老牟的手术已经进行了三个多小时,单位领导和同事还有他的家人都在焦急等候,虽然医生安慰说没有生命危险,但受伤这么严重,谁也不知道会不会有意外。

良久,手术室的门终于打开,大家赶紧围了上去,医生说:"病人手术很成功,基本可以恢复功能,不过可能会留下伤残。"

黄文学和老洪对望一眼,都看到对方眼睛里的遗憾和懊恼。

"要是我跟着他一起去就好了，两个人有个照应，哪里还会发生这种意外。"黄文学自责道，"我明明看到他骑着摩托车出门，为什么不把他拦下来呢？"

"别自责了，跟你没有关系。"老洪拍拍他肩膀，"幸好他戴了头盔，否则绝对熬不到医院。真是不幸中的万幸！这家伙也是命大，我经常看他只戴个草帽到处跑，怎么今天破天荒地戴上头盔了。真是傻人有傻福啊！"

黄文学苦笑一声，没告诉老洪是自己提醒他戴的头盔。他原本以为老牟肯定把他的话当作耳旁风，没想到这家伙竟然真的乖乖戴上了，这也是冥冥中上天对老牟的保护吧。

手术后没多久，老牟逐渐清醒过来，他躺在病床上，露出一个大大咧咧的笑脸："怎么都哭丧着脸，我不是没事儿嘛。"

老洪笑道："你那是麻药劲儿还没过呢，等会儿你再给我笑一个看看。"

果然，半小时后，老牟已经疼得浑身冒汗，之前的从容淡定早已消失不见，只剩下咬牙切齿地哼哼。

老牟虽然受伤，但工作还得继续。

老洪和黄文学当天晚上赶回合江，他们俩坐在宿舍门口的走廊上，灯都没开，谁也不想说话，只有明暗不定的烟头在黑夜里闪着星火一样的光。

夜已深，老洪掐灭手里的烟头，看了看已经空空如也的烟盒："差不多了早点儿休息吧，明天还有一大堆事儿等着。"

"是，我叫老牟吃药，然后就睡。"

黄文学习惯性地提醒老牟吃药,刚一张口才想起老牟已经不在合江了,叹了口气道:"唉,没了他这个大嗓门,我一下子觉得心里空落落的。"

"他就是干什么都着急,连去医院都风风火火的。这下好了,伤筋动骨一百天,他还是粉碎性的,没个一年半载是恢复不到从前了。"老洪感慨道,"接下来咱们的日子不好过了咯。"

"是啊,我跟贫困户聊不了几句就没话说了,关键是太费劲。"黄文学苦了脸,"我现在晚上睡不着,经常看本地电视剧练听力,可合江的口音跟电视里的广东话差别太大,根本就是两种方言,我到现在还是听不明白。"

"我倒是可以和村民们多交流交流,就是做不到老牟那么狂野,怕是不受村民欢迎。"老洪笑道,"这样一来,项目上面的事就得你多盯着点儿了,希望老牟能尽快回来,否则就靠咱们两个人肯定玩不转。"

第二天,骆主任从广州赶到合江,老牟的伤情也基本稳定,剩下的就是躺在医院慢慢调养,据医生估计没有大半年下不了床。

"半年啊,怎么会那么久呢?"老洪和黄文学有些失落。

"人手的事你们不用担心,我会从新警里挑选一个优秀同志加入你们。不过,老牟就算出院也没法再过来了,接下来的工作压力更大,你们要做好心理准备。"骆主任叮嘱道,"工作方面,暂时先由文学负责,有什么问题及时沟通。对了,我约了几个桂皮企业的负责人,这两天去其他镇拜访一下,开一个座谈会,了解桂皮产业,最好能拉来一两家在合江办厂。"

谈完工作,他们又赶到小学,查看光伏项目的施工进展。爬上楼顶,黄文学看见整齐排列的太阳能板在阳光下泛着幽蓝色的光,平滑如一汪深湖,几乎占据了楼顶全部空间。

"真漂亮啊!"大家不由得赞叹,光伏发电项目的上马便意味着合江村集体有了稳定的收入来源,许多工作就可以盘活了。

汉华光伏公司的工程师刘南这两天一直盯着项目,介绍道:"各位领导,安装工作已经基本完成,接下来就是设备调试,很快就可以完工。到时候按照国家统一的标准入网卖电,就可以获得稳定收益了。"

"好,只要这个项目能成功,咱们就可以搞二期、三期。"骆主任兴奋道,"合江村想要彻底脱贫,必须有可靠的产业支撑,光伏就是起步,后面我们还会发展更多项目,一定要把合江村振兴起来。"

黄文学指着教学楼隔壁的空地说:"你看旁边这块地方怎么样?我们打算就在这里盖一栋教师宿舍楼,有了宿舍和食堂,才能吸引高素质的教师来合江任教。"

"没问题,按照厅党委的要求抓紧建!"骆主任说,"上次厅长来视察的时候明确要求,不仅盖一栋宿舍楼,还要把学校美化一下。现在的操场都太破旧了,孩子们连运动的地方都没有,我们让专业机构来做一个方案。"

"那经费怎么解决?"黄文学问,"盖一栋楼可不像危房改造,几万块钱就能搞定,没有上百万元的资金根本不要想了。"

"放心,钱的事我去想办法。你们只要把村里的工作做扎实,其他的不用担心。"骆主任信心满满地说。

可他越是自信，黄文学心里就越是打鼓，他和老牟性格不同，老牟做什么事儿都凭着一腔热血，觉得对了就会大踏步地往前冲。而黄文学更注重可操作性，有了十拿九稳的把握才会去做。

骆主任见他面带疑惑，也不多说，只是让他尽快走立项程序，资金问题到时会解决。

回到村委，骆主任又指着破旧的二层小楼说："厅党委决定修建新的合江村党群服务中心，现在村委会的位置不够理想，得尽快另选地方。我已经和镇里商量过了，初定在路口对面的旧家具厂，把地征下来以后立即动工。"

黄文学点头，他知道那块地方，离现在的村委会很近，就在河道旁边，距离省道也有了足够的安全距离，确实非常理想。

"那块地是不错，可它前面那家小卖部怎么办？"老洪扶了扶眼镜问，"那家店开在路边，生意一直很好，他愿意搬走吗？"

"村镇都了解过了，他那个小卖部的房子手续不全，就是一个违章建筑，你们和村委会去做一下工作，问题应该不大。"骆主任说，"如果有问题就告诉我，咱们再商量。"

安排完工作，骆主任急匆匆地赶回广州，要去解决小学建宿舍楼的资金问题。黄文学和老洪两人一起去找三哥，把建设新党群服务中心的事情说了一下。

"建新村委会是好事，我们全力配合。"三哥慢吞吞地道，"不过拆迁的难度小不了，你们有安排赔偿款吗？"

黄文学看看老洪，俩人一起摇头："他的房子是违建，拆掉不是应该的吗？"

三哥笑了笑："他在这儿开了好几年店，想拆怕是有些麻烦啊。算了，我先跟你们一起过去，探一下他的口风吧。"

三人从村委会出来很快来到路对面，从地形上看，合江村村委会门前是个"丁"字路口，长的那条就是省道，而分叉出来的是县道，老村委会和违建小卖部正好隔着县道。

小卖部的老板是合江本地人，和三哥很熟，一见面很是客气。三哥说明来意，没想到对方想都没想一口回绝，并表示自己从来没打算搬走，赔多少钱都不会搬。

"据我们了解，你的房子没有报建手续，属于违建，在这里开了几年商店已经占了大便宜，现在搬迁只是合理合法地清退出来，怎么能不搬呢？"黄文学压着心里的不爽，努力保持和颜悦色，"新村委会建好了，你可以在附近租铺面继续开店，生意肯定会更好的。"

"没那个事儿，我在这儿这么多年都没人来让我搬，凭什么你们说搬我就要搬走？"店主对黄文学很不客气，"想都不要想，我是绝对不会搬的，有本事你强拆试试？"

第一次见面不欢而散，黄文学和老洪脸色铁青地回了村委会，心里气得不行，但偏偏还没办法。

"乡下人是这样，反正光脚的不怕穿鞋的，我回头私下再做做工作吧。"三哥安慰道，"就怕他狮子大开口，到时咱们怎么办呢？"

黄文学顿时头大如斗，要是老牟在的话就好了，虽然这家伙经常当甩手掌柜，但压力也不会全到自己身上，现在可怎么办呢？危房改造那边还欠着钱不知道能不能要回来，现在又冒出来个钉子户，他连撂挑子的心都有了。

"先等等吧，我们再研究研究。"黄文学勉强道。

三哥没有再多说什么，背着手慢悠悠地走了。

黄文学从抽屉里掏出一盒氯沙坦钾，自从他接手了危房改造项目，血压就一直没有降下来，现在只能定时服药，但每次压力一大他都感觉脑袋嗡嗡响，不用问肯定血压又上去了。

经过一晚上商量，并且和骆主任通了半个多小时电话，他们决定对小卖部做出适当的补偿，具体价格多少可以根据小卖部的货物价值还有房子成本综合考虑。

次日一早，他们再次和三哥一起来到小卖部，准备跟对方讨价还价，哪知还没张口，对方就狮子大开口，要价二十万元，少一分都不行。而且摆明了吃定公安厅这个大单位，一副你能奈我何的模样。

黄文学气得连吃两片降压药才稳住噌噌直蹿的血压，老洪还想跟对方深入沟通一下，哪知道人家根本不搭理他，反正就是这个价钱，多余的话一句都不说。

三人闹了个灰头土脸，再次无功而返。这次，连三哥都有点儿生气，建设新村委会最高兴的就数他了，所以他对这事儿还是很上心的，昨天跑去对方家里做了一晚上工作，对方才答应拿钱搬家。没想到今天一见面就喊出一个离谱的"天价"，三哥都觉得脸上无光，只能摇头叹气地离开。

出门前还特意把黄文学叫到一边，小声嘀咕了一会儿危房改造的事，据说最近村里有人在传欠公安厅的钱不还也没问题。

黄文学脸色变得更加难看，回到屋里一屁股坐在椅子上。

这可怎么办？

他跟老洪四目相对,除了抽烟就是叹气。

难道新村委会就因为一个小卖部给搅和黄了?堂堂的公安厅扶贫工作队连这点儿小事儿都处理不好,实在是太丢脸了。

"这家伙有没有亲戚、朋友比较明白事理的?请他们出面做做工作。"黄文学琢磨半天,想出个点子。

老洪却摇摇脑袋:"不行,三哥昨晚做工作的时候已经找过了。人家认钱不认人,谁说话都不好使。"

"唉,这可怎么办呢?"黄文学叹息道,"不行跟骆主任汇报一下,看他有什么指示。"

"只能这样了,先听听他的意见。"老洪道。

黄文学拿出手机给骆主任拨过去,简单讲了一下情况,骆主任想了想让他去找镇政府,他也会跟镇领导打个招呼,让镇里出面协调一下。

"这么简单?"黄文学惊讶,"那户人的态度十分坚决,直接放话出来,谁说也不好使,只有拿钱才行。"

"我知道,所以才让镇政府出面。"骆主任肯定道,"镇政府对付这种人经验最丰富,尤其是这种不占理还贪得无厌的,放心吧!"

黄文学放下电话,跟老洪说了骆主任的办法,不禁嘀咕道:"我看够呛,这种人眼里只认钱,别说镇政府了,就算市政府都不见得能搞定。"

"先打电话吧,万一能成呢。"老洪不太确定道。

黄文学心里虽不看好,但还是硬着头皮给巫书记打了电话,巫书记说他先了解一下情况,回头再给答复。

"看吧,我就觉得不靠谱。"黄文学悲观道,"巫书记也不敢打包票，我看这事儿多半要悬。"

俩人心事重重地忙起其他工作，已经对镇政府不抱什么希望了。没想到，半小时后，镇政府打来电话，让他们现在去小卖部等着，他们的人已经在路上了，马上就到。

"真的假的？镇政府也太给力了吧。"

"走，去看看就知道了。"

两人收拾好东西，急忙出了村委会，看见一辆镇政府的皮卡已经停在路对面，两个人正站在小卖部门口拿着尺子量来量去。

黄文学和老洪赶到的时候，小卖部的店主也从门里出来了，看着那两个镇政府的工作人员正在自家店门上量尺寸，不禁奇怪道："你们干什么？"

那两个人谁也不搭理，一边量一边记录，时不时还讨论两句，显得挺专业的样子。把黄文学和老洪也给看蒙了，心说：这两位到底要干什么，怎么看也不像是来做工作的，反而更像是装修队。

"会不会是觉得拆迁无望，干脆把小卖部重新装修，好和以后新建的村委会统一风格？"黄文学小声跟老洪说。

"很有可能，你看他俩的样子就像干装修的。"老洪点头表示赞同。

店老板同样也想到这一点，脸上不觉露出得意的表情，从冰柜里拿出两瓶脉动递给两个工作人员，还示威似的又拧开一瓶自己咕咚咚地灌进嘴里。

黄文学和老洪冷哼一声，觉得自己多余过来，正打算向后转，就听见那俩工作人员放下手里的卷尺，说道："量好了，房子不大,来一台钩机就能搞定,到时候土渣也用不了两车。"

"你们说啥?什么钩机、土方?"店老板愣住。

"你这房子是违建,过两天镇里就会拆掉,我们先过来匡算一下施工量。"俩人说完直接坐上皮卡,发动汽车。

店老板彻底傻眼,赶紧拦在皮卡车头,脸上一阵红一阵白地嚷嚷:"这房子我盖了好几年了,凭什么说拆就拆?你们肯定是和公安厅串通起来欺负老百姓!"

开车那个工作人员探出脑袋,看傻子一样瞄了他一眼道:"要闹事去市里闹,这块地又不是镇里的,省道范围懂不懂?国家的。"

说完皮卡车掉转车头,扬长而去,只剩下店老板呆呆地站在原地。

"哈哈,我说今天怎么一大早左眼皮就跳个不停,原来是有喜事啊。"老洪嘿嘿一笑,冲店主摆摆手,和黄文学一起大摇大摆地回了村委会。

"真是痛快,你没看见那家伙的表情,简直跟吃了苍蝇似的,太解气了!"

两个人一进屋兴奋得差点儿跳起来,这两天受的窝囊气顷刻间烟消云散。

"你说他会不会硬顶着不搬?搞个对抗强拆的戏码。"老洪高兴过后又有些担忧,"昨天他可是赌咒发誓地说宁死不屈的。"

"我看不会,否则就不是那个样子了。"黄文学摇头道,"不管了,反正先看看他吃瘪也是好的,以后的事儿以后再说。"

正说着,三哥的电话打过来:"文学,刚才小卖部打电话给我，说愿意降低要求，只要赔偿合理，他马上就搬。"

"嗯，好的，不着急，反正家具厂的地还没有征下来，慢慢来。"黄文学模仿三哥的神情，慢悠悠地道。

"奇怪了，他好像挺着急的，早上还没这么好说话，怎么突然就变了呢？"三哥莫名其妙，"我觉得你们还是尽快定下来，免得夜长梦多。"

放下电话，黄文学不由得感叹："都说基层工作需要大智慧，以前我还不相信，现在真是开眼界了。看来以后还有的学啊！"

"这家伙已经坐不住了。"老洪也兴奋起来，"你说咱们还给不给他赔偿呢？"

这时，骆主任的电话打了过来："文学，事情解决了吧？"

"是啊，巫书记真厉害，服了。"黄文学兴奋道，"刚才那户村民主动联系三哥，谈赔偿的事……"

"我打电话就是想告诉你，赔偿还是要补一些给他，毕竟他们盖房子也有成本，而且咱们的身份本身就比较强势，不要让村民心里产生抵触和怨念。眼光要放长远，明白我意思吧？"骆主任循循善诱道，"在合理范围内，都没问题。"

"好的，我明白了。"黄文学心里的一块石头落下，感觉浑身都轻松不少。

"对了，那天我去其他镇考察的时候，看到有些村组织养鸵鸟，还有村种植药材，五花八门的，我们也要开动脑筋，把种养殖都搞起来，先小规模试验，成功了再推广。"

"报告主任，我们了解过村民意愿，他们都反映种玉桂树是个不错的选择，只要把树苗种下去，它自己就能生长，根本不需要人来管理。虽然收割的时候辛苦，但对贫困户来说能增加一部分收入总是好的。"

"玉桂苗是当地传统特色产业，我们必须大力支持，可以多采购一些玉桂苗发给贫困户，组织大家种植，没问题的。"骆主任痛快道，"除了这个还要想一些适合合江地理条件的经济作物，尽快开展起来。"

"好，我们马上行动。"黄文学用力点头，"对了，最近不少附近村的扶贫工作队联系我们，提出想过来交流参观，之前老牟负责对接，现在这种事情怎么处理呢？"

"这是好事，咱们就要打开门来搞扶贫，来的人越多越好，咱们才能了解到最新的信息。"骆主任高兴道，"只要想来的，一律欢迎。"

黄文学放下电话，跟老洪分了下工：他继续追危房改造款，老洪去联系玉桂苗，两个人分头行动。经过快一个月的危房改造，有几户贫困户的新房已经建好，还通过了镇政府聘请的专家验收。按照规定，国家补贴一发下来，贫困户就要将钱还给公安厅，偿还公安厅的垫资。

最近村里很多人都在传：个别危改户不想还钱，准备找点儿理由一直拖欠下去，直到最后不了了之。三哥听说后专门告诉黄文学，让他打起精神，千万不要大意。

黄文学原本紧张的神经绷得更紧了，他深知第一批危房改造完成得是否顺利，关系到接下来更多贫困户的选择。他必须尽快完成垫资款的追讨，否则其他人有样学样，好事也变成了坏事。怀着重重心事，他掐着日子前往几户新房即将完工的贫困户家里。

这天一大早，黄文学就到了田坑村口。顺着村道没走多远，他看见不远处的山坡上并排着几间新盖的砖房，外墙已经刷成白色，房顶上已经架起晾衣竿，门前还堆放着剩余的沙子和砖块，旁边则是一栋土黄色的泥瓦房，两者并列在一起形成强烈对比。

黄文学来到山坡上，看见户主正拿着铁锹铲沙子，于是招呼道："阿华，忙着呢？什么时候搬进新房？"

阿华抬起头憨厚地笑笑："过年前就搬，现在还没装修呢。"

"趁着现在天气好，赶紧装修，到时候就在新房子里过春节了。"黄文学走进新建的房子，看见屋里十分宽敞，墙壁刷得雪白，地面也铺得平平整整，阳光透过窗户把屋子照得格外明亮。

"是嘞，就是装修的钱不太够了。"阿华咧嘴道，"要是能把外墙贴上瓷砖，门口再垒个院墙就好了。"

"大概还需要多少钱？"黄文学问。

"怎么也得两万元。"阿华指着屋顶道，"这还没有算房顶上搭棚子的钱呢。"

黄文学点点头，问道："国家的补贴款到账了没有？这笔钱你是不能动的，要还给公安厅，装修的困难我们会帮你想办法解决。"

"知道了，我没什么文化，要查账户还得去镇上，最近这阵子一直没顾上去。"阿华回道，"等过了这段时间，我就去看看。"

黄文学脸色不太好看："我记得你刚建房的时候可不是这样说的，那会儿天天追着我问公安厅的钱怎么还没到，怎么现在又不会查余额了呢?"

阿华嘿嘿直笑。

"你跟我说实话,是不是钱已经到账了?"黄文学大声问,"这个钱不是你的,也不是我的,而是公安厅的,之前你盖房子没有钱,是公安厅先垫钱帮你盖房,另外还补贴给你三万块钱,当时都说得清清楚楚,你也在协议书上签过字的。"

阿华不好意思地挠挠头:"知道、知道,没错、没错。"

"那你怎么不还钱呢?"黄文学质问道,"这个事往大了说是犯法的,知道吗?"

阿华继续点头,说:"等我查清楚就还,一定还。"

黄文学气得想踹他一脚,但又忍住了,继续动之以情、晓之以理,跟阿华摆事实讲道理,但不管怎么说,对方就是不肯立刻还钱。

"你是不是想继续观望?看看别人能不能赖下去,你也跟着赖?"黄文学板着脸咬牙切齿道,"我跟你说,从现在开始,凡是国家补贴款到账以后不立刻还钱的,我们都会立刻停止他的贫困户资格,取消所有扶持政策和慰问,你自己算算,到底是亏还是赚,好自为之吧!"

说完,他扭头就走,心里一片悲凉。

他无论如何也理解不了,像阿华这样的贫困户为什么会为了一点儿眼前利益,甘愿放弃以后更好的生活。希望其他人千万别像阿华这样,如果都想赖账的话,后续的危房改造公安厅肯定不会再垫资,那样势必影响更多贫困户危房改造的进度。

黄文学又去了几个贫困户家里,好在他们还算配合,除了一户声称钱还没到账外,其他人都及时把钱还给公安厅了。即使这样,他还是头大如斗,如今以他名义向单位借款已经超过一百二十万元,其中三分之一是需要偿还的垫资款。从现在的情况看,家里条件相对好一些的贫困户都有人想赖账,剩下那些生活更困难的人能抵挡住诱惑吗?

从危改户家里出来后,黄文学顺着村道漫无目的地向前走着,不知不觉走到田坑村最后几户村民的房子前,这里也有一家是贫困户,户主名叫阿进,儿子患有自闭症,女儿上大专,属于因病致贫。阿进这个人性格比较内向,工作队来他家走访时感觉和他沟通比较费劲,好在阿进老婆性格开朗,所以有什么事都直接和他老婆说。

阿进家的房子在山上,有几百米山路坡度不小,而且全是泥巴,十分难走。黄文学心里烦乱,走着走着就到了阿进家门前。

阿进住的是一间黄泥房,门前不远就是山坡,所以门口也没有院子,只能把杂物贴着山边堆放,看起来有些杂乱。

黄文学在门口叫了几声,阿进穿着脏兮兮的大背心从里面走出来,手里还拿着钳子和一段铁丝,看样子正在干活。

"阿进,最近怎么样?"黄文学打个招呼。

"还好。"阿进点点头,脸上没什么表情。

"前几天村里发鸡苗,怎么没看见你去领呢?"黄文学在门口的石墩子上坐下来,"很快我们还会给大家发桂苗,你这里靠着山,正好多领一些,等将来增加点儿收入也是好的。"

"哦。"阿进点点头,没有一丝激动。

"你老婆呢?"黄文学很无奈,对阿进这种闷葫芦真是没办法，有什么事还是跟他老婆说比较靠谱。

"她去镇医院了。"阿进回答。

"这样啊。"黄文学点了根烟，深深地吸了一口，"阿进，你是一家之主，要有担当才行，不能什么事都让老婆去做，你也得帮她多分担一些。"

"这日子过了今天没明天，有什么可分担的？"阿进蹲在门口，用钳子夹住铁丝不断扭动，像是要拧一个造型出来。

黄文学有点儿意外，没想到阿进能说出这样的话，诧异道："什么叫有今天没明天？你一个大男人，有手有脚的，就算家里负担大也不能自暴自弃，一家人可全指望你呢。"

"唉，我已经看透了，人就是这么几十年，辛辛苦苦又有什么用，最后还不是个死。"阿进闷声道。

"你怎么这么消极？"黄文学发现自己之前好像看错了阿进，"怪不得每次来你这儿，你都不说话，敢情不是脑子不好使，而是懒得跟我们说话。"

"懒不懒又能怎么样，日子还不是一个样。"阿进继续拧着铁丝。

"我就奇怪了，贫困户里面比你困难的多了去了，你怎么就这么消极呢？是不是因为孩子的事？"黄文学问。

"都这样了还有什么能指望的呢？"阿进叹口气，转身进屋去了。

黄文学看着阿进的身影消失在屋内，突然想明白一件事：为什么那些危房改造的贫困户为了两万元钱就想赖账，甚至连取消贫困户资格都不在乎。因为他们的眼里是没有未来的，人一旦没有希望，不憧憬未来的美好，那么他自然只盯着眼前那点儿利益。

原来是这样。

"阿进,你把眼光看长远点儿,只要现在开始行动,将来肯定会过上好日子。"黄文学冲屋里喊道,"我向你保证!"

屋里一片沉默。

黄文学觉得不能这样,他得做点儿什么才行。他掏出电话给三哥打过去,问他阿进家里有没有什么长辈,他打算上门拜访一下,做做阿进的思想工作。

三哥想了想,告诉他阿进还有个堂哥,也是贫困户,就住在田坑村,他可以过去一趟。

黄文学问了名字,便朝阿进堂哥阿明家走去。因为同在一个村里,两家距离不算太远,黄文学很快就来到阿明家,看见他正坐在院子里休息,光着两只黑乎乎的脚丫子晾在地上,一群苍蝇在脚边嗡嗡乱飞,一只脚还用红绿色的塑料袋缠了好几圈,看起来很是滑稽。

"阿明,最近怎么样,脚好点儿没?"黄文学拉过一张凳子在阿明对面坐下。他知道阿明的情况:今年五十二岁,一辈子没结婚,一只脚残疾,孤零零地住在老房子里。

"还好喽,死不了。"阿明的普通话很糟糕,带着浓浓的合江本地口音,黄文学得竖起耳朵仔细辨认才能明白意思。

"你堂弟阿进的事情你了不了解?"黄文学大声问道,"他现在情绪比较消沉,对生活也没热情,这样下去可不行啊。"

"是喽,我总是说他,他不听。现在我也走不了路,他家那个山坡我爬不上去了。"阿明点头道,"你们得多说说他。"

"你的脚怎么回事,有没有去医院看一下?"黄文学低头仔细看了看阿明的脚,只见一群苍蝇正在包裹着脚背的塑料袋上爬来爬去,时不时飞起来两只,换个位置落下去继续爬,"你这不是残疾吧,我还没见过残疾人招苍蝇的,是不是皮肉烂了?"

阿明摆摆手:"十几年了,早习惯了。"

"你把塑料袋解开,让我看看。"黄文学职业病发作,本能觉得阿明的脚不是残疾那么简单。

"臭得很,不用了吧。"阿明连连摆手。

黄文学一瞪眼:"我都不嫌你臭,你还不乐意了?快点儿拆开。"

阿明嘴里念叨着不合适,可架不住黄文学的催促,只好不情不愿地解开塑料袋。

嗡!

塑料袋一松开,那群苍蝇好像发现了什么稀世珍宝,不要命地往里钻,连丢到一边的破塑料袋都招来一群苍蝇。

黄文学皱眉道:"你这脚上的肉已经全烂掉了,怎么会搞成这样?"

阿明一点点解开第二层塑料袋:"我之前上山砍玉桂,被树枝扎破了脚面,慢慢就成这样了。"

"什么时候的事儿?"黄文学问。

"十几年了吧,具体记不清了。"阿明说的波澜不惊,可在黄文学耳朵里却如同一声炸雷。

"十几年了?你脚伤得这么重,就这样熬了十几年?"黄文学不可思议地瞪大眼睛,"你这是自己把自己搞残疾了啊!怎么不去医院看病?"

"没办法,看病要花钱,乡下人没有大病不去医院。"阿明揭开最后一层塑料布,露出里面早已腐烂的脚面,一股恶臭猛地钻进黄文学的鼻腔,差点儿把他熏得背过气去。

"不看了,太臭了。"阿明马上想把塑料袋缠回去,却被黄文学一把拽住。

"别裹了,再裹下去脚就保不住了。"

黄文学捏着鼻子,仔细看了看阿明脚上的伤口:表皮已经腐烂成黑色,皮下组织也是黑乎乎的一团,还不断向外渗着腥黄色的液体,里面的骨头隐隐可见。

"你这十几年就这么用塑料袋裹着?你怎么活下来的?"

"我把山里采来的草药捣碎抹上去,然后再包的。"阿明不好意思道。

"我说呢,正常来说,像你这种情况如果不去医院,应该已经过了十几次清明节了。"黄文学站起身,走到外面深吸了几口气,总算没那么恶心了,这才走回来看着阿明说,"你的脚如果早点儿去医院,可能花十几块钱就能治好,拖到现在,把自己搞成了残疾,值得吗?"

"乡下人有什么值不值的,别说十几块钱了,就是几块钱我都不会去医院的。"阿明咧嘴笑道,"看病就是花钱,有钱我攒着不好吗?为啥要给医院送钱。"

"走吧,我带你去镇卫生院。"黄文学叹口气,"不花钱,免费的。"

阿明反复确认了好几遍,确定一分钱不用掏,这才同意。

来到镇里,黄文学先打电话给张院长,然后直接到门诊部等他。

"哎呀，这脚是怎么长的，都烂成这样了还没扩散哪？"张院长惊叹不已，掏出手机一顿拍照，"得先留个档才行，最近我们卫生院收治的全是疑难杂症，搞不好以后评职称用得上。"

"赶紧看看怎么处理吧，他是贫困户，费用除了新农合报销的部分，自费的那块由医疗基金保障，如果还不够我自己掏腰包。"黄文学催促道。

张院长这才抬起头："耽搁了太久，只能做手术了，镇卫生院没有这个条件。"

"那还得去罗定？"阿明一听脑袋摇得如同拨浪鼓，"不行，不行，我田里还有庄稼呢，不能去罗定。"

"不做手术行不行？"黄文学道，"保守治疗一下，能保住这只脚就行。"

"你以为我是神仙啊？想保守治疗就能保守治疗？"张院长叹气，"他脚面的神经和肌肉早就坏死了，怎么保？"

"那就只能去罗定了。"黄文学知道张院长说的没错，阿明的脚实在太严重，能不能保得住还不一定。

"不行不行，我绝对不去罗定！"阿明挣扎着要起来，"让我回家，过去那么多年也没事儿，怎么现在就要去罗定呢？我不去。"

黄文学看看张院长，那意思很明显：治不治你看着办吧。

"好吧好吧，先在卫生院用点儿药，看看情况吧。"张院长无奈点头，让护士帮他先给伤口清洗消毒，然后用药，等两天再看效果。

阿明听到不用去罗定，这才安静下来，但张院长叮嘱他治疗期间脚一定不能沾水，尤其不能下田干活，否则他的脚肯定会彻底坏死，到时候只能截肢，还可能危及生命。

黄文学也语气严肃地告诉他，必须配合治疗按张院长的话做，否则截肢了他的水田全都荒弃了。

阿明不情愿地点点头，看得出来，他心里还是不太接受，但碍于面子只能答应。

"对了，阿焕的老婆怎么样了？"黄文学每次来卫生院都会去了解看望一下她，现在她的身体各项指标已经稳定下来，并且在慢慢好转，精神状态也好了很多，再也不是之前那副病入膏肓的模样。

"现在人已经缓过来了，偶尔还能下地活动活动，这条命算是保住了。"张院长挺高兴，"所以说穷人命硬，这么严重的情况谁知道她竟然还能缓过来，真是个奇迹。"

黄文学点点头："那是，以后合江村的奇迹会越来越多！"

从卫生院出来，黄文学骑着摩托车朝村委会赶去，忙活了整整一天，才想起来还没吃饭。他打电话问老洪在哪儿，老洪说在村委会煮粥，黄文学决定过去蹭两碗再说。

从阿明身上，黄文学似乎对危房改造的贫困户们多了一些理解。就像阿明说的，明知道拖着不去医院会导致严重后果，但在一穷二白的他们看来，十几块的医药费比今后的残疾更加重要。

为了节省十几块钱，他们宁可冒着截肢风险，那面对两万块钱呢？

黄文学觉得有必要重新规划对危房改造的补贴节奏了，在发达地区生活的人们眼里几万元钱也许不算什么，但在贫困户眼中这些钱却无异于一笔天降横财。

回到村委会,老洪刚好在盛粥,屋子里米香扑鼻,让饿了一天的黄文学狠狠地吞了几下口水:"老洪,你的厨艺又精进了,真香啊!"

"快点儿来,趁热吃。"老洪把碗递给他,"合江最好的稻米,配上刚从田里摘的青菜,还有咱们自己产的走地鸡,绝对美味!"

"你说咱们搞个农家乐怎么样?"黄文学拿起勺子放在嘴边吹了吹,然后一口倒进肚里,"这么好的东西,肯定有人喜欢吃。"

"好啊,农家乐和民宿结合起来,乡村旅游都是这么干的。"老洪给自己盛了一碗,"不过咱们得有自己的特色才行,否则这么远没人愿意来。"

"你白天怎么样?危房改造的款要回来多少?"

"别提了,一言难尽。"黄文学把白天的事情讲了一下,最后道,"我觉得咱们还是得从补贴的发放上面入手,垫资款发放后,额外的补贴不能一次性发放,这样贫困户才愿意配合。"

"这是个好办法,最好等国家的补贴到位了,贫困户又把这笔钱还给我们,才能拿到后续的补贴。"老洪赞同道,"不能做考验人性的事,这样做对贫困户们也好。"

"那我这就跟骆主任汇报,按照新的思路调整一下。"黄文学觉得想清楚问题后,心理上的包袱一下子卸掉了,整个人也轻松不少,"还有,今天好几个贫困户反映他们没有钱装修,这恐怕会成为普遍性问题,得想个办法才行。对了,你今天怎么样?"

老洪喝了一口粥,发出满足的叹息:"总体比较顺利,但也发现一点儿问题。"

"就说光伏吧,敢情这东西建好后每天还得安排人维护,打扫卫生啦、监控设备指标什么的,如果哪天发生故障,还有维修成本,比我们预想的麻烦。"老洪说,"另外一个事儿,我听说种辣椒的经济效益挺高的,咱们合江村的田地现在种的水稻、玉米、百香果之类的收益比较低,可以了解一下。"

正说着,骆主任的电话打了过来:"文学,合江小学盖宿舍的资金有着落了,厅里一个单位拉来一笔公益捐款,正好可以用来建宿舍。这下你可以放心了吧?"

黄文学惊喜不已,没想到骆主任动作这么快,一百万元资金不到两天就解决了。他第一次意识到,虽然工作队在合江村里开展扶贫,但还有很多更重要的工作是有人在背后默默完成的。

"骆主任,我们马上按程序报建,绝不延误一天,争取明年开学前完成施工。"黄文学激动道,"到时候合江小学就可以大大方方地去其他学校挖人了。"

# 为种辣椒，工作队和村支书吵架

工作队带领村民种植辣椒（左一：黄文学）

山中无日月,寒暑不知年。

转眼时间已经来到 2017 年,黄文学和老洪对合江村的一草一木已经熟悉得不能再熟悉,危房改造在黄文学的策划下走上正轨,分期补贴的政策让贫困户们彻底打消了赖账的心思,数十家贫困户的新房正盖得如火如荼。太阳能光伏项目也进展顺利,第一年的收益率达到 15%,公安厅决定继续加大光伏项目投入,他们在镇中学的楼顶上又建设了光伏二期,并准备在合江村的山坡上建设第三期。合江小学教师公寓也已经完工,老师们终于有了自己的宿舍,听校长说有其他学校的老师私下联系他询问工作调动的事情。而医疗基金的建立,让贫困户们看病就医条件大大改善,阿焕的老婆在医院治疗了半年多后终于康复出院,村民们私底下都在说,是公安厅救了她的命,也救了阿焕全家。连阿明的脚也在卫生院的精心护理下,好转了不少,伤口的感染基本消除,坏死的组织被清理干净,再也没有苍蝇围着他的脚丫子打转了。总之,一切都朝好的方向转变,合江村过去那股死气沉沉的氛围一扫而空,到处是热火朝天的建设场景。

村委会门口，原本冷清的风水店如今已经变成了合江淘宝店，专门在线销售合江农产品，余半仙也变成了余老板，一边经营超市一边负责网店的维护运营，日子过得充实又忙碌。

这天上午，一辆警车风尘仆仆地停在村委会门口，骆主任穿着一身运动衣，轻松又干练地从车上跳下来。在他身后则跟着一个略显青涩的年轻人，虎头虎脑地四处打量。

"文学！老洪！"骆主任进了村委，大声道，"快出来看看你们的小鲜肉。"

黄文学和老洪正在二楼跟村干部开会讨论辣椒种植的事，闻言赶紧下楼。

"主任，你怎么这么早就到了？"老洪先从楼上下来，嘿嘿笑道，"还带了肉？正好我们中午菜还没着落。"

黄文学也下了楼，跟骆主任打过招呼，视线看向站在他身后的年轻人。

"这是陈启山，今年厅里刚入职的新警，中国人民公安大学毕业，刚报到就被我拉过来支援你们工作。"骆主任介绍道，"小陈还在见习期，暂时先跟着工作队，等转正以后再正式派过来。"

陈启山向大家敬了个礼，自我介绍道："我是茂名人，今年刚毕业，请各位领导多帮助。"

"茂名？那不是挨着罗定吗？"老洪兴奋道，"合江话能听懂吗？"

陈启山点点头："我家离罗定不远，这边说话的口音和我们那里很像，肯定没问题。"

"太好了，我们正发愁和本地人交流不够顺畅，没想到骆主任立刻给我们送来个高才生,还是土生土长的本地人。"老洪乐呵呵地说,"村里的工作可是很辛苦的,你能受得了吗?"

"没问题。"陈启山重重点头。

"文学,你们在开什么会?正好让小陈一起听一下。"骆主任道,"我要和罗定市扶贫办的领导去调研产业项目,下午回来再跟你们碰头。"

黄文学急忙道:"正在讨论种辣椒的事,我们觉得这事儿可行,但村干部这里有些想法,不是很支持。"

"哦,这事儿是比较麻烦,不行就先搞一小块试点,效果好了再推广。"骆主任说,"和村里打交道你们是专家,我就不瞎掺和了,有什么事情及时告诉我就行。"

说罢,骆主任又急匆匆地上车赶去调研了。

陈启山跟着黄文学和老洪一起上楼,黄文学简单向他介绍了一下村委会的情况。

如今的村委会已经不是原来的样子,公安厅各部门捐赠了一大批办公家具,曾经破破烂烂的会议室如今装饰一新,长条板凳被整齐的桌椅代替,墙壁经过粉刷后还悬挂了党旗党徽,终于有了党群服务中心的样子。

他们上来时,三哥和几名村干部都坐在会议桌前沉默不语,不时吐个烟圈,会议室里烟雾缭绕,一看就知道会议进行得不怎么顺利。

"向大家介绍一下,这位是公安厅的新警陈启山,今天开始加入工作队。"黄文学先向村干部们介绍了一下,然后继续开会。

黄文学推了推鼻梁上的眼镜说:"刚才我们说明了种植辣椒的经济效益,这明显比目前种植的水稻、百香果、玉米等收益更高,而且经过专家分析,合江的水土和气候条件很适宜辣椒生长,风险不大,我们觉得应该尝试一下。"

话音刚落,对面的三哥挺直身子,慢悠悠地说:"村民们种了那么多年地,什么合适、什么收益高都是经过长期摸索才定下来的,贸然改变风险太大,我不赞同。"

三哥说完,其他村干部也纷纷表态:"合江村的地那么少,平均下来每户还不到一亩,种的东西必须保证收成才行,不能出一点儿意外,否则,村民的口粮和收入就没了,最好不要冒险。"

村委会的意见很明确:宁可收入少也不能冒险。会场气氛陷入尴尬。

"我说两句吧。"老洪咳嗽一声道,"合江村山多地少是实际,但正是因为地少,所以才限制了村民们增加收入。俗话说一亩三分地,在合江村,每个村民真的就只有一亩三分地。那大家是不是都只能盯着自己的一亩三分地呢?我觉得不是,因为以前村民们就是光盯着这么点儿土地,结果怎么样?合江村成了罗定最穷最落后的贫困村。"

"为什么要种辣椒?一是它的经济收益高,根据测算,一亩地的收益比目前提高一倍还多,这相当于一亩地变成了两亩地,这个账大家都会算吧?二是技术成熟、风险比较低。三哥说得没错,村民们种地承受不起太大风险,所以我们才多方了解,特别慎重地考察选择了很久,最终确定了辣椒这个品种,相关的种植技术和风险因素全部考虑到了。可以说,辣椒已经是风险最低、收益最高并且最适合合江村的品种了。"

"当然，只要是种植和养殖肯定会存在一定风险，不可能一点儿风险没有就能赚钱，但我们已经尽最大努力把风险降到最低。"老洪一口气说了很多，最后总结道，"不管最后能不能种，我都觉得咱们必须转变观念，大胆尝试。"

说完，会议室里仍旧一片沉默，几个村干部偷眼看看三哥，发现他眯着眼睛似乎在认真思考，又好像在愣神发呆，于是也悻悻地低下脑袋不说话。

"三哥，你怎么想呢？"黄文学心里着急，为了种辣椒的事儿他和老洪没少找对方商量，可不知怎么回事，一向谁也不得罪的三哥竟然咬死了不松口。为了说服他，工作队专门邀请农科院的专家来合江考察，还带领村干部到其他镇现场观摩，即便把详细的种植方案摆到他面前，可三哥还是认为种辣椒不行。

三哥在村委会已经干了三十年，他不同意，其他村民也不敢下决心，导致工作队种植辣椒的计划不断拖延。黄文学他们看在眼里急在心上，所以才再次召集所有人开会，再努力一把争取说服三哥。

"这样可能还是不保险啊。"三哥沉默半晌，就在所有人都以为他快睡着的时候，终于慢吞吞地说话了，"村民们一直种得好好的，又没有招灾，为什么突然不种呢？辣椒这东西又不能当饭吃，今年价格贵点儿，明年也许又便宜了，谁能保证一直赚钱？与其变来变去，不如老老实实种熟悉的东西，起码还能有个保障。"

说来说去，三哥的态度始终很坚决，不同意种辣椒。

为种辣椒，工作队和村支书吵架

黄文学皱了皱眉，说："三哥说的也有道理，种植和养殖的收益是由市场决定的，市场价格又会不断波动，所以我们不能像押宝一样搞一锤子买卖。通过去年一年的努力，现在合江村的各项事业都在快速发展：教育上，我们给贫困户的孩子提供教育基金，保证他们不辍学；还给合江小学的学生开办了营养餐，让孩子们不饿肚子；接下来，宿舍楼竣工，我们就会在全镇选拔优秀教师到合江任教，提高我们的教育质量；医疗上，通过医疗基金，我们给看不起病的贫困户提供保障；马上动工的新党群服务中心项目也包括新的村卫生站，等建好以后，村民们看病可以直接来卫生站，实现小病不出村的目标；接下来，我们还会为贫困户购买重病保险和意外伤害保险，彻底解决医疗问题；还有基础设施方面，村路硬化工程、危房改造工程这些项目都在热火朝天地向前推进。

"我说这些是什么意思呢？就是想告诉大家，合江村已经进入了发展的快车道，用不了几年，我们村就会有一个翻天覆地的变化。但是，这些成果不是天上掉下来的，而是党和政府以及公安厅对合江村的大力投入换来的。想要巩固这些成果，就必须大力发展村集体经济，提高村民收入，没有经济做基础，所有这些都没办法长久，房子也有变旧的时候，基金总有用完的一天。到那个时候，我们怎么办？难道再返回过去贫穷消沉的状态吗？显然不行。所以，我们才要想尽一切办法提高村集体收入水平，让村民增收致富，只有这样，才能保证我们的各项措施长久执行下去。

"种辣椒的确有风险，但我们有能力把风险控制在可以承受的范围内,而它带来的收益却是实实在在的。"黄文学继续道,"你们看这样好不好,我们不强推,而是先确定一小块土地做试点,征求村民们的意见,愿意种辣椒的来村委会报名,我们负责提供辣椒苗和技术指导,看看效果怎么样。不愿意种的也没有问题,仍然继续种自己想种的。而且,这个试点也有范围,报名人数达到了就截止,不能一窝蜂地全跟进去。"

黄文学说完后,老洪首先表态,觉得这个方案很可行,他举双手赞成。

黄文学看了看对面的三哥和村干部,发现有些村干部也在点头,便说道:"那就这样定了,我们尽快通知村民,有意愿的可以到村委会报名。"

哪知三哥却摇摇头:"不行,这样种东西会乱的,我还是不同意。"

黄文学的脸瞬间僵住,其他村干部也都尴尬地看着他,如今老牟还在医院住着,黄文学是工作队的代理队长。现在三哥摆明不配合,这让他怎么做都很为难:放弃种植计划吧,前期投入的精力白费不说,以后的工作也会不好开展;坚持强推的话又会和村委会产生嫌隙。

这还是工作队进驻合江村以来第一次和村委意见不一致。

"好!既然三哥不同意,那没问题。我们把今天会议的内容详细记录下来,每个人的态度都写清楚,作为会议资料存档。"黄文学迅速冷静下来,一字一句道,"接下来的工作还是照常推进,工作队会安排辣椒苗采购和村民登记,到时候跟村民讲清楚收益和风险……"

啪!一声巨响,会议室里的人吓得一个激灵,发现是三哥重重地把笔记本摔在桌子上。

"我说了,村委会不同意种植辣椒,村民同意也不行!"大家都没想到,一直不温不火的三哥竟然会当众拍桌子,还直接阻止村民种植,这无异于直接打工作队的脸。

黄文学也火了,腾地站起来,大声道:"地是村民的,想种什么是村民的自由。工作队来合江就是要帮这里的村民脱贫致富,国家的政策和规定摆在这里,我看谁敢阻挠!"

三哥站起身,脸色铁青地瞪着黄文学,一句话也没说转身下楼。其他村干部见状也都歉意地笑笑,跟着陆续离开。

"这事儿怎么说都没错。"老洪轻轻拍了拍黄文学的肩膀,叹息道,"就是不知道三哥到底怎么了,种辣椒有这么糟糕吗?竟然闹成这样。"

陈启山咽了口唾沫,脸上的表情很是精彩,他怎么也想不到第一天加入扶贫工作队就遇上这么激烈的场面,难怪老洪说扶贫工作不好干,看来真是不好干啊!

"小陈,别担心,这种事儿我们也是第一次碰到,以前大家都是和和气气的。"老洪转过头来安慰陈启山,"基层就是这样,谁嗓门大谁就有道理,不过咱们不比嗓门,咱们比实效,等辣椒苗种下去了,自然就能看到效果。到时候我看三哥还怎么说!"

会议虽然不欢而散,但工作队种植辣椒的决心却没有变,按计划向村民开展宣传,愿意种的可以自愿报名,工作队首先对村民和田地进行审核,具备条件的才允许参加试点。因为三哥不愿意,村委会没有出面动员。好在工作队天天往村里跑,村民们跟他们早就混熟了，信息很快发到全村每一个角落。

不到一星期，报名的村民已经超过预想的二十亩，工作队又对自愿种植的村民田地进行考察，从中选择可以连片的土地确定为试点。然后开始紧锣密鼓地订购辣椒苗、购买肥料、开展技术培训，组织村民对土地进行翻整，终于赶在春节前完成栽种工作。

试点土地就在省道旁边的那块合江村最大的平地上，虽然二十亩不算很多，但绿油油的辣椒苗种在土里后，看上去仍有一种欣欣向荣的感觉。三个人每天有事没事都会往辣椒田里转转，看看土壤温度是不是符合要求、辣椒苗的长势是不是良好，好像自己的孩子般宝贝。

这期间，陈启山也跟着黄文学和老洪走遍了合江村的每一个角落，因为他家紧挨着罗定，语言对他不是障碍，所以很快就跟村民们打成一片，有时候连老洪都插不上嘴。于是，不管是黄文学还是老洪，只要进村都喜欢拉上小陈，有他在沟通起来就会顺畅许多。

"小陈，咱们等会儿去下田坑村，那里还有几户没有开始危房改造。"

这天一大早，三个人在镇政府饭堂吃完早餐，黄文学叫上小陈和自己一起进村。两人开着警车来到田坑村的村道尽头，再往前就是泥路，汽车开不进去。

"下车吧，自从老牟受伤，我们就很少骑摩托车了，一是怕危险，另外也有心理阴影了。"黄文学从车上下来，一边走一边说，"在往里面的山坡上还住着几户贫困户，尤其那个阿进,是危房改造的钉子户,干什么都不配合,整天一副生无可恋的样子。"

"是不是阿明的堂弟?"陈启山已经对贫困户的资料十分熟悉,主要是他来了之后材料后勤工作终于有人接手,困扰黄文学大半年的资料整理难题得到彻底解决。

"没错。阿明就是烂脚的那个,在镇医院治了几个月,现在终于可以下地走路了,不过脚还是残疾了。"黄文学叹口气道,"要是早点儿治疗的话根本不会发展到现在这个地步,真是可惜。"

陈启山说:"是啊,这种事我只在小说里看过,想不到就发生在我们身边,如果不是来合江扶贫,我根本不会相信在广东还有这样的事情发生。"

两个人边走边说,很快来到阿进家的山坡底下。

还有几天就要过年,虽然是冬天,但合江的气候却很温暖,道路两旁的草丛郁郁葱葱,偶尔还能看见几朵不知名的野花点缀其间。

黄文学指着坑坑洼洼的泥土路说:"等春节一过,道路硬底化的施工队就可以进驻开工,到时候这段路就不会这么难走了。"

"村里的这种路多吗?"陈启山好奇道,"每一条都要铺成水泥路啊,那成本肯定少不了。"

"可不是,全村有二十多公里呢。"黄文学说,"最远的流沙尾村到村委会有三四公里,住在里面的孩子每天都要步行上下学,等我们把路修好了,再安装上电灯,孩子们就不用这么辛苦了,要是大人有摩托车就更方便了。"

说着话，两人来到阿进家门口，黄文学像往常一样大声叫门，很快阿进踢踏着拖鞋从屋里出来。

"黄队长，你来了。"阿进的状态比之前好了不少，说话也不再是闷声闷气的样子。

"呦，精神状态不错嘛！"黄文学看见阿进精神好了不少，心里也跟着高兴，"怎么了，最近有什么喜事？"

"都很好，我堂哥的事谢谢你了。"阿进主动给两人倒了茶，"他一辈子就自己一个人过，很可怜，没有人关心过他，只有你们来了才对他这么好。"

"我看你也很关心他，为什么之前没有说说他呢？"黄文学接过茶水喝了一口，"我们只是尽自己的职责，真正能帮到你们的只有你们自己。"

"以前？我自己都穷得叮当响，孩子还是自闭症，怎么帮他？"阿进说，"换作是我也不会去医院的。"

"所以你才更要抓住机会，现在国家的扶贫力度这么大，公安厅又是全心全意帮助大家脱贫致富，给了那么多政策和优惠，你要是再不努把力，将来肯定会后悔的。"黄文学动员道，"我知道你儿子患了自闭症，但你还有女儿，你如果不振作起来，你让妻子和孩子怎么办？"

阿进若有所思地点点头："那我能怎么办？"

"先把房子盖起来！"黄文学斩钉截铁，"先给家人盖一间崭新明亮的新房子，你们全家的日子就有奔头了。相信我，先从这件事做起，后面的路会越来越好走！"

"好！"阿进重重地答应。

从田坑村回到村委会，黄文学之前的郁闷已经一扫而光，他问村干部三哥去哪儿了。村干部们顿时紧张起来，一个个睁大眼睛看着黄文学。

"你们怎么了？还怕我吃他的肉吗？"黄文学笑道，"我去找三哥跟他好好聊聊，有什么问题都可以谈，否则，每天低头不见抬头见的，你们不嫌别扭我还嫌别扭呢。"

大家一听顿时松了口气，看向黄文学的目光都有点儿不一样了。

三哥这会儿正站在五星村外的桥上，脚下杂草丛生、树枝横亘，只听见益水河淅淅沥沥流淌的声音，却不见河水。远处有几块零散的水田，偶有挑担的农户走过，身后跟着一群鸡鸭。沿着河岸有一块狭小的空地，里面盖了一座祠堂，门口的香炉里缓缓升起香烟，但门槛上却积满灰尘。

黄文学走过五星桥，来到三哥身旁，顺着目光看向远处，感叹道："晨曦载曜，万物咸睹！三哥，合江是个好地方，我们不能白来这一趟啊！"

三哥哼了一声，算是回应。

"我们来合江扶贫最多三年，时间一到就会回去，这里的一草一木跟我个人有什么关系？"黄文学说，"如果不是真心想为村里做点儿事，我们何必要得罪人？顺着村委会的意思，你好我好大家好。"

"合江禁不起折腾。"三哥缓缓开口，"过去虽然穷，但心思不乱，日子就稳当。如果心思乱了，那日子怎么能过好？"

黄文学还在心里盘算应该怎么张口，突然电话响了起来，还是《运动员进行曲》那熟悉的旋律。

"老洪，什么事儿？"黄文学问。

"不好了，咱们地里的辣椒苗被人破坏了！"电话里传来老洪气急败坏的喊声，"赶紧过来！"

黄文学唰地一下脸上没了血色，本能地看向三哥，但他又立刻否定了心里的想法。三哥虽然极力反对种辣椒，但他对村民和土地的感情却做不得假，所以绝对不会为了反对而去破坏辣椒田。

"怎么了？"三哥发现黄文学的异样，不禁问道。

"辣椒田被破坏了。"黄文学脸色异常难看，"我得赶紧过去。"

三哥眉头一皱，脸上浮现出一丝怒气："我跟你一起去。"

"好！"黄文学点头，两人上了车朝辣椒田赶去。

到了现场，老洪和几个村干部还有种地的村民已经到了，大家围着被刨开的田地一筹莫展，那个种地的贫困户更是急得直掉眼泪，看着一大片原本长势喜人的辣椒苗如今只剩下泥土，心里的难过可想而知。

"怎么回事？"黄文学跳下车跑到老洪面前，"多大面积？"

"大概两亩多，全部被偷了。"老洪沉声道。

"偷了？"黄文学愣住，不禁问道，"不是破坏了吗？怎么又变成偷了？"

"刚开始以为是破坏，我们到了以后仔细看了一下，发现辣椒苗都不见了，所以不是为了破坏，而是冲着辣椒苗来的。"老洪肯定道，"这帮衰人知道辣椒苗收益高，所以才下手偷的。"

"报警了没？赶紧跟镇派出所联系，让他们过来处理。"黄文学皱眉道，"现在补种还来得及吗？"

"可以，合江气候好，补种肯定没问题的。我这就联系供货商那边重新发货。"老洪说完掏出电话联系供货商，陈启山也打电话给镇派出所的梁所长。

"辣椒的收益真有这么高？"三哥一脸疑惑地看着空空如也的田地，露出若有所思的表情。

没多久，镇派出所的警车也到了，梁所长带着同事来到路边："辣椒苗被偷了？损失大不大？"

"面积大概两亩多，所有损失加起来大概三千块钱，包括人工、地膜和肥料。"老洪答道，"镇里面这种下地偷种苗的案子多不多？"

梁所长摇摇头："这年头连钱包都没人偷，谁有闲工夫去偷辣椒苗？关键是累，一亩地怎么也有两千株吧，逐个往外拔，也不是一般人能干得了的。"

"就是，上年纪的肯定不行。"陈启山附和，"太年轻的也够呛，没那个耐心。"

"奇怪，偷了这么多苗也得有地方栽才行，或者他们开车来的，偷了就拉走卖掉了。"黄文学点头，"这两亩地的辣椒苗也就值个两千块，还搭一晚上人工、汽车油费，能挣个几百块？"

"应该是自己种的。"一直没说话的三哥突然发声，"倒卖的话不划算，应该是往自己家地里栽的。"

大家都挺诧异的，没想到一直反对种辣椒的三哥竟然没有出言讽刺。按理说，辣椒苗被偷，三哥应该最得意才是。毕竟他有言在先，种辣椒风险高，虽然谁也没想到这个风险竟然是被偷的风险。

"应该就是附近村镇的人,看见我们种辣椒他们也眼红了。"三哥说完掸掸裤脚上的土转身离开。

梁所长点点头,带着人下到田里去勘查现场,不过他对黄文学说:"黄科,村里这种偷鸡摸狗的事儿一般不太好破,监控也没有,光靠车辙和脚印很难锁定嫌疑人,除非有村民主动举报,否则别抱太大希望。"

黄文学点点头:"我们已经安排补种了,先保证农户利益不受损。"

梁所长露出个理解的笑,然后开始抓紧干活。

出了这档子事儿,大家心里也都有点儿复杂,一方面谁都不想看到辣椒苗被盗,另一方面也说明种辣椒还是受欢迎的,不是金贵的东西怎么会有人来偷呢?村干部们虽然没有明说,但也都觉得种辣椒是个有眼光的选择,在三哥没注意的时候也开始帮工作队开展辣椒种植的宣传教育。有时候三哥路过田边,看见村干部也和农户一起查看辣椒苗长势,竟也当作没看见一样。大家于是更加"明目张胆"起来,有时干脆以村委会名义举行种植、养殖技术培训会议,工作队和村干部又回到了密切配合、相互补台的状态。

2017年4月,第一批辣椒终于成熟,比市场上常见的外地辣椒足足早上市一个月,正是辣椒价格最高的时候。试种了辣椒的村民们个个兴高采烈,把地里收回的辣椒成筐成筐地搬上车运到农产品市场售卖,很快便抢购一空。

最后经过测算,每亩辣椒田的收益竟然达到破天荒的八千多元,要知道,合江村的贫困户在2016年以前全年的人均可支配收入还不到四千元，如今只种了几个月的辣椒，每亩利润就有八千多元，村民们的积极性一下子被调动起来，平时门可罗雀的村委会突然成了村民们最喜欢去的地方。在这里有最新的扶贫政策咨询，也有最全的脱贫产业介绍，说不定就能找到适合自家情况的项目。

尝到了甜头的村民们积极要求扩大辣椒种植面积，工作队和村委会经过商议，决定在全村推广辣椒种植，这次连三哥也只是光摇头不说话了。不过，黄文学他们也没有被成绩冲昏头脑，虽然扩大了辣椒种植面积，但在总量上还是进行把控，防止一窝蜂的情况出现。

辣椒种植上了轨道，光伏项目三期也准备动工了。除了合江小学和镇中学楼顶的光伏发电，工作队在村西面的山坡上开辟出一块空地，准备建设光伏发电三期项目。不过，山林土地的使用牵扯了许多部门，骆主任为此跑了不知多少趟，规划、林业、建设等全都拜访了个遍，好不容易才拿到许可。

中间还出现了一个小插曲，项目刚动工时，林业部门突然到现场叫停了施工，理由是损毁山林，后来骆主任赶紧联系罗定市扶贫办，多个部门现场办公才把问题解决。为此，镇政府还交了两万元罚款。

虽然波折不断，但项目还是如期完成，三期光伏项目从此开始为合江村的集体经济收入贡献力量，每年增收几十万元。不过，就在三期项目投入运营时，最早的一期项目却出现了始料未及的问题。

村干部在例行计算收益时，发现最近一个月光伏发电收益突然降了很多，于是赶紧把情况告诉小陈。陈启山反复核对，发现上个月的光伏设备几乎没有发电，这可是件大事，他赶紧通知黄文学和老洪，三人立即跑到小学，爬上教学楼顶，这才发现原来是发电装置的一个元器件出了故障，度数一直停留在上个月月初，损坏了快一个月也没人发现。

通知公司赶紧派人检修后，黄文学预感到光伏设备恐怕要出问题，于是和小陈一起调出过去的发电明细仔细研究，终于发现了不妙：原来随着时间的推移，光伏发电的收益一直在细微地下降，虽然每个月的差别非常小，但持续下去肯定不是个好兆头。

"这是怎么回事？"黄文学拿着明细单询问公司的技术员。

对方答道："这属于正常的设备老化，因为光伏设备使用的是薄膜技术，随着日照时间增加会出现相应的损耗，发电效率也会细微下降。这个变化是非常小的，不会影响收益大局，你们可以放心。"

"这才使用了不到一年，就开始损耗了？"黄文学质疑道，"以后会不会有更大损失呢？"

"那肯定不会，你们也看见了，每个月的差别只有几块钱，相对于数千元的收益来说根本算不上什么。而且以后时间久了，它的损耗就会减轻，所以不用担心收益受影响。"技术员修好元器件后，拍拍手说，"你们得时常来检查一下，有些零件属于易耗品，随时发现损坏随时修理，这样才能保证设备平稳运行。"

"这怎么行？我们又不是专业人士，谁能看懂设备正不正常！"老洪立马不干了，"我们采购你们的设备，结果还要我们自己天天盯着？没有这个道理。"

"不好意思啊，这个设备就是这样，每隔几天都得安排人去看看，这是最好的办法了。"技术员有些无奈道，"我也不想这样，但这个产品就是这样，没办法啊。"

"有哪些地方容易坏，你先告诉我。"黄文学脸色难看道，"多长时间看一次呢？"

"大概三四天就行。也不复杂，你看这里……"技术员说着用手指了几个地方，"主要是这几个地方的读数，正常来说是会持续滚动的，如果停止不动的话就说明不发电了，要么是晚上没有太阳光，要么就是坏了。"

"好吧，只要盯住就能保证正常运行对吧？"黄文学问道。

"没错，经常坏的就是这几个地方。"技术员肯定道，"另外就是得定期打扫卫生，保持表面干净，否则也会影响运行。"

"这也太麻烦了，得花不少人力和精力呢。"老洪郁闷道，"你们公司不是提供维护吗？应该你们来负责啊。"

"不好意思，我们负责技术维护，比如出现故障和不正常的问题时我们会负责，但是日常的养护属于使用范围，不由公司维护。"技术员更换完故障零件，拿上工具包准备离开，"有什么问题可以直接打电话给我，我尽快赶过来。最近工作很忙，我得赶紧去下一家了。"

说完，技术员匆匆离去。

陈启山摸了摸刚换好的元件，调侃道："不是这儿坏就是那儿坏，不忙才怪了！"

三个人没办法，只能垂着脑袋往回走，现在正是春天，路两旁的各种野花纷纷开放，将道路点缀得色彩斑斓，很是好看。但他们却一点儿欣赏美景的心情都没有，寄予厚望的光伏发电竟然还有这么多啰唆事情，尤其是设备性能缓慢衰减这件事如同一块大石压在众人心头。

"我就说嘛，当初总感觉这家公司哪里不对劲儿，现在想来就是他们故意隐瞒的问题，把咱们给骗了。"老洪气鼓鼓道，"都做到市场占有率第一了，竟然还搞这种欺诈客户的勾当，真是太过分了。"

"那又能怎么办？它的这种损耗微小得很，合同里也没有说明这种情况怎么处理，去找他们只能自找不快。"黄文学叹了口气，"好在这玩意儿小毛病虽多但还能将就着使用，不然咱们可就亏大喽！"

"是啊。以后咱们三个分工负责这三期项目的养护，及时核查收益情况，千万不能再出现今天这种事情了。"黄文学无奈给大家分配了任务，自己负责山上的第三期光伏，老洪负责小学楼顶，小陈负责镇中学楼顶，"目前先这样，以后人手多了再交给其他人。"

刚回到村委会还没来得及喝口水，就看见一个人从外面走进来。

"阿进？你怎么来了，快坐！"黄文学有点儿惊讶，没想到阿进竟然跑到村委会来找他们，上次跟他聊完后，阿进对生活又重新燃起了激情，用了不到两个月就盖起了新房，前两天还说准备买家具搬家呢。

"黄队长……"阿进只叫了一声，便泣不成声。

"这是怎么了？有事慢慢说！"黄文学大惊，连忙伸手拉住阿进。旁边的小陈搬来一把椅子，让他坐下。老洪也赶紧倒了杯茶水放在阿进面前。

"到底出什么事儿了？"黄文学预感到不是小事，否则，以阿进的性格是绝对不会跑来村委会哭鼻子的。

"我老婆，得了癌症。"阿进泪流满面，嘴唇不住地哆嗦，"最近这阵子她一直不舒服，开始以为是着凉，去了几趟镇卫生院都没看好，前两天去罗定市人民医院做了胃镜检查，发现她胃里已经长了肿瘤。"

"唉！"三人闻言不约而同地叹息一声，阿进家里已经够多事了，一个自闭症的孩子就把夫妻俩拖得死死的，没想到祸不单行，他老婆竟然又生了重病，真是雪上加霜。

黄文学难过了一阵，缓缓说："首先你放心，医药费不是问题，新农合报销完还有医疗基金，去年年底我们还给每个贫困户家庭成员购买了重病保险，医院里的费用都可以报销。你放心带老婆看病，其他的你什么都不用担心。"说罢，他想都没想就掏出钱包把里面的钱全都拿了出来。

"对，医院看病需要先缴费再报销，你赶紧发动一下亲戚、朋友凑钱给老婆治病，我们也会帮你想办法，不要害怕，有我们在，多大的困难都能挺过去。"老洪同样掏出钱包，把自己的钱和文学的钱一起塞到阿进手里。

"还有我的。"小陈同样拿出身上的现金递过去。

"谢谢！"阿进低下头把手里的钱理整齐，认认真真地数了几遍，想要写张欠条，但被黄文学三人阻止，让他救人要紧，不要想着还钱的事。

阿进眼睛通红地看着他们，深深地鞠了一躬，然后赶回家去筹钱了。

"他刚盖好房子，还没住进去呢就遇到这样的事，真是可怜！"老洪感叹一声。

黄文学点着烟深吸一口道："希望他能扛过去，千万别垮！"

"今天到底怎么了，就没有一个好消息。"小陈同样很郁闷。

就在三个人情绪低落的时候，骆主任的电话又打来了："文学，上次说的桂皮生产厂的事情有着落了，你们赶紧到村委会门口等着，一会儿陈老板就来。"

"知道了，我们都在村委会呢。"黄文学赶紧跟骆主任汇报，"今天上午，我们发现光伏项目有点儿问题……"

"我知道了，光伏的事儿咱们以后再研究怎么解决。你们等会儿先带陈老板参观一下村里，选几个可能建厂的位置给他看一下，这个加工厂如果能成，合江村民就又多了一个增收来源。"

放下电话没多久，一辆黑色轿车停到村委会门前，一个矮矮胖胖的中年人从车上下来，一脸热情地朝黄文学他们招手。

"您就是陈总吧？"黄文学他们赶紧迎了出去。

"叫我老陈就行，不用客气。"陈老板操着一口当地气息浓厚的普通话道，"早就听骆主任提起过你们，都是了不起的人啊！冲你们公安厅的扶贫精神，我也想在合江发展发展。"

双方寒暄几句，直接上车沿着省道、县道把合江村转了一遍。按照陈老板的说法，厂子肯定要挨着路边才好，具体位置倒没什么太大讲究。最重要的问题是双方以什么形式合作，这才是他此次来的关键。

其实不只合江村，整个罗定都盛产玉桂树，又被称为"中国玉桂之乡"。对陈老板来说，来合江村办厂除了是对扶贫工作的支持外，主要还是看中了公安厅的支持力度。但是，国家规定扶贫资金不允许投资企业，陈老板想在合江办厂又怎样才能得到公安厅的支持呢？

双方研究了半天，也没有太好的办法，最多镇政府在土地和税收上给予一定的优惠，但这个优惠其他镇也能拿得出来，甚至比加益镇给的更优惠。

会议室里，大家吞云吐雾了好半天，谁也想不出好的办法，连骆主任进屋都没发觉。

"谈得怎么样了？"骆主任上午打完电话就直接从广州赶了过来，可见他对引进桂皮加工厂的重视程度。

"地理条件这些都没问题，现在就是合作方式的问题。"黄文学介绍，"国家政策规定得很死，我们不能直接投钱给企业。但如果没有资金支持，陈总这里又一下子拿不出那么多钱建厂房。"

陈老板也不住点头："实不相瞒，我自己的企业规模不大，对罗定来说只能算是中等，一下子盖一个厂房出来，确实压力太大。"

骆主任笑道："这个我在来的路上已经想过了，你们看这样好不好，咱们以村集体的名义和陈总成立合资公司，经营则承包给你们，这样既可以让村集体经济有固定收益，同时还不会干涉企业经营。你们看这样可不可行？"

"好啊！"陈老板一拍大腿，兴奋道，"这是个好主意，村里的集体企业是可以合作的。"

黄文学三个人对望一眼，困扰了他们大半天的问题没想到骆主任一个点子就给解决了，难怪人家能当主任，自己只能在村里和贫困户一块玩儿，这就是差距。

"骆主任，你这脑子是咋长的？什么事儿到你那里都不是问题了。"老洪由衷赞叹，"早知道我们就吃饭去了，在这儿费这么大劲，光耗脑细胞还啥也没想出来。"

"咱们的分工不同，你们擅长的事情我也做不来啊！"骆主任挺谦虚，招呼大家一起吃饭，折腾了一天所有人都很疲乏，不过一想到马上就要落地的桂皮加工厂，大家又都不约而同地期待起来。

"对了，小学改造的事情怎么样了？"饭桌上，骆主任问起合江小学教学楼改造的事，"这是厅长专门指示过的重点工作，可不能耽搁了。"

黄文学舀了一勺辣椒酱拌在粥里，搅和均匀，美美地喝了一口："已经联系了几家建筑企业，有点儿麻烦。具体的情况，小陈最清楚，让他来说吧。"

小陈闻言赶紧放下碗筷："报告主任，经过前期接触，我们已经联系了四五家建筑公司，有本地的，还有罗定市的。但是他们都不太愿意承接这个项目。"

"不用那么正式，你先吃饭，边吃边说。"骆主任示意小陈放松点儿，"有什么问题？"

"主要是咱们要求比较高。"小陈立刻端起碗，喝了一口米粥，继续一板一眼地说，"最主要的是咱们要求只能暑假期间施工，还要保证工程质量。现在距离暑假已经没多少时间了，本地公司没这个实力就不太敢接。另外，罗定市的公司嫌合江太远，他们还得调人过来，又担心和村民关系不好处理，所以也没有积极性。"

骆主任点点头："教学楼的质量必须保证，这是红线。今年如果来不及那就明年暑假，改造装修一栋四层楼时间足够，主要问题还是本地企业没实力，外面大企业有顾虑。这个好办，下次把这些公司召集过来，到村里参观参观，详细了解一下公安厅的作风，应该就容易说服他们了。"

"是！"小陈的回答简短有力，把大家吓了一跳。

"不好意思，在警校习惯了。"小陈说完才发现自己有点儿太严肃，连忙道歉。

老洪嘿嘿直笑，拿筷子指了指小陈道："你这样的就得交给老牟调教调教，不出一个月保准让你变成纯种的贫困户。"

"老牟最近怎么样？上次去看他，好像已经要造反了，说在医院比坐牢还难受。"黄文学笑着问。

"他快出院了，骨头已经长得差不多了，不过他心脏一直不太好，比较麻烦。"骆主任说，"出院以后还要去做鉴定，据医生估计他应该能评个七级伤残。"

"那老牟还会回来吗？"

骆主任摇摇头："让他好好养身体吧，算上前面几年，他扶贫时间不短了，落下一身的病。对了，你们也得注意身体知道吗？文学你最近血压不低吧？"

"唉，心里太多事儿啊！"黄文学叹口气，"接下来还有不少事情，小学改造、新村委会建设、危房改造验收、产业振兴、基础设施、新农村建设……"

"随便一数就感觉手指头不够用。"老洪补充道，"我以前从来不吃药的,现在天天吃药还控制不住。"

"那就更要注意身体健康,劳逸结合。咱们扶贫不是一蹴而就的,慢慢来,不能急。"骆主任宽慰道,"另外,一定要注意休息,我立个规矩,不管多少工作,都不能熬夜。可以早点儿起床干,但绝对不能熬夜干!"

"主任,今天我跟您说的光伏项目的事儿,你看该怎么办?"黄文学问,"感觉有点儿麻烦,不够省心。"

"这事儿我记下了,后面我再去了解一下,看有没有什么改进的方案。这属于技术问题,咱们着急也没用,只要把握住一点,收益必须保证,只要这点能做到,其他的问题可以逐步解决。"骆主任想了想道,"光伏项目只是增加村集体的收入,对贫困户和村民增收来说没有直接的改变和影响。咱们接下来还要多动脑筋,多引进像桂皮厂这样的企业,既促进当地经济发展,还能提供就业岗位、增加村民收入。"

"这一年多,我也算是对合江村比较了解,我感觉扶贫不能只输血,造血才是最重要的。"黄文学点点头,"之前咱们的精力主要放在贫困户和村里最基础的生活条件改善上,这属于补课性质。接下来就得想方设法在振兴和发展上动脑子了,否则等扶贫任务到期,咱们收队了,那些贫困户很快就会倒退回原来的状态。"

"我和为咱们厅里生产制服的服装厂联系过,他们那里有不少岗位长期招工,我打算尽快在村里组织一场招聘会,给贫困户提供就业岗位,只有就业才有收入,否则,光靠种地还是远远不够的。"

"这个好,村里不少贫困户出去打工只能洗盘子、做保洁,如果能进服装厂收入提高不说,还能学习一项技能。"老洪高兴道,"我这就跟村委说一声,让他们提前宣传动员。"

说完正事,黄文学打电话给阿进,询问他老婆的情况怎么样。

阿进说已经交了住院费,医生说不能手术,只能化疗。黄文学又告诉他记得出院时留好单据,还要办理一个相关的手续,这样以后再去医院可以享受更高的报销额度,有什么情况及时和工作队联系。

阿进在电话里千恩万谢,说他一定会把老婆照顾好,孩子暂时先住亲戚家。

放下电话,黄文学叹了口气:"都说贫贱夫妻百事哀,到了合江我也真切感受到了,越是贫穷的家庭越是发生各种意外,贫困户里面至少三分之一都是因病致贫,穷人怎么这么容易得大病呢?"

"这事儿可复杂了,谁能说得清楚?"老洪道,"只能是命不好咯。"

"不是这样的。"一旁的小陈认真地说,"贫困户的生活水平比较低,居住环境和卫生条件也相应更差,再加上他们思想观念没有转变过来,很多时候他们往往会选择最不健康的行为模式,比如小病硬挺不去医院之类,所以增加了罹患重病的风险。"

"小陈,你不愧是学霸,说什么都头头是道。"黄文学赞叹一声,"就是水平太高、太过仔细,显得我俩特别庸俗。"

"怎么会呢?我只是就事论事啊。"小陈一副摸不着头脑的样子。

"别理他,他是嫉妒你有文化。"老洪嘿嘿笑道,"你不知道,他闺女现在都不跟他说话,所以他有点儿缺爱。"

"唉,我现在周末回家,黄子琪不是上辅导班就是跟同学玩,要不然就把自己关在屋里,我俩两天说不了三句话。"黄文学被戳中痛点,唉声叹气起来,"你们年轻人到底咋想的?爸妈在你们眼里就那么可恶吗?"

"这个我也不知道,我从来不用上辅导班。"小陈摇摇头,表示爱莫能助。

# 病有所医、幼有所学，挫折中的艰难探索

如今的合江小学生坐在宽敞明亮的教室再也不会饿肚子

经过工作队的多次努力,罗定市人民医院联合镇卫生院在合江村开展了首次义诊活动。

这天一大早,村里男女老幼全都赶到村委会。这里已经被重新布置,村委小楼里面可以量血压、做检查,外面空地上搭起了帐篷,各科医生现场为村民看病。这在合江村历史上还是首次,不少上了年纪的村民带着积攒多年的毛病前来问诊。

村委会门前人头攒动、热闹非凡,很多贫困户高兴地拉着黄文学的手激动得说不出话。

"崔大妈,你的气色看起来好多了,有没有按时吃药啊?"黄文学看见自己第一次进村走访时见到的崔老太,"听说村干部专门带你去镇卫生院看病了,是吗?"

崔老太的脸已经不是之前那种蜡黄色,终于有了一些红润,她刚从内科医生的诊台前离开,脸上挂着笑说:"我都八十多岁了,没想到还能不花钱地来看病,谢谢你们,谢谢公安厅!"

老洪凑上来嘿嘿一笑:"你哪里像八十岁,分明就是十八岁嘛!"

人群里，阿明拄着拐杖一瘸一拐地挤到黄文学跟前，笑着说："黄队长，你看我的脚也好得差不多了，现在一点儿都不臭了。"

说完，他还显摆似的把受伤的脚伸出来给黄文学瞧。

黄文学低头看了看他的脚，只见脚背上有一大片已经结痂的伤疤，之前深可见骨的伤口如今彻底愈合，那股令他毕生难忘的臭味确实消失不见了，于是满意地点点头道："没错，恢复得很好啊。你得好好感谢卫生院的张院长才行，多亏了他才能好得这么快。"

阿明的脸上笑得很灿烂，但很快又哽咽起来："我这辈子孤苦伶仃，没想到这把年纪了还有人关心……"

"别难过，你以后的好日子还长着呢！"黄文学赶紧拉住他道，"怎么样，以后有没有什么想法？做点儿什么事？"

"我打算多养一些鸡，如果有合适的东西也可以种一种，听说村里不少人种辣椒赚了很多钱。"阿明憧憬道，"对了，还有我家的房子，现在快盖好了，等搬进新房我还打算晒点儿桂皮。"

"嗯，村里很快就会建一座桂皮加工厂，到时候你们收的桂皮就不用再被小贩压低价格出售了。而且，我们很快还会组织招聘会，只要有手有脚都可以来应聘，每月收入三千多元。"黄文学跟阿明介绍，"总之，以后的工作机会越来越多，只要你勤快肯干，一定能过上好日子。"

正说着，一个熟悉的人影从黄文学眼前晃过，他抬头看了看，发现竟然是高水大。这家伙因为吸毒被抓进看守所关了几天，放出来后就再也没出现过，平时也总是躲着工作队的人，没想到今天竟然跑到义诊现场来了。

黄文学刚想上去问问,却见高水大已经消失在人群外,不知道钻哪儿去了。

看来这家伙还是死性不改,以后得专门做做他工作才行了。黄文学心里琢磨。

村委会外面的县道上,高水大左右张望了一下,眼珠子叽里咕噜转了半天,准备快步离开。这时,一个身影拦在他面前,正是三哥:"你跑这里来干什么?"

高水大一哆嗦,看见说话的是三哥,这才松了口气:"三哥,我来转转。"

"转什么转,有什么好转的?"三哥看见他那副吊儿郎当的模样就来气,直接问道,"你知不知道上次谁偷的辣椒苗?"

高水大又是一激灵,赶忙回答:"我哪儿知道啊,我这人整天走路都嫌累,怎么可能去偷辣椒呢?"

"我又没说你偷的。"三哥眯起眼睛,缓缓道,"我知道你和龅牙几个人整天都在干什么,我告诉你,现在已经不是过去了,好吃懒做只会越过越惨,你自己看看别人在忙什么?你们又在忙什么?别怪我没有提醒你。"

"看你说的,三哥。"高水大嬉皮笑脸道,"我不也是认真工作,养家糊口嘛!"

"哼!你好自为之吧!"三哥冷哼一声,不再理他,皱着眉往村委走去。

高水大冲三哥的背影做了个口型,然后也大摇大摆地溜走了。

黄文学还在义诊现场忙活,看见三哥表情不善地朝自己走过来,以为出了什么事儿:"三哥,怎么了?"

"文学,你过来一下。"三哥放下一句话,朝楼上走去。

黄文学有些莫名其妙,赶紧跟上去。二人来到顶楼,这里没有人,环境一下清静了许多。

"三哥,到底发生什么事儿了?"黄文学不知道三哥发什么火,以前他可不是这样,自从种辣椒的事儿之后,他就总是闷闷不乐的样子。

"文学,我怀疑偷辣椒苗的事儿和高水大有关系。"三哥沉声道,"这小子不学无术,整天就知道赌博,我观察他不是一天两天了。"

黄文学心下豁然,敢情三哥还是放不下辣椒苗的事儿,于是认真想了想道:"事情都过去了,虽然损失了几千块钱,但也让村民们更接受了种辣椒这件事,所以我觉得还是不追究了。"

三哥一愣,愕然地看着黄文学:"不追究了?你们不是很在乎辣椒苗吗?而且你们还是公安厅的,自己种的东西被偷了,还不追究?"

黄文学有些尴尬地摸了摸脑袋,笑道:"虽然比较丢脸,但这事儿明显是村民们贪小便宜的行为,并不是蓄意毁坏。如果揪着不放,那抓到人以后怎么办?真的抓起来坐牢吗?万一这人和村里还有关系的话,以后村民们会怎么看我们?"

"这我倒是没想过。"三哥想了想,"附近村镇的人和合江拐着弯也能论上亲戚,真把人抓到了,可能还真会产生隔阂。"

"这些还是次要的，最主要的是村民们刚把心态转变过来，全村上下正是齐心协力脱贫致富的时候，如果公安挖地三尺地抓小偷，会把刚营造出来的气氛破坏掉。就像你说的，合江村经不起折腾了。"

"好吧，那我也不揪着这事儿了。"三哥点头，"现在村民们热情高涨，多少年没有见到过这种场面了！"

"是啊，有了这股劲头儿，合江很快就会迎来翻天覆地的大变化。"

义诊结束没两天，为厅里定制警服的服装厂便来到村里招聘了。不少村民，尤其是女人们纷纷报名参加。他们在当地打工一个月只有不到一千元收入，而服装厂却能提供吃住，每月收入超过三千元，这对合江村的贫困户来说具有不小的吸引力。

经过几轮筛选，十几个村民顺利通过面试，前往服装厂工作。原本黄文学他们还很高兴，认为找到了一个解决贫困户就业的好办法。可没想到，距离招聘结束还没一个月，几个贫困户便又辞工回到了合江村。

"这是什么情况？"黄文学和小陈在办公室接到服装厂经理诉苦的电话，一起蒙圈。

"包吃包住，一个月三千多块，熟练的话还能超过四千块，这样的收入即使在东莞也算可以了。"服装厂经理抱怨道，"可他们竟然还不满意，跟我反映说公司经常加班，这叫什么理由啊？"

"加班有加班费吗？"小陈问。

"当然有啊，我们是计件取酬，加班费一分不少。"经理回道。

"那他们还不想干啊？"

"可不是，哪个企业没有订单紧急需要加班赶工的情况？他们竟然觉得加班就不对，所以纷纷辞职走了。"经理郁闷不已，"我说句实话，出来打工怎么也得吃苦耐劳吧，我看他们比我还讲究呢，到底谁是贫困户啊？"

黄文学听得尴尬不已，只好连连道歉，保证以后一定选拔勤奋肯干的人。

放下电话，两人无奈对视，这都是什么事儿啊！

这时候，老洪手里拿着一摞文件，从外面进来："文学，你看看最新的这期光伏收益，又有所下降啊。"

"是吗？我看看。"黄文学赶紧接过来。

"嘶……"他惊讶地一叹，"确实又降了，只有百分之十了。"

"是啊，看来这个汉华光伏的技术不行！"老洪叹气道，"我看了合同，现在的收益还在合同规定范围内，但也只是比下限高一点儿而已。说明他们心里清楚，早就挖好了坑等着咱们跳。"

"唉，明知道有问题，咱们却没办法，这也太憋屈了。"黄文学郁闷不已，"国家大力推广光伏发电，咱们想要村集体有稳定的收入，还是得投，不过要用另一种模式才行，不能再吃这种亏了。"

"是啊，必须找一家靠谱的公司才行。"老洪附和道。

黄文学点点头："骆主任最近一直在张罗这件事，还有桂皮厂的建设也已经开工了，都在齐头并进地推。"

"另外，还有件比较重要的事儿，就是关于新农村建设的。"黄文学补充道，"省里提出要建设美丽乡村，我们合江的条件还是比较好的，领导想通过打造一个到两个样板村来带动乡村旅游，如果这件事能做成，那以后的合江就会彻底变样。"

"选哪个村好呢？"老洪问。

"沿着益水河一线最合适，骆主任邀请了华南理工的设计团队做前期设计，初步定在五星村到东方村。"

黄文学还想详细解释，就听到门外有村干部喊他。

"怎么了，小冯？"

"不好了，刚才村民跟我说阿进出事儿了！"

"什么？"

黄文学三人吓了一跳，阿进的老婆得了胃癌后在罗定做了化疗，病情刚刚稳定，回到家里休息。这个节骨眼上，阿进怎么又出事儿了？

大家顾不上其他，赶紧上车往阿进家赶。

路上，小冯打听到阿进的情况，原来阿进把老婆接回家后就忙着种地、割玉桂，想尽量多赚点儿钱补贴家用。没想到，前两天他下地干活儿的时候被马蜂蜇伤，当时就觉得不太舒服，回到家休息了两天不仅没有好转反而越来越严重，整个人发起高烧还不断说胡话，今天又出现了昏迷。

阿进老婆刚做完治疗，身体虚弱得不行，患有自闭症的儿子根本没办法自理，现在家里唯一的顶梁柱还倒下了，整个家彻底被摧垮。周围邻居发现不对，一边把阿进送去医院，一边向村委会报告。

黄文学他们的心也揪了起来，谁也想不到，阿进这个家竟然会遭受接二连三的打击，普通人遇到一件就可能垮掉，他却一连碰上好几个。都说福无双至祸不单行，可阿进家的祸事也太多了点儿吧。

等赶到镇卫生院的时候，张院长正指挥医生和护士们把阿进抬上救护车。

"情况怎么样？"黄文学急忙上前。

张院长神情十分严肃："情况很危重，必须马上送到大医院抢救，拖延久了会有生命危险。"

"怎么会这样？不就是被马蜂蜇了吗？这运气也太背了吧。"黄文学是学医出身，知道被毒蜂蜇伤有生命危险，但这个概率跟买彩票差不多，阿进竟然连这个都能碰上，实在让人无语。

"唉，谁能想得到呢！"张院长摇头道，"赶紧送去罗定，希望还有救，你跟他家属说，准备钱吧。"

听着救护车呼啸远去的声音，工作队三个人谁都说不出话。大家心里清楚，阿进这一病，无疑对这个家带来毁灭性的打击，都说否极泰来，可阿进一家人实在是"否"得太久了啊！

果然，当天下午，医院传来消息，阿进全身多器官开始衰竭，已经住进了ICU。看着天价一般的缴费清单，阿进老婆彻底绝望，她哭着跟黄文学说：家里所有钱拿出来也不够住一天ICU的。实在没有办法了，她只能选择放弃。

黄文学立刻打消了她的念头："只要人活着就还有希望，公安厅绝不会看着人民群众陷入危机而袖手旁观！"

"小陈，赶紧联系镇政府，我向骆主任汇报，从咱们医疗救助基金里先拨款为阿进治病垫资,还有联系保险公司,让他们尽快理赔,一定要尽最大努力救人!"黄文学放下电话就开始安排,他知道毒蜂的毒素最凶险的时候就在最开始这几天,只要阿进能撑过去,就有活下来的希望。

所有人都动员起来,开始为阿进的生命奔走。

随着医疗救助基金的救济款和商业保险的理赔款陆续到账,阿进治病的费用问题终于解决。但他还躺在 ICU 里人事不省。

一天、两天、三天……

一个星期过去了,阿进还没有好转。

"阿进,你要坚强啊!"黄文学他们站在村委会门口,看着罗定的方向喃喃道,"只要挺过这道坎,一切就都好起来了。"

第八天过去……

仍旧没有苏醒。

第九天……

阿进终于醒了!

所有人长出一口气,终于挺过来了!

阿进的事儿在合江村引起了不小轰动,大家都知道他家的情况,但谁也没想到他还能从鬼门关里活着回来。

半个多月后,阿进的身体彻底康复,又回到了熟悉的合江。

此时此刻,再多的语言也道不尽他对公安厅的感激之情。谁能想到,一个原本对生活心如死灰的人,在经历了生活带给他的无数磨难后,竟然又重新爬了起来。

黄文学、老洪、小陈三个人站在村口欢迎阿进回家,他们

病有所医、幼有所学,挫折中的艰难探索 / 227

同样感慨万分，对扶贫工作的感受也从来没有像现在这样深刻。

在阿进看病期间，村里的各项工作也没停顿。

五星村到东方村的一河两岸设计方案出炉，骆主任带着设计单位还有镇村领导一起到现场勘察，大家纷纷提出修改意见，尤其是把桂皮厂建设和益水河两岸景观设计融为一体的构思，让众人很是激动。

按照设计方案，建成后的五星村到东方村将真正成为风景秀丽的新农村。只是目前河道里淤泥堆积、河岸上杂草树木丛生，需要很大投入才能彻底改变。

"放心做吧，公安厅对新农村建设的投入一定会达到前所未有的高度。"骆主任自信地说，"合江村要实现振兴就必须吸引更多产业，现在把村子建设得漂亮一些，正是为产业发展打基础。"

很快，改造工程开始动工。为了进一步美化合江村环境，工作队还一并将县道两旁的环境整治作为重点，引入一家国字头的上市公司对县道的绿化重新设计，栽种更加美观的树木。

"以后外人来到合江，一进村就能看见道路两旁盛开的鲜花，保证来了就不想离开。"骆主任两眼放光地指着《脱贫攻坚作战图》说道，"已经快两年了，刚来合江的时候谁能想到我们会有这么大的手笔，把村子建设成今天这样啊！"

黄文学和老洪对望一眼，同时点头："是啊，这么多项目做下来，合江村哪里还有一点儿贫困村的样子！"

两个多月后，桂皮加工厂顺利竣工。

以前，村民们日子过得穷，收割桂树皮成了重要的经济来源。每年春分至立夏期间，合江村家家户户都会上山收割桂皮。他们将长成的玉桂树砍倒，剥下树皮晾晒成桂皮，便成了名贵的中药，可以直接出售。价格好的年景每家仅靠出售桂皮便可以增加收入上千元。

不仅如此，玉桂树剥皮后的枝叶也可以压榨制成桂油，是医药工业、食品工业、化学工业的重要原料，也是可口可乐等饮料的重要原料之一，经济价值极高，可以说浑身是宝。罗定作为玉桂树的主要产地，被称为"中国玉桂之乡"。而合江村的玉桂质量在罗定地区也属上乘，只是过去本地没有加工企业，村民们辛辛苦苦收割的桂皮只能低价卖给小商贩，一年下来也赚不到几个钱。

有了桂皮加工厂后，这种被中间商"盘剥"的日子终于到头了。厂房坐落在益水河畔，旁边紧邻县道，门前是一大片空地，专门用来晾晒桂皮。加工厂落成后，还在村里招聘了十几名工人操作设备，解决了部分贫困户的就业问题。可谓是一举多得。

陈老板看着新建的厂房高兴得合不拢嘴，一个劲儿地打包票："以后合江村的桂皮我全都要了，有多少收多少，和村集体的合作保证顺利执行，每年的收益分成一分不少！"

"有了这个厂子，贫困户们的生活就能改善更多了，这样的厂子再多来几家，咱们的扶贫任务就算彻底大功告成！"老洪看着宽敞明亮的厂房感叹道，"等到一河两岸的景观工程完成，这一片就是合江村的中央商务区，核心 CBD。"

"一边去,还核心 CBD,你先想想办法把河岸的事儿解决了吧!"黄文学没好气儿道。

"河岸怎么了?"老洪愕然,"施工队不是干得好好的吗?"

"你还不知道吧?"旁边的小陈张口道,"施工队清理河岸的杂草丛,被村民拦住了。说是那里面长着的几棵芭蕉树是他们种的,不让砍。"

"什么?从咱们来合江就没见过那堆杂草里面走过人,他说是他的就是他的啊!"老洪的火气腾地蹿起来,"不能给他们钱,这个口子一开,以后的工程就别想干了!"

黄文学点点头:"我也是这个意思,好事不出门,坏事传千里,这种事儿只要开了头,后面就会没完没了。"

"那该怎么办?"小陈皱眉道,"这两户村民说得信誓旦旦,还找来了所谓的证人,有模有样的。"

"先问问三哥,看他了不了解村民的情况。"黄文学道,"公安厅不是冤大头,钱必须花在需要的地方。"

回到村委会,正好三哥也在,大家把情况一说。三哥表示自己也没什么好办法,因为河岸那片是无主地,有些人勤快的,就把河岸清理一下趁着不是汛期的时候种点儿东西。但洪水一来,河岸被淹,地上的东西就没人要了。

"你说不是他种的吧,他们那几户以前确实在岸边开过荒。"三哥摇头道,"但要说是他们种的,肯定也没道理,那片地方杂草疯长,早就没人管过了。"

"得,您这说了跟没说一样。"老洪不满道,"能不能出面跟他们谈谈?"

"这户谈不了,那人叫鲍牙,一直不干正事,高水大就是跟他们混在一起的。"三哥叹口气,"是个软硬不吃的家伙,之前你们在西山那边的杂草里看见的废弃房子就是他们聚头的地方。"

黄文学看了一眼老洪,后者也想起来当初和光伏企业的工程师一起去勘察选点时路过的废弃房屋,原来是他们几个的窝点,怪不得这么古怪。

"那个屋子用来干什么的?"小陈奇怪道。

"赌博,以前村里赌博的多,都喜欢去那里赌。"三哥说,"不过你们来了以后,那个屋子就真正废弃了,一是他们害怕你们这身衣服,最主要的是村民们都有了奔头,没人去赌博了。"

"原来是这样。"黄文学点点头,"那这小子现在靠什么赚钱?"

"不务正业,具体我也不清楚,但肯定不是什么正路。比如现在这事儿,就是他维生的手段。"三哥苦笑道,"所以我是真的无能为力了。"

"行,我们再想办法。"

三个人坐下来研究半天,也想不出什么好主意,但工期不等人,这事儿再棘手也必须立刻解决,否则整个工程都跟着受影响。

"实在不行,就赔一些钱给他算了。"老洪说,"基层的事情就是这样,哪有道理可讲呢?就像拆迁征地一样,村民只要种上东西,那就得赔偿,什么法律都不好使,因为根本说不清。"

"那咱们就这样被他牵着鼻子走?"黄文学气愤不已道,

"你们发现没有,不管咱们做什么工作,村里总会有一些杂音,不是传闲话,就是整幺蛾子。之前危房改造,最早传出来贫困户想赖账的风声就很古怪,包括辣椒苗被偷的事儿,要说没有人在背后使坏我第一个不信。"

"你的意思是,这事儿跟鲍牙有关系?"老洪来了兴致,扶了扶眼镜道,"如果真是他,那咱们就让镇派出所查一查,不能任由他们无法无天。"

"我也没什么证据。只是高水大跟他混在一块儿,让我怀疑而已。"黄文学沉吟半晌道,"这样,我们还是得跟他谈,象征性先赔一点儿钱,工期耽误不起。但是这个家伙肯定还会作妖,到时候咱们抓住证据,彻底铲除!"

"只能这样了。"老洪点点头。

于是乎,在赔了三千块钱后,一河两岸工程得以继续推进,但鲍牙这个人也引起了工作队的高度警觉。

"拉尼娜现象"是一个气象学名词,意指"冷的时候比往常更冷,热的时候比往常更热"。它和"厄尔尼诺现象"一样,是最为人们所熟悉的极端天气现象。

2017年10月,"拉尼娜现象"在全球范围出现,中国也不例外。这年冬天,寒流横扫大地,连温暖的华南地区也不能幸免。

罗定市合江村,距离省道不远有一片一百多亩的平坦田地,这也是合江村最大的一片耕地,在山多地少的当地算是难得的良田。

然而,此时此刻,黄文学和老洪他们却裹着厚厚的棉大衣站在田边,脸上的表情着急又无奈:好好的辣椒苗,一夜之间全部毁于一旦。

田地旁边还站着不少人,有种植辣椒的农户,还有看热闹的村民,大家议论纷纷说什么的都有。

"我早就说这里不适合种辣椒,你们非要种,现在好了吧,上百亩的耕地,忙活了这么久,全废了。"

"谁说不是,省里面的人哪里懂种田的事儿?要是种别的现在都要发芽了。"

"辛辛苦苦,白费了。这个损失谁来赔?"

……

众人七嘴八舌,声音越来越大,黄文学他们的脸色也越来越黑。

这时候,下田统计损失的村干部回来了,站在工作队面前吞吞吐吐道:"大概统计了一下,冻死三分之一,还有三分之一眼看也不行了,剩下的勉强能活,不过长势肯定受影响。"

这可怎么办?工作队一下子压力山大。

一年前,工作队觉得种辣椒是个不错的方向,市场前景好,又能发挥合江当地的气候优势,于是顶着很多人的质疑,动员了几户村民在小范围试种。当年天气温暖,辣椒获得了丰收而且比主产地早上市一个月,价格优势明显,每亩收益八千多元。

工作队和试种的村民们喜出望外,都觉得找到一条致富的新路子,按照每亩八千元的收益率,一旦全面推开,合江村的贫困户就能立刻脱贫致富。

正是在这个基础上，工作队才在第二年大力推广辣椒种植，向厅里申请经费为有意愿的村民免费提供种苗。许多村民看到实实在在的收益，也纷纷加入种辣椒的队伍，一时间干劲儿十足，都憋着来年有个好收成。

没想到，2017年冬天遭遇"拉尼娜现象"，气温比往年下降好几度，这才出现了上面的一幕。上百亩辣椒田损失惨重，如果不赶紧想办法补救的话，村民们将面临颗粒无收的窘境。

工作队带着沉重的心情返回办公室，经过紧急商议，大家决定尽快安排补种。虽然合江村气温较往年偏低，但全国其他地区同样面临这个问题，而且比较来说，合江村的气温不算极端，所以还有机会抢回市场。

说干就干，工作队连夜动员，采购新的种苗分发给村民，待寒流一过就补种。村民们虽然有些怨言，但看到工作队的认真负责，也就不好再说什么。

经过紧张的劳作，上百亩的辣椒田再次完成种植。有了上次的教训，所有人心里都有些没底，每天最经常做的事变成了查看天气预报，比照顾自家小孩儿还上心。

2018年4月，终于迎来了辣椒上市的日子，但当年的辣椒因为气候原因产量大减，而且市场价格也很不理想，辛苦了半年，结果却是仅仅收回成本。

农户们辛苦了一场没有收益，怨气全撒到了工作队头上。过去黄文学他们见到村民总能看到一张张笑脸，现在虽然还是那张脸，可脸上的笑容却都被意味深长的眼神儿所取代，甚至有些村民还跑到村委会讨说法，要求赔偿收益损失。

工作队队员们虽然表面上照常工作，但心里都挺不是滋味，不仅工作遇到了挫折，最主要的是不被人理解的委屈。

"真他妈的，这活儿简直太憋屈了。"老洪的声音在村委会楼上反复回荡，"种地哪有不受灾的，有点儿损失就受不了，以后还怎么干？"

"唉！"黄文学靠在椅子上抽烟，虽然是冬天，但他的脸色还是透着一股不正常的红润。

"学哥，你是不是血压又上来了？"小陈发现不对，赶紧拉开黄文学的办公桌抽屉，只见里面满满的全是药盒，"哪个是降压药？赶紧吃药。"

老洪也紧张地看过来，催促道："你怎么又不吃药，要不是小陈提醒我都忘了。"

黄文学感激地道了声谢，从抽屉里拿出降压药、降血脂药、心律不齐药等一堆药盒，挨着倒在手心一股脑丢进嘴里，就像老牟那时候喝药一样，端起茶杯咕咚咕咚咽了下去。喝完之后，黄文学一甩手，把药盒全都丢给了老洪，后者接过有样学样地也吞了一堆到肚里。

旁边的小陈看着这一幕很是无语，这两人现在已经到了互相喂药的地步了，谁知道再扶贫下去会发展成什么样呢？

"算了，既然村民们这么不理解，明年的辣椒咱们就不组织了，想种的话村民自己去种吧。"黄文学揉了揉太阳穴，声音里透着疲惫。

这几天，吴小燕一直在催他赶紧完成扶贫回家照顾孩子。扶贫工作三年一轮，如今已经到了第三年头上，黄文学也有些犹豫，他想起自己刚到合江村的时候，女儿黄子琪才上初一，如今已经上初三了。自己完美错过了女儿成长的重要时期,每每想起,他心里都愧疚得要命。

回头看看过去三年,虽然合江的面貌越变越美,但工作队的同志们哪个不是内心里伤痕累累,咬牙坚持。老牟就不说了,身受重伤后落下终身伤残,自己也从一个健康人变成现在的药罐子,老洪和自己差不了多少,就连刚来一年的小陈如今也像吹胀的气球,从一个精干小伙儿变成如今浑身虚胖的样子。

不知道是不是心里压抑了太多委屈,黄文学突然觉得心里很累,他想休息一下。

"骆主任,我刚来扶贫的时候还什么也不知道,现在马上就快三年了,我已经体验过扶贫的艰辛和心酸,现在想回去单位好好休息一下。下一轮换其他同志吧。"黄文学拨通骆主任电话。

"我知道,不容易啊!"骆主任没有多说什么,"等到年底到期的时候我们再谈,到时候一定按你的意愿来。"

"谢谢!"黄文学得到骆主任的保证,心里轻松不少。"对了,小学教学楼改造的项目有进展了,隔壁镇一家公司感兴趣,准备参加投标,之前也来村里考察过了。"

"好!"骆主任说,"教学楼改造,现代化食堂的建设,最好都要尽快完成。最重要的还是教学楼改造,现在时间已经很紧迫了。"

"小陈正在按规定办理招投标手续的请示,整套流程走下来大概还需要半个月。"黄文学说,"在这期间我们会尽量多邀请一些公司来考察,一旦定下来就必须保证 9 月 1 日前投入使用,否则就会影响学生开学。"

2018 年 6 月,台风"艾云尼"在广东阳江沿海登陆。

虽然罗定市离台风中心还有一百五十多公里,但最近几天的合江村已是阴云密布、山雨欲来。

此时,村委会办公室里,工作队的队员们正紧锁眉头,频频看向窗外的天空。黄文学更是两眼通红、声音嘶哑,手里的电话响个不停,连裤脚和鞋子上沾满的泥巴都无暇顾及。

"眼看就要招标了,对方怎么说不做就不做了呢?整个暑假总共不到两个月,这个节骨眼怎么能掉链子?"黄文学急红了眼,对着电话那头的人吼道,"你们到底还有没有一点儿责任心?全村老百姓可都盯着我们呢!"

"黄队长,实在不好意思,我们公司也是反复考虑测算后才做出的决定,合江村那么远,你们要求又这么高,实在没办法啊!"电话那头的项目经理连连道歉,但翻来覆去就是一句话,这个项目他们做不了。

放下电话,黄文学面色铁青地离开办公室,带起一阵风声,朝村委会外面走去。

从村委会出来,沿着县道走上两百米,就能看见一个斜坡,顺着斜坡方向就是合江小学。

如今的合江小学,两栋建筑并排而立,一座是破破烂烂的教学楼,另一座是新修建的宿舍楼。如今这两座楼正孤零零地立在杂草地上。

黑云压顶，台风到来前的时刻似乎格外宁静，只有零星的树叶和纸片打着旋卷向空中。

　　黄文学坐在教学楼前的煤渣跑道旁，一边抽烟一边看着眼前的教学楼，布满血丝的眼睛里氤氲起往日的一幕：

　　2016年3月，老牟、老洪和他刚进驻合江村不久，他们在走访贫困户时发现，这里的孩子们太苦了。小学只有一座破旧的教学楼，门前的操场是用煤灰铺成的，教学楼后面是一片荒地，杂草丛生。校园又小又破，老师们都不愿在这里多待。

　　据学校的老人说，合江小学的教学楼多年来冬天漏风、夏天漏雨，偶尔还会有蛇出没，师生们苦不堪言。学校老师们的最大梦想就是赶紧调走，合江村村民们的最大梦想则是送孩子到外面读书。

　　山里的孩子住得远离学校，中午不能回家，又没有地方可以吃饭，每天只能带一小包糙米上学，中午去教学楼后的两间破平房里借锅煮粥。后来，平房成了危房，孩子们连煮粥喝的地方都没有了，只能吃点儿从家带来的冷饭，或者干脆饿着肚子硬撑到下午放学。

　　时间一久，孩子们一个个有气无力，面黄肌瘦。到了下午，他们连走出教室的力气都没有，更别说在操场上跑跳运动。为此，学校专门把体育课安排在上午，这样孩子们才有精神活动。

　　艰苦的环境，让许多贫困家庭失去了靠读书改变生活的信心，大人们宁可孩子早早外出打工赚钱，也不想他们去破烂的学校念书。因此，合江村的失学率一直在全镇"名列前茅"，而学习成绩却长年垫底。

当时的工作队就已经暗下决心：一定要把改善合江小学的教学环境作为扶贫工作的重中之重。黄文学对自己说，合江村的村民们为了这一天已经等待了二十多年，无论如何也要把这个项目做成合江村脱贫攻坚的样板工程。

经过工作队两年多的努力，不少失学儿童开始陆续返回校园。学生从一百余名迅速增加到二百多名，建设新的合江小学教学楼已经刻不容缓、箭在弦上。一时间，工作队的压力空前巨大，所有人的眼睛都盯在黄文学他们身上。

就在这个节骨眼儿，原本对合江小学改造项目有意向的企业却突然打起了退堂鼓，理由是每年七八月正是广东台风高发时期，这时候施工无法保证工期，经过反复考虑还是决定放弃参加投标。

台风"艾云尼"如期登陆广东，接下来还有多少台风，不仅黄文学心里没底，所有人都无法预测。但学生们读书的需求却是实打实的燃眉之急。

眼看暑假就要到了，如果 6 月底前不能完成招投标流程，那宝贵的七八月就只能白白浪费。新的学年开始后，学生们将面临无学可上的尴尬境地。到那时候，就算合江村的村民们不责怪，工作队的队员们也会无脸面对合江百姓。

黄文学一个人蹲在脏兮兮的操场上，烟头扔了一地，虽然已经几天没有睡觉，可这时的他却一点儿困意都没有。

怎么办？到底该怎么办？

能想的办法都想过了，能联系的渠道也都联系了，所有可能的企业也都邀请过了，可没有一家愿意做这种吃力不讨好的

"傻事"。总不能拿枪逼着别人干吧。

身后教学楼的巨大阴影缓缓将他吞噬，头顶的乌云滚滚翻动，压得人喘不过气。这时候，他的电话再次响起。刺耳的铃声回荡在空旷的操场上空，可黄文学却迟迟没有接起电话。无非还是那些说辞，这几天他已经听了无数遍，闭着眼都能倒背如流，接不接又有什么区别？

电话铃声还在固执地响着，他被吵得有些心烦意乱，终于从口袋里掏出手机，原来是骆主任。

"文学，项目遇到困难了？"骆主任的声音带着自信与希冀，"别给自己太大压力，你要相信一点，只要是一心为了工作，再大的困难终会被克服。"

"最后一家企业也决定退出了。"黄文学失落道，"项目怕是……"

"要有信心，记住，你们不是单打独斗，扶贫工作队的背后是公安厅党委、是全省公安队伍，这才是你们最强大的后盾。"骆主任的声音铿锵有力，"把眼光放长远，把视野打开，厅里各个单位都在帮你们想办法，所有部门都会在不违反规定的前提下给你们全力支持。再等一等，会有好消息的！"

6月已经过了三分之一，还有二十多天，能有什么好消息？黄文学不觉摇了摇头，但嘴上只能哼哼哈哈地应付几句，便放下电话。虽然心里不抱希望，但骆主任的话还是在他心里激起几分暖意。

没错，扶贫工作队不是单打独斗，工作队的背后是公安厅党委和全省公安队伍，碰见困难就裹足不前可不是人民警察的作风。

想到这儿,黄文学再次拿起手机,翻出通信录挨着个地再次打起了电话。

几天后,在公安厅和镇政府的努力下,终于又有一家企业表示愿意前来了解情况。对此,老洪和小陈已经有些麻木,但本着有一线希望也要付出百分之百努力的原则,黄文学还是和他们一起认真接待了对方。没想到,对方在了解合江小学改造项目后对扶贫工作产生了兴趣,非要黄文学详细介绍省公安厅对口扶贫的情况。

于是,工作队把两年多来在合江村开展的工作一一介绍,没想到对方竟被他们真心实意为百姓谋幸福的干劲儿打动了,当即决定参加竞标。而且,在企业负责人看来,承接这个项目虽然意味着巨大的压力和挑战,但从长远来看,对企业的发展也是一次难得的历练契机。也许这个项目赚不了钱,但参与扶贫事业却可以为企业带来无法估量的无形价值,这样看来,企业也会有不小的收获。

有了企业参与,工作队最大的一块心病终于去除。但此时已是 6 月中旬,后续的手续还需要大量时间,能不能在学校放假前完成招投标关系着项目能否顺利开工。工作队的所有人不约而同地动员起来,大家心里清楚,成败在此一举。

不仅如此,公安厅各职能部门也都纷纷响应,在制度规定的框架内最大限度地为工作队争取时间,所有人的力量在此刻汇聚到一起,广州和罗定间三百多公里的距离被不断拉近、缩短。

终于,在学校正式放假前两天,施工队万事俱备,顺利进场。

施工开始后，黄文学他们一头扎在工地上，掰着手指头数工期，一分一秒地算时间，生怕晚一天竣工耽误孩子们开学。施工方同样不分白天黑夜、加班加点，在保证学校建筑安全标准的前提下，把所有工作量全部压缩、提前，从项目经理到工地工人，大家的心拴在一起、劲儿拧到一处，仿佛建设的不是一栋楼，而是一座承载了未来和希望的灯塔。

终于，经过各方的通力配合，9月1日，合江小学改造项目一期工程顺利竣工。

当崭新的教学楼在全村百姓面前缓缓揭开面纱，合江村沸腾了。

宽敞明亮的教室、崭新的桌椅教具，这些只在电视机里才能看到的景象如今真的出现在全体教师和学生眼前，竟有种不真实的感觉。许多人都不敢相信眼前看到的是合江小学，原本那座老旧破败的教学楼已经永远成为记忆。

那些已经毕业的孩子路过合江小学时，纷纷发出羡慕而又遗憾的感叹：为什么这么好的学校自己没有赶上？

虽然有了新的教学楼，但在黄文学和老洪、小陈他们眼里，这些还不够。合江小学改造一期工程结束后，他们没有停下前进的脚步，而是紧跟着开启了二期工程的建设：新建塑胶跑道和足球场、篮球场，建设电气化厨房和餐厅，为学生们提供营养早、午餐……

随着合江小学完成蜕变，学生数量又有了大幅度增长，原本拼命想送孩子外出念书的村民纷纷把孩子送到合江小学，就连隔壁省的家长们也慕名送孩子到合江读书。在镇政府的大力支持下，合江小学还在全镇公开选拔优秀教师，以前谁都不想待的合江小学瞬间成了炙手可热的香饽饽。师资力量上去了，教学成绩自然越来越好，过去那个长年垫底的合江小学彻底成为历史，学生们的精神面貌焕然一新，校园里到处洋溢着欢笑和琅琅书声。

# 乡村蝶变,是谁让我眼含热泪

村民们对工作队的感激之情溢于言表(左一:黄文学)

"文学,镇里巫书记来电话,让你们尽快过去一趟。"骆主任的电话一早打到党群服务中心的建设工地上。

"好的,我们马上过去!"黄文学戴着安全帽从刚刚封顶的房子里走出来,冲正在门口和项目经理说话的小陈招招手。

"骆主任让咱们去趟镇里,好像和产业有关。"

"产业?骆主任又拉什么项目了?"小陈笑道,"咱们已经把能试的项目都试过一轮了吧?"

"别废话了,赶紧开车。"黄文学摘下安全帽,抖了抖身上的土,坐上汽车。

"已经二十多万公里了,我还记得第一天开这个车来合江的情景。"黄文学坐在副驾驶,看着车里的仪表盘感慨道,"你是不知道,那一路有多难熬。"

"那是,那会儿省道天天修路,过来一趟比去湖南还远。"小陈赞同道,"还好现在路修通了,不用一个小时就能到罗定。"

黄文学笑了笑,心想:我说的可不是路,而是老牟那家伙开车抠脚丫子的毛病。

很快,两人赶到镇政府。巫书记在办公室里招待客人,让他们到了直接去办公室碰头。

来到办公室门口,黄文学听见巫书记高兴的声音:"如果能回来就太好了,现在村里的面貌一天一个样,你也看见了,保证错不了。"

"巫书记,我们来了。"黄文学和小陈进屋,只见一个略显富态的男人正坐在巫书记办公桌对面,笑呵呵地打量他们。

"文学,你们来得正好。我来介绍一下,这位是刘岩,在东莞办文具厂,家就在合江,是咱们本地人。"巫书记站起身,热情地为双方介绍,"刘老板的企业扩大生产,有意想回加益镇办一个分厂,因为他就是合江村的,所以我建议就把厂建在合江。"

"哦,失敬失敬!"黄文学一听是要回村办厂的,顿时心花怒放起来,他们这两年跟着骆主任考察了几十个项目,但因为各种原因都没办法落地。如果是本村人的企业回村办厂,那就踏实多了。

"你好,久仰大名啊!"刘老板说话很客气,"虽然我不常回来,但这两年却没少听家人说起公安厅扶贫工作队。村里的面貌变化这么大,全靠公安厅的帮扶。"

"这都是我们应该做的。不知道刘总是怎样打算的?"黄文学和对方握了握手,然后坐下认真说道。

刘老板仔细介绍自己的企业,原来他的公司是专门生产文具产品的五金器件的,之前在东莞,现在因为人工成本和土地限制,打算回家乡开办分厂。在刘老板看来,老家这里虽然距离比较远,但增加的交通成本和土地、人工相比还是便宜好多。再加上他是土生土长的合江人,这两年看到家乡的变化后也想为合江的发展做点儿事,于是便和镇政府联系上了。

"刘老板的厂属于劳动密集型企业,最大的优势是可以吸收大量工人就业。"巫书记兴奋道,"这点是我们目前最欠缺的,许多留在合江的村民缺少就业渠道,所以收入上不去,只要能解决稳定的就业,那整个村的经济状况就能迈上一个大台阶。"

黄文学点点头道:"巫书记说得对,合江村之前认定的贫困户有一百五十七户,接近五百五十人,其中有劳动能力的占三分之一,这部分人要么因为照顾老人小孩儿、要么因为照顾病人,没办法外出打工,只能靠村里的种养殖生活,但因为地少分散的缘故,收益一直不高。如果在村里有就业的岗位,那就可以一劳永逸地解决他们的收入问题了。"

刘老板点点头:"我的厂需要大量熟练工,不分男女,年龄也不是太大问题,正好满足合江的需求。保守一点儿说,厂子一旦投产,至少可以提供两百个就业岗位。"

嘶!黄文学和小陈听到后倒吸一口凉气:两百个就业岗位,这是什么概念?整个合江村有劳动能力的贫困户还没这么多人。如果刘老板的厂子办成了,那合江村岂不是彻底脱贫了?

听到这个消息,他俩眼睛里都露出兴奋的光芒,怪不得骆主任这么着急让自己赶过来,原来是个天上掉馅饼的好事啊!

"不知道刘总需要哪些支持呢?"黄文学经历得多了,脑子里的兴奋很快被理智压了回去。

刘老板赞许地看他一眼道:"土地税收的优惠肯定所有人都想要,这个我也不例外。另外,我有个要求,希望在厂房建设上可以得到公安厅的支持,最好能有一百万元,这样新厂建设的压力就没那么大了,以后我们可以按年度返还。"

"这很合理,我们回去商量一下,稍后给你答复。"黄文学立刻点头,"以后沟通情况可以直接来新建的合江党群服务中心,很快就要竣工了。"

从镇政府出来,小陈还有些不敢相信:"二百多个就业岗位?这事儿是真的吗?我都有些不敢相信了。"

"不管现在真不真,咱们积极争取就能变成真的了。"黄文学心情挺好,"要是这个项目落了地,我看咱们后面的扶贫都可以不用做了,直接收队回家就行。"

"那敢情好!"小陈开心道,"我和女朋友已经异地恋快两年了,再这样下去她都快把我忘了。"

"哈哈,你和女朋友怎么样了?打算什么时候结婚?"黄文学笑道,"房子买了没?现在的丈母娘可得小心伺候啊!"

小陈挠挠头:"房子刚看好,是个二手的,年底前办完手续就开始装修了。"

两人一边聊天一边往村委会赶,路过五星村的时候他们下去看了一下河岸工程的进展情况,正好碰见项目经理阿赖。

"学哥,我可找到你了,你们这活儿简直没法干啊!"阿赖刚一见面就开始抱怨,"明明是为这些村民好,给他们修路、修亲水栈道,怎么到他们那里就变成比破坏公物还严重的事儿了呢!"

"怎么了?出什么事儿了。"黄文学很奇怪,"前两天不是刚开过协调会吗?村民们也都同意你们施工了啊。"

"别提了,那边河岸的施工是同意了。但河上面的又不行了。"阿赖郁闷道,"前两天我们发现五星桥的栏杆全是灰色的水泥墩子，跟河岸栈道的设计风格不一致，于是打算移除后重新建。没想到村民们不干，把工人们都给撵走了，说必须恢复原样。"

"啊？还有这回事？"黄文学惊讶道，"桥栏杆是挺丑的，换一个不好吗？"

"我也是这么想的，可村民们死活不同意啊。"

几个人来到五星桥头，发现原本的水泥栏杆已经拆掉了一边，旁边堆放着崭新的仿实木色的栏杆，但却没有安装。几个村民站在桥头，气势汹汹地守在那里，颇有种一夫当关的气势。

"什么情况？"黄文学走到跟前问道。

"他们破坏桥栏杆，我们不答应。"村民们都认识他，纷纷说，"五星桥的栏杆不能换，否则风水就会受破坏。"

得，又是风水问题！

黄文学一听这个理由就头疼，这两年他们工作队可没少遇见这类情况：村道修得太宽破坏风水，房子建得太高破坏风水，就连喂猪建猪圈都能影响风水。合着村民们最好啥也别干，住回原始人的山洞才最符合风水。

"这是你们村所有人的意见吗？"黄文学知道跟他们讲不通道理，干脆懒得再费口舌，"如果是的话，你们全村一起签个名，我让他们恢复成原状，但以后不要后悔。"

"是我们村所有人的意见！"村民们很肯定。

"行，那你们都签名，然后施工队立刻恢复。"黄文学答应得很干脆，转头对项目经理阿赖说："你也听见了，他们全村都是这个意见，只能辛苦你给他们恢复成原状。别管美观协调的事儿了。"

"好吧,我明白了。"阿赖点头道,"以后我们也不会再自作主张,一切按照规划来施工。"

处理完红星村的事儿,黄文学和小陈回到村委会,老洪正在和另一家建设单位开会,是关于修建水利项目的事儿。之前他们在村里走访时发现,村民们种地还得挑水浇地,而距离田地不远就是益水河,有些山上甚至常年都有山泉水流淌下来。一边是村民们辛苦挑水,另一边却是河水白白流走,工作队便萌生了修建一条水渠的想法。

"文学,你来得正好,快看看水渠的设计图。"老洪把黄文学拉到桌子旁,指着铺开的一张地图道,"这里是全村最大的那片田地,旁边沿着山坡修一条水渠,正好可以满足整片土地的灌溉需求,长度大概两公里,怎么样?"

黄文学和小陈仔细看了下水渠走势,觉得这个方案很好,水渠起始的地方正是益水河一处比较深的水潭处,常年水量充沛,足以保证水渠的流量。而水渠最尾端又正好汇入益水河道,沿途经过的地方都是山坡、村道,没有占用村民自家的田地,可以说非常理想。

"很好啊,这条水渠如果修好,整片田地的灌溉都能解决,给老百姓带来方便不说还可以提高种植效率。"黄文学高兴道,"赶紧写请示报给厅里,只要批准,咱们马上就干。"

说完,他把刚才五星村的事儿跟老洪讲了一下,好让他心里也有个数。

老洪听完说:"村民们不一定真是因为风水,咱们生活在城市,和村里的审美还是有区别的。你发现没有,凡是村民们自己修的桥和路，看起来都特别结实，全是大块大块的水泥墩子，根本不讲究美观、风格，在他们眼里结实耐用的就是最好的。"

"说到这儿，更头桥差不多要完工了，施工队这两天收尾后就可以开展竣工验收，到时候要不要搞个落成仪式？"老洪提醒道，"听说更头村的老百姓都高兴坏了，逢人就说公安厅好。"

"我请示一下骆主任，到时候看他能不能参加。"黄文学笑道，"更头村走竹桥的历史终于结束了，这可是件大喜事啊！"

下午的时候，骆主任又风风火火地从广州赶到了合江。

黄文学以为骆主任是来谈文具厂项目的，哪知他到了村委会就拉着工作队三人去了罗定，说是考察一家新的光伏企业。

"又考察光伏？"老洪吃惊道，"之前那家现在都有点儿鸡肋了，人家还是全国最大的呢，这家罗定本地的行不行啊？"

"去看看再说，这是罗定市推荐的，他们采用的技术不同，不是薄膜而是多晶硅。"骆主任说，"而且咱们总结之前的经验，在合作模式上可以创新一下。"

"多晶硅是什么东西？"黄文学问。

"是一种转化效率更高的材料，因此，晶硅材料的光伏占地面积更小、建设成本更低。"骆主任解释，"具体的数据我们到了厂家就知道了，我也是查阅资料才了解的。"

"听起来都好得不行，但谁知道真正用起来咋样呢。"老洪不以为然道，"不管怎么样，我觉得有两件事必须注意，一是维护上不能再像过去那样给我们增加负担；二是收益率必须保持稳定。"

"老洪说得对，这两点是我们必须坚持的。"黄文学赞同道，"将来不管跟哪家企业合作，咱们都必须保证这两点。"

骆主任点点头："你们想得很对，咱们扶贫干到现在也越来越有经验了，一是要坚持用经营性的思维发展乡村产业，必须考虑收益；二是要广泛汲取各地的经验，打开门来搞扶贫；三是全厅上下齐动员，形成厅党委、厅扶贫办和扶贫工作队这三级联动的组织结构，这样才能保证工作成效。"

来到地方，他们受到企业负责人的热情接待，不仅详细介绍了采用多晶硅技术的光伏项目，还带领他们参观了制造过程和成品设备。从指标和操作情况看，这里的光伏设备确实要比之前的薄膜技术更为成熟。

"看起来是挺好，但这东西正式投入使用前都是虚的。"老洪扶着眼镜上下打量产品的细节部件，"别忘了我们现在的光伏设备安装之前也是说得天花乱坠。"

"老洪讲得有道理，我们之前就是吃了这个亏。"黄文学点头道，"还有一个问题，光伏安在哪里合适呢？现在小学楼顶已经满了，林业部门又不准装到山上，村里哪儿还有地方呢？"

"你们可以装在开阔的平地上面，我们做过很多乡村，都是直接在田地上安装的。"负责人介绍说。

"那不行，占据了农田，村民们肯定不会答应。"黄文学连连摇头，"合江村土地太珍贵了，怎么可能拿出那么一大片上光伏呢？"

"这个不难，我们可以搭建一座光伏大棚，上面是光伏发电装置，下面是蔬菜种植，两者并行不悖。"负责人道，"我们公司提供大棚蔬菜种植技术服务，利用现代农业技术种植蔬菜，每年可生产三季到四季蔬菜。"

"真的？"几个人惊讶不已。

"要是能做成蔬菜大棚，那么土地问题就解决了，合江村适合修建的地方可多了。"骆主任兴奋道，"你们有没有成品展示一下？"

"在几个村里有，公司因为没有那么大的场地，暂时没有建造成品展示区。"负责人摇摇头，"你们如果感兴趣，我可以带你们到几个村里现场了解，包括你们担心的技术维护和零部件损耗问题，都可以一并了解。"

"这个好啊！"黄文学拍手道，"合江村最大的问题就是土地稀缺，建设了光伏大棚还不浪费土地，正好适合合江村的特点。我们一定得去看看。"

小陈看着他们的介绍和展示询问道："大棚蔬菜的种植有没有技术要求？村民们能管理好吗？"

"管理并不复杂，主要是有责任心和严格按操作规程执行。"负责人介绍，"村民们只要种过菜的话肯定可以胜任。如果你们担心不好维护，我们公司可以提供维护服务，这个都可以商谈的。"

有了立体农业的方案，大家一下子燃起了继续做大光伏产业的热情，只是实际效果究竟能不能达到企业承诺的那么好，这点还有疑虑。但在他们接下来跑过几个村实地考察后，这些顾虑也烟消云散了。

"我们找来找去，没想到最适合的竟然在眼皮子底下，真是踏破铁鞋、舍近求远啊。"

回去的路上，老洪一个劲儿地感叹。

骆主任笑道:"话不能这么说,技术是不断发展进步的。2016年那会儿咱们刚来合江村,当时全国的光伏项目还处于起步阶段,谁的规模大谁就有市场优势。现在不同了,经过这两年发展,技术优胜劣汰,才会出现更好的选择方案。不能用现在的经验去否定过去的探索。"

"不过你提醒得对,什么事情都没有十全十美的,我们目前只了解到它好的方面,那些不好的方面我们还没看到。所以,我打算回头跟他们谈合作的时候从咱们最关心的两方面入手,一是要求对方保证收益,二是将整个设备的维护包括立体农业的管理全部交给对方负责。"骆主任说。

"这样就没问题了,咱们提供资金和土地,对方保证每年返还收益,其他的所有事情都交给他们负责。"黄文学一拍大腿,"如果能实现的话就彻底不用担心了。"

大家商议之后,觉得这种方式最适合合江的特点,如果能做成的话,村集体收入就能获得充足的保证,而且是长期可持续的。

骆主任回到村委会,了解了一下最近各项工作。尤其是文具厂的事儿,他特别强调要工作队抓紧跟刘老板对接,这个项目对合江村的意义甚至比桂皮厂还大,因为它可以彻底解决村民就业问题。

"咱们一定要记住,扶贫不是光靠给钱给物就能解决的,脱贫的本质是改变落后地区的生活方式,是生产关系的发展进步。产业振兴带动就业,就业改变生活,只有按照这种思路,合江村才能真正摆脱贫困落后的面貌,走上快速发展的轨道。"

工作队围坐在桌子旁,每人端着一碗当地大米熬的排骨粥，就着青菜边吃边聊。

"骆主任，要不说您是主任呢，张口就是硬道理！我们听完感觉理论水平噌噌往上蹿！"

老洪一边说一边从袋子里拿出从村民家买的腌笋干，摆在桌子中间，大家挨着夹了一块，放进嘴里嚼得啧啧有味。

"今年我们既开了几个好头，又收了一个漂亮的尾。危房改造在今年就可以全部完成了，村道硬底化也已经完成得七七八八。可以说，两不愁、三保障和八有的目标都可以实现。"黄文学吃得头顶冒汗，"到年末的统计数字出来了，我觉得咱们很可能会提前完成脱贫摘帽任务。"

"不容易啊，这一年多做的事情比我过去十年经历的都丰富。"小陈感慨道。

"你才多大？十年前你还在念初中吧？"老洪斜他一眼，"你应该说来村里一年等于正常过十年。"

"对、对，就是这个意思。"小陈使劲儿点头。

"基础工作完成了，咱们接下来就要出成绩了。按照中央和省委部署，这一轮对口帮扶结束后还会进行第二轮帮扶，全国脱贫攻坚是一盘大棋，不把全国的贫困消灭掉绝不收兵。"骆主任轻声道，"据我估计，接下来你们还得再接再厉，把合江村真正建成社会主义新农村的示范村。"

黄文学抬头看了看骆主任，有些欲言又止，但当着其他人的面他又不太好提自己的想法。吴小燕在家里已经给他下了最后通牒，完成这轮扶贫工作必须老实回家，否则就不过了。

吃完饭，骆主任单独叫住黄文学，跟他到小学操场散步。

合江小学经过改造早已今非昔比，焕然一新的教学楼和宿舍楼并排而立，前面是新修的塑胶田径跑道，中间的足球场铺着人工草坪，远处是一个新建高台，上面立着高高的国旗旗杆。教学楼后面的低矮平房早已推倒，改建成一个标准的塑胶篮球场，不远处还有一块儿童游乐区，是专门给学前班的孩子们准备的。就连厕所都重新修建过，连接教学楼的通道还贴心地架设了玻璃钢材质的顶棚，避免学生们上厕所时淋雨。

两人沿着操场慢慢溜达，骆主任笑道："是不是想说你自己的事儿？"

黄文学点点头，有些不好意思："这三年下来，我心里还是很大压力，身体状况也糟糕了许多。虽然看着合江村一点点的变化心里高兴，但更多的还是一种力不从心，真怕哪天咬着牙也撑不住了。"

"我很理解你的感受。之前老牟就说过，他现在身体恢复得不错，但却没有回来合江村看一下，你知道为什么吗？"

"是啊，我也纳闷。就算不担任工作队队长了，他为啥没回来看看呢？"黄文学讶然。

"老牟说，他现在根本不敢回想过去扶贫的事。"骆主任叹了口气，"一提到扶贫，他的心律不齐老毛病就发作，都产生心理阴影了。"

"当初刚来的时候，我连扶贫是干什么的都不知道。我还记得你一个电话就把我忽悠来了，换作现在，你就算打一百个电话我也得掂量掂量。"黄文学想起过去，忍不住笑道，"我现在也有点儿不敢往回看，只想着把眼前的事情办好，做完一件心里的压力就轻一点儿，现在真是凭着责任和一口气撑着。"

"这几年你们辛苦了，也受了不少委屈啊。"

"受委屈是小事儿,但压力是真真切切的。"黄文学递了根烟给骆主任,后者摆摆手,他便自己点上,然后深深地吸了一口。

"你只是身在其中,被工作缠绕得太久了。如果站在外面来看这几年的扶贫工作,就会发现,你们的成绩有多显著。实话跟你说,最苦最难的日子其实已经过去了,你想想,现在你们手里的项目哪个不是让合江村翻天覆地变化的?等再过三年,你想象一下合江村会变成什么样子?"骆主任背着手仰头看着夜空中密密麻麻的繁星。

黄文学稍一愣神儿,脑袋里果然浮现出规划实现后的合江村面貌:五星村到东方村的一河两岸改造景观、矗立田间的光伏立体农业项目、桂皮加工厂和文具厂热火朝天的生产景象、村民们住进崭新的房屋、平整宽阔的村道……

这些已经不是想象,而是实实在在正在发生的变化。

"又被你给忽悠了!"良久,黄文学摇头叹气,"妈的,老子就是个傻蛋!"

"你不是傻,而是从心底热爱这份事业!"骆主任笑笑,"说吧,还有什么为难的,我去帮你搞定!"

黄文学嘿嘿一笑:"还不是家里的事儿,三年没陪老婆和孩子,她们有意见了。"

"把你太太电话给我,我这就打电话给她!"骆主任干脆地掏出手机,直接拨过去。

嘟……嘟……

电话响了一会儿,传来吴小燕略显疲惫的声音:"您好,哪位?"

"你好,我是文学的部门负责人,我叫骆伟顺。"骆主任亲切道。

"哦,骆主任,我知道了。黄文学的事儿我已经跟他聊过了,具体您跟他说就行。我还有工作,现在不方便接电话。"说完,啪的一声挂断。

呃……骆主任吃了个闭门羹,脸色有点儿尴尬:"文学,你受委屈了。"

黄文学露出个比哭还难看的笑脸:"我媳妇已经下了最后通牒,这轮搞完必须回去,否则就不过了。"

"这样啊,是有点儿麻烦呢!"骆主任想了想,"你放心,我去做你太太工作,如果做不成,我就支持你的决定!人不能为了工作把亲人都抛弃,我只是觉得有点儿可惜,眼看成果就要出来了,你却走了。回头咱们工作成绩这么漂亮,中央电视台来采访的话,你不出镜多遗憾啊!"

"得了吧,还中央电视台,能上罗定电视台就不错了。"黄文学苦笑一声,"我媳妇是博士生导师,还是拿手术刀的那种,我吵架从来没赢过,看你的了。"

"哈哈,你连贫困户都能搞定,怎么连媳妇都说服不了呢!"骆主任笑道,"放心吧,只要是讲道理的人,都会理解你的。"

两天后,更头村口的石桥正式建成。村委和工作队在村口举行了一场简单的落成仪式。骆主任因为有其他事先返回了广州,黄文学他们一大早就赶到更头村口。

他们到的时候,施工单位已经把桥面打扫干净,桥头还立了一座石碑,用红色绸布覆盖,可以隐约看见"更头桥"三个大字。附近的村民们也都闻讯赶来,尤其是更头村的村民们更是家家户户倾巢出动,围站在河岸两边。

新建的石桥延续了合江村村民们特有的审美趣味,桥墩、桥面厚度超过一米,看着不像是村口的便桥而是铺铁轨的铁路桥,怎么看怎么有安全感。

"这桥修得会不会太结实了?"小陈看着石桥感叹不已。

老洪笑呵呵地指着桥下的益水河道:"现在是枯水期,水量小,等到汛期的时候水位能涨到咱们站的位置,冲击力大得很。"

"你看过以前的照片没?上次厅长来的时候,就是踩着竹桥过去的。那种竹桥每年汛期都会被冲垮几次,村民们就没路可走了,想出村都出不去。"

"听说过,但还是很难想象。"小陈说,"现在好了,这桥再过一千年都不会塌,卡车都能开上去。"

几个人说话的时候,揭幕仪式准备开始了,村干部们特意买来了鞭炮。黄文学和三哥一起站在桥头石碑旁边,一人扯住红绸的一角,共同宣布更头桥正式落成。

随着红绸被揭开,小山村里鞭炮齐鸣,村民们的欢呼声响彻云霄。

这时,村里面突然响起震天的锣鼓声,一群村民敲锣打鼓地从村里走了出来。

"你安排的?"黄文学问三哥,后者摇摇头表示并不知情。

"是更头村村民们自发组织的。"一名村干部是更头村人,向众人解释,"村里人靠竹桥走了不知道多少年,今天终于有了混凝土建的新桥,所有人都发自内心地感谢公安厅,所以自己组织了锣鼓队来感谢工作队。"

村里已经七十多岁的老贫困户阿木一边敲锣一边高声喊着什么,走在队伍最前面,后面跟着的村民有老有少,全都胸前挂着大鼓、手里握着鼓槌,拼命地敲打个不停。虽然节奏有些凌乱,但此时此刻,唯有用震天响的锣鼓才能表达他们内心的喜悦。

黄文学站在桥头,看着村民们一张张发自内心的笑脸,突然觉得工作队这些年的辛劳并没有白费,一切付出都是值得的。

原来扶贫工作的成就感也这么有吸引力啊!

村民们陆续围到跟前,一个劲儿地对工作队说着感激的话,他们太高兴了,心里的喜悦好像怎么说也说不完。

贫困户阿木是五保户,独自生活,他拉着黄文学的手激动道:"感谢公安厅,为我们修了新桥,也帮我盖了新房,我这辈子第一次感觉到什么是幸福!"

说着,他两腿一屈,就要给工作队下跪。

黄文学手疾眼快,赶紧把阿木拉住:"使不得、使不得!只要大家感觉幸福就好,我们的工作就有价值了!"

阿木老泪纵横,不住地点头,颤抖着不知说什么才好。

从更头村回来,黄文学几个人还沉浸在刚才激动的情绪里,内心久久无法平静。

"我也是第一次感觉自己的工作这么有意义。"小陈说,"回头我也要带女朋友来合江村看一看,她总说我在村里待着是不务正业，我得让她知道，我做的事情同样伟大。"

"对了，你跟女朋友什么时候结婚？日子定了没？"老洪问。

"房子已经买了，装修队也联系好了，等装修完就结婚。"小陈笑道，"以我在合江村干工程的经验，用不了两三个月就能搞定。"

"那好啊，到时候来村里也摆两桌，咱们一起庆贺一下！"黄文学高兴道，"到时候咱们的一河两岸工程也差不多了，办个乡村婚礼！"

大家正在畅想未来呢，骆主任的电话打了过来："文学，你太太叫什么名字？在哪家医院？"

"怎么了？出什么事儿了？"黄文学瞬间紧张起来。

"没什么事儿，我这不是想找她谈谈嘛，她太忙了一直没时间。"骆主任笑道，"所以我就打算看她哪天出门诊，我去挂个号。"

"……"黄文学顿感无语，敢情骆主任也有黔驴技穷的时候，做思想工作还得挂号，于是将吴小燕的名字和科室告诉对方，最后还叮嘱道，"我老婆是专家，她的挂号费可贵呢！"

"行，工作没做成的话我就当去看病了。"骆主任笑道，"多亏你太太不是产科、妇科，否则我连挂号的机会都没有。"

# 扶贫五年，我成了孩子眼中的英雄

合江村的未来充满希望

广州，某医科大学附属医院门诊大楼。

这里每天都会聚着来自全国各地慕名求医的患者。汹涌的人潮中，骆主任按照手机上的挂号指引，好不容易挤到一间诊室门口。墙上的显示屏里不断滚动着排队就诊的患者姓名，骆主任看着位于屏幕最下方的自己的姓名，露出一个无奈的苦笑。

不知等了多久，显示屏上终于出现了骆伟顺的名字，他赶紧站起身，推开诊室门，只见屋里除了吴小燕和助手外还挤着不少病人，有的是拿着检查单等医生复诊的，有的则是没挂上号想求吴小燕加号的，还有一些已经看完病却磨磨蹭蹭不想走的。

"33号。"吴小燕的助手叫道，"有什么问题？"

骆主任见屋子里还挤着这么多人，有些不太好张口，于是坐在凳子上犹豫道："这里还挺多人的哈。"

"天天都这么多人。"助手点点头，"抓紧时间，你什么问题？"

"那个，能不能等其他人出去，我再说？"骆主任笑道。

"啊?"助手诧异地看他一眼,"我们是口腔科,又不是肛肠科,你还想回避?"

"是啊,您看行不行?"骆主任挺客气。

助手看了吴小燕一眼,后者原本正在写病历,闻言抬头,这才看见骆主任,她之前在黄文学手机上见过骆主任的照片,所以立刻明白是怎么回事。既无奈又觉得好笑,只得点点头:"你等一会儿。"

骆主任笑了笑,没有再说话。

很快,其他病人陆续离开。诊室里只剩下吴小燕和助手。

骆主任这才张口:"你好,吴老师。我是文学的领导,知道你很忙,只好挂号来找你了。"

"骆主任,我已经说得很清楚了,我们家文学已经花了三年在扶贫上,身体也熬坏了,孩子也扔下不管了,你总不能眼睁睁看着他为了工作连家也不要了吧?"

旁边的助手有点儿蒙,敢情这个33号不是来看病的,听这意思还是吴教授老公的领导啊,顿时两眼放光,竖起八卦的小耳朵仔细听着,一个字都不放过。

吴小燕一肚子怨气道:"你们公安本来就比别的公务员加班多,照顾家已经很少了。现在倒好,人直接给整到村里去了,我见他一面还得打电话预约,比挂号还难。这叫什么事儿?共产党员就得抛家弃子啊?我也没见其他人这么牺牲奉献的,不能因为我们家文学脸皮薄,就抓着他一个人欺负吧?"

骆主任不作声,等吴小燕说完,他才认真道:"我知道你说的没错。请你给我几分钟时间,我讲几点理由,如果你觉得他还是应该回来,我绝不反对!"

"你说吧。"吴小燕说了半天,心里也没那么气了,便想听听这个骆主任能说出什么花儿来。

"你们女儿今年上初三了,正是人生成长的关键时期,我问你,你希望她怎样看待她的爸爸?"骆主任一字一句道,"你是希望她眼里的父亲是个英雄,还是个碌碌无为的普通人?"

"这……"吴小燕愣住。

"文学辛苦付出了三年,把一个穷乡僻壤变成了世外桃源,改变了许多人的一生,还救了不少人的生命,你说他是不是英雄?再过三年,合江村会迎来更大的变化,这些全是他们工作队辛勤耕耘的结果,你们的女儿会为她爸爸取得的成就自豪和骄傲的。"

"刚才是第一个理由。下面是第二个理由,你希望自己的丈夫是怎样的人?以前他确实有时间在家里照顾孩子,陪伴家人。但在原来的岗位上,他三年前什么样,现在还是什么样。他个人的价值有实现过吗?你希望他的人生应该怎样度过呢?"

"第三个理由,也是最重要的,就是尊重文学自己的意愿。虽然这几年他付出了很多,身体上和精神上的压力无比巨大,但他自己真的不喜欢扶贫工作吗?如果他自己排斥的话,我想他根本坚持不到今天的,对吧?你可以问问他,以前他忙的是什么事情,现在他忙的又是什么事情,哪个更适合他,让他更有成就感。"

骆主任说完,起身微笑着冲吴小燕点点头:"好了,吴老师,病人还很多,我就不打搅你了。另外,你的专家号也真不好挂啊,以后如果有机会到合江来搞一次义诊吧,让乡下的村民们也体验一下大专家的医术。"说完,骆主任大步离开诊室。

合江村新的党群服务中心楼前，黄文学和老洪正看着施工队清理建筑垃圾，一座崭新的建筑已经露出了庐山真面目：小楼一共两层，以灰色和白色为主色调，中间部分高高拱起，上面竖着旗杆。一楼共分三个区域，中间部分面积最大，是宽敞明亮的群众办事大厅，左边是办公室和功能区，右边则是新建的村卫生站，里面治疗室、药房、候诊区等一应俱全。二楼则是两间会议室，大的那个能容纳上百人，足够村委会召开大型会议；另一间会议室也很宽敞，中间摆着一张七八米长的会议桌，两旁各有一排桌子，配备了投影仪、麦克风等，可以容纳四十多人。

党群服务中心门前还有一片广场，地面铺着大理石砖，一侧设置了党建宣传栏，另一侧则以绿色植物覆盖，将来可以在户外开展各种活动，再也不用担心省道上的往来车辆了。

此刻，工人们正紧张地将各类建筑材料和垃圾清理干净，黄文学在办公楼里来回穿梭，查看装修后的各个部位，老洪则带着小陈清点公安厅捐赠的各种办公家具，大家忙而不乱、各司其职。

这时候，黄文学手机轻振，他掏出一看，竟是妻子吴小燕发的："只准再干一年，否则永远不要回来！"

黄文学嘴角微微上扬，马上回复道："好的，遵命！"

老洪清点结束，过来找他，却看见黄文学正捧着手机傻笑，奇怪道："咦？你这个家伙中彩票了？怎么笑得这么开心。"

黄文学抬起头："比中彩票还高兴，当然得笑啦！"

"少贫嘴了，我跟你说个正事。"老洪认真道，"新的党群服务中心建成后，这么大的办公区肯定需要人员维护，打扫卫生、做饭之类的，到时候可以给贫困户提供就业岗位，你觉得怎么样？"

黄文学想了想："我也想过这个事儿，全职的工作不太可能，但是固定时间的钟点工就没有问题。比如打扫卫生一天两次，早晚各一个小时。不过饭堂的师傅没有必要专门请，村干部人数不多，他们自己做饭也可以。"

"嗯，有道理，那就设一个兼职的清洁岗位。"老洪点点头，又问，"你还记不记得陈祥翠？"

"当然记得，每次去她们村都得去她家里坐坐的。听说最近她老公出去打工了，而且也很久没动手打过她。她在镇上的电子厂打工，不过日子过得还是很吃力。"黄文学说，"你是想让她来试试对吗？"

"没错，钱虽然不多，但她比较吃苦耐劳，肯定能做好。"老洪肯定道，"对这样有上进心的贫困户，咱们得大力帮扶。"

"没错，我打电话问问她，看时间上凑不凑得上。"黄文学说完就打电话给陈祥翠。

想当初，老牟他们刚到合江村，有天晚上，陈祥翠一个人跑到村委会哭诉自己遭受家暴的事儿。气得老牟还亲手写下自己的手机号码交给她小孩儿，让他们有任何情况随时告诉自己。从那以后，陈祥翠老公就不敢再动手打人了，但还是懒懒散散，全靠陈祥翠努力干活儿养家。还好她的两个孩子都很优秀，在学校里的成绩始终名列前茅，让陈祥翠的辛苦没有白费。

"祥翠，我是黄文学。有件事征求一下你的意见……"黄文学接通电话简短说了一下。

几分钟后，黄文学放下电话："老洪，她没有问题，而且很愿意来。就是时间上面，她希望能早点儿来，这样不耽误送小孩儿上学。"

"没问题，一早一晚，时间由她定就行，只要在工作时间之外就可以。"

商量好后，黄文学想起一件事："你刚才说的饭堂做饭，突然提醒我了，村委会的饭堂虽然不需要厨师，但镇政府饭堂需要啊。咱们怎么把这事儿给忘了。"

"对啊！镇政府人多，一个饭堂师傅还不够用呢！"老洪一拍脑袋，"我这就跟巫书记说，看他们需不需要人，又能为贫困户解决一个就业了。"

两人从新党群服务中心出来，马不停蹄地赶到文具厂的选址点，这里紧邻县道，和桂皮加工厂在一条线上，位置更靠近省道，正好适合运送货物的半挂大卡车进出。

经过和刘老板的协商，公安厅投资一百万元建设合江村脱贫就业基地，文具厂作为入驻企业承诺分五年将公安厅的投入全部返还，此外，还必须为合江村所有想就业的贫困户提供工作岗位。仅这一项，就能把合江村所有贫困户的就业问题彻底解决。虽然这笔投入没有直接经济收益，但村民就业后的收入增加，老百姓的生活越来越富裕就是最大的收益。

黄文学看着面前已经平整完毕的土地，心里有种说不出的兴奋，他恨不得文具厂马上就能建设完成，到时候不仅是贫困户，整个合江村的村民们都能像城里人那样每天上班下班，孩子送到学校读书，过上现代化的生活。

"走吧，咱们还得去五星村那边。"老洪拉着黄文学又赶到五星村，这里同时进行着两个大项目：一是河岸景观改造工程，二是最新的光伏立体农业项目。工地上挖掘机的轰鸣声此起彼伏，工人们沿着益水河两岸上下忙碌，原先河道淤塞、杂草丛生的景象已经被规整有致、平坦开阔的新貌取代，一幅热火朝天、欣欣向荣的繁忙景象。

和工地上的喧闹不同，光伏立体农业这里显得安静许多，技术人员按照施工要求搭建起大棚支架，上面已经安装了一部分光伏面板，大棚里面也将地面平整过了，上面排列着整齐的铁架，每个架子上面都排列着整齐的泥土盆，用来栽种蔬菜，架子上还安装了滴灌装置，蔬菜的浇水都由技术人员统一设定，既符合蔬菜生长规律又节省水资源。

两人转了一圈，心里越看越兴奋，没想到一夜之间合江村就换了副模样，好像做梦一样。正感慨着，黄文学接到了三哥的电话："文学，单恒兴的女儿高考成绩出来了，她考了全市第七名，被中山大学录取了。"

"是吗？"黄文学一听高兴得差点儿跳起来，"太好了，我就说嘛，李杰英不一般啊！教出的孩子那么优秀，这下他们家在全镇都要扬眉吐气了。"

"是啊，村里也要好好宣传宣传。"三哥笑道。

黄文学放下电话，赶紧把这个好消息告诉老洪和小陈，两人也高兴得不得了。老洪说，他还记得当初老牟带他们一起去李杰英家走访时的情景，没想到真被他们给说中了，而且还考出全云浮地区第七名的好成绩。

虽然单恒兴一家早就搬到镇上居住,但这个消息还是飞快地传遍全镇,连巫书记都高兴地四处打电话报喜。这对于地处偏远的穷山村来说实在是个令人振奋的好消息,许多村民也都深受鼓舞,打工赚再多的钱也没有家里培养出一个优秀人才让人骄傲啊!

村委会早已热闹起来,不少村民都聚集过来打听消息,好像考上名校的是自己小孩儿一样。世界就是这么奇怪,以前大家都不重视教育,谁家里的孩子小学毕业家长就开始琢磨着什么时候让孩子外出打工。那时候,谁都觉得读书有什么用,还不如早点儿赚钱来得实惠。可当合江村变得生机勃勃后,大家又开始羡慕读书好的孩子,恨不得自己孩子也能门门功课考第一。村民们的精神风貌也就在这潜移默化的影响下慢慢发生改变。

黄文学他们高兴之余决定尽快去李杰英家里走访一下,主要是了解她家里的经济情况,不能让孩子因为经济原因失去读书的机会。

到了李杰英打工的网吧门口,正好碰见她交班。这个女人一如从前般干练爽利,只是脸上怎么也抑制不住的笑容显示出她的内心有多么激动。

"黄队长,你们来啦!"

"是啊,恭喜你呀!咱们整个加益镇飞出来了金凤凰!"黄文学高兴道,"怎么样,孩子在家吗?"

"她呀,早和同学跑出去玩儿了!"李杰英捂着嘴笑道,

"大家来我家里坐坐吧，我正好要给几个小的做饭。"

几个人心情愉快地来到李杰英家里，客厅里和过去一样，到处都放着书本，还有小孩儿玩具，倒像是个课后托管班。

李杰英赶紧收拾屋子，给大家倒茶，高兴道："我还记得几年前你们来我家调查贫困户资格的时候，那会儿牟队长就跟我说，要孩子好好学习，将来给合江村争口气！"

"这几年，多亏了公安厅的帮助，我几个小孩儿每年从教育基金里领取学习补助金，从小学到高中每年都有，而且年级越高补助金也越多，如果没有这些钱，我真不知道该怎么供他们读书！"

讲到动情处，李杰英眼睛一红掉下泪来："谢谢你们了。"

"哪里话，孩子们争气，我们也跟着高兴啊！"老洪大笑道，"上午听到这个消息，我们真是比听到自己孩子考上重点大学还高兴！"

"没错，合江村多少年了，最缺乏的就是你们这种不向命运低头、不服输的精神，这比盖了多少房子、买了多少汽车还有用！"黄文学高兴地说，"等录取通知书到了，咱们在村委会搞一个隆重点儿的庆祝活动，高高兴兴地热闹一下！让所有人都知道，读书光荣！"

"对了，孩子上大学的钱准备好了吗？有没有困难？"

"我早就攒好了学费，至于生活费，让她到学校勤工俭学和拿奖学金解决，我相信她能把自己照顾好。"李杰英笑道，"一直为这一天准备着哪！"

正说着，她女儿回到家里，很有礼貌地向大家问好，然后安静地坐在旁边听大人聊天，时不时恰到好处地补充几句话，让人越发觉得她乖巧懂事。她告诉黄文学，自己从高中开始就没再向家里要过一分钱，全是靠奖学金和村里的教育基金读书生活。就连读大学的钱，她自己也都准备好了，妈妈给她存的学费留给弟弟妹妹们就好。

"这孩子真懂事啊！"老洪慈爱地看着这个小姑娘，欣赏之情溢于言表。

"我女儿要是这么优秀就好了。"黄文学羡慕不已道，"真是光宗耀祖啊！听说她的几个妹妹同样很优秀，可能过几年再出个状元也说不定呢！"

"借您吉言，不过我可没给孩子们什么压力，他们自己走适合自己的路就好。"李杰英笑着说，"现在她妹妹已经有不小压力了，在学校里总是被老师提醒她姐姐有多么优秀。我觉得她不应该有这方面的负担，哪怕是兄弟姐妹，也都有不同的人生道路，没必要强求。"

"没错，这就是你比别人高明的地方。"老洪点头，"按照村里规定，考上名牌大学的学生教育基金会有额外的奖励，等到我们庆祝的那天再正式颁发吧。"

"谢谢你们，谢谢公安厅！"

从李杰英家里出来，几个人看了看时间决定在镇上吃顿好的。不用说，只能去阿灿大排档，其他地方也没得选择。

在路边坐下的时候正好看见镇卫生院的张院长满头大汗地从旁边路过，黄文学赶紧叫住他："张院长，你这是去哪儿啊？"

"哦，是文学啊。"张院长擦擦脑门儿上的汗珠，连呼带喘道，"我们镇卫生院不是正在改造嘛，现在工期延后了，我急着去协调这个事儿。"

"工期延后?"黄文学很奇怪,"镇里和市里不是都很支持改造项目吗,怎么会延后?"

"别提了。"张院长唉声叹气,"还不是资金不够了,之前筹集的钱用完了,工程却只进行了一半,我都急死了!"

"先别急,这么大的项目前期没有做预算吗?"老洪好奇道,"是不是有人在里面乱搞了?"

"胡说八道,我一分钱都是掰开两半花的,谁敢打工程款的主意我第一个跟他拼命!"张院长气急败坏道,"你们是不了解基层实际啊,我们开工之初就知道钱不够,但是我又着急改善卫生院条件,所以开始的时候就准备边施工边筹钱,实在不行能做多少算多少。总比一直这样拖下去强,老百姓看病可等不起啊。"

"好你个张院长,敢情你开始就耍滑头。"老洪哈哈笑道,"那你现在急吼吼的有什么用?早知今日何必当初。"

张院长索性也不急了,拉过张椅子坐下来,左右看了看小声道:"为了工作,我豁出去了,反正改造到一半,让领导们看着办吧。"然后还故意眨眨眼,一副奸计得逞的模样。

黄文学他们顿感无语,闹了半天这位是故意装的,大夏天的也不嫌热,在镇政府门口跑得满身大汗,不知道的还以为家里出啥事了呢。

"唉,你们是省里的领导,哪里知道基层的苦啊!"张院长端起茶水咕咚咚咚灌进肚里,叹息道,"你们也没少来我这儿吧,什么条件你们最清楚。住院部里冷冷清清,大冬天连门都关不严,健康人住进去都能冻个半死,何况是病人。"

"还有药房,连基本的常用药都保障不了,镇里人有病想做个检查都不行,大家只能去罗定或者其他镇,这样下去怎么能行呢?所以我咬着牙也得想办法改变一下,不能再拖了。"

"你说得对,我还记得阿焕老婆病危住院的时候,你这儿连扎手指的化验设备都没有。"黄文学点点头,"是要改变一下才行了。"

"要是你们帮扶的不是一个村,而是整个加益镇就好了。"张院长叹道,"现在谁不知道合江村新建了卫生站,里面的药比我这个镇卫生院还齐全,村民们看病不仅不要钱,保险公司理赔完甚至还能赚一笔,这种好事儿以前想都不敢想啊!"

"这样吧,你还是继续去镇政府大院跑步去。我们回头跟骆主任汇报一下,看看能不能帮助你们,其实村卫生站做得再好也没办法替代镇卫生院的作用,反而村民们对镇卫生院的需求确是实实在在的。"

"那敢情好,你可别骗我。"张院长站起身,继续去镇政府找钱,临走前还不忘叮嘱他们,"赶紧给骆主任打电话啊!"

黄文学无奈地笑笑,拿起电话向骆主任汇报了一下。骆主任觉得镇卫生院确实条件太差,没办法满足当地群众的需求,只是公安厅对口帮扶的是合江村,镇卫生院的事按理说不归公安厅管,他们就算帮了也没有任何成绩,反而还容易给别人留下口舌。

"我向厅领导汇报一下这件事吧,尽量争取一下。"骆主任思考了一会儿回答道,"你们等我消息。"

时间过得很快,转眼间,一河两岸工程、光伏立体农业项目以及文具厂全部相继完工，光伏项目仅用三个月就产出第一批蔬菜，根据双方合作协议，光伏立体农业的运维全部由公司负责，村集体每年固定获取分红即可，保证了稳定的收入。而文具厂的投产运行就更不得了，一下子在当地招聘二百多名员工，仅合江村的贫困户就有二十多名，每人每月的平均收入达到三千多元。

更关键的是，文具厂的投产让合江村的脱贫攻坚成果真正稳固下来。因为有了大量工作岗位，村民们的返贫风险大大降低。尤其是在2020年初的时候，珠三角大量企业停工停产，许多外出打工的村民一下子无工可做，家庭收入顿时陷入困顿。正是有了文具厂这个就业基地和桂皮加工厂的工作岗位，才让那些回到村里的劳动力有了工作，保住了收入。

在产业振兴的同时，公安厅党委经研究同意拨款一百万元支持镇卫生院改造，还另外拨款采购新的救护车，帮助卫生院住院部装修，彻底解决了卫生院的燃眉之急。装修一新的镇卫生院一改往日门可罗雀的冷清景象，附近村民再也不用奔波几十公里到罗定市看病了。合江村的村民更是实现了"小病不出村、中病不出镇"的目标。

没有了后顾之忧，村民们信心满满地为了好日子加油奋斗，过去死气沉沉的贫困村早已成了人们的回忆。

"文学，赶紧出来一趟，深坑村的山坳口那里有人闹事！"

这天上午，黄文学正坐在新建的党群服务中心办公室整理脱贫攻坚材料，突然听见楼下老洪的叫声，顿时心里一咯噔。

他已经很长时间没听过村民闹事的消息了，怎么今天又有人捣乱呢?

黄文学将信将疑地下了楼,就见老洪已经发动汽车,一副火急火燎的样子。

"怎么了?"

"别提了,咱们之前修的硬底路出问题了。"老洪急吼吼道,"施工队早就完成了绝大部分的村道建设,只剩这么一点点尾巴,怎么也推进不下去了。"

"什么原因呢?深坑村我记得之前就闹过一次,还是老牟带人去处理的。"黄文学奇怪道,"当时村民们说村道修宽了会占据两旁的水田,所以死活不允许拓宽,咱们也答应了他们,按理说不会出问题了啊。"

"就是这里出问题了。"老洪恨铁不成钢地道,"还是那几户村民,当初为了一丁点儿水田死活不让,现在看见全村生活越来越好,他们眼馋了,也想买车搞运输,嫌村道太窄过不了车,所以死活要求施工队给他们修宽点儿。"

"施工队肯定不会同意,施工图纸都定了,不可能改动的。"黄文学觉得太阳穴有些酸疼,"这些人啊,真是不知道怎么说好。"

两人开着车一路畅通无阻地来到深坑村的山坳口,这里的村道早已改造完毕,比过去好走十倍百倍。

一群工人正站在路边,对面还是那群村民,和上次不同,这回他们没有趾高气扬的霸气,而是一个个脸带微笑、略显讨好地看着施工队:"麻烦你们帮个忙嘛,就多铺一点儿水泥而已,只要能过汽车就可以了。"

"这怎么可能?我们的材料都是按照之前测算的施工量准

备的，这里铺宽点儿，那后面还怎么够用？"还是那个项目经理，他已经被这几户村民搞得焦头烂额了，"到时候竣工验收我们怎么交差？"

黄文学和老洪下了车，紧走两步来到众人面前。

"你们现在后悔，可当初是谁死活不让修宽一些呢？"黄文学看着那几个村民道，"施工单位有严格的法律规定，他们不允许随意改动工程指标，你们跟谁讲都没用。"

"黄队长，我们知道当初太斤斤计较了，谁能想得到这才几年，村里就变成这样了？住在山外面的家家户户都盖起五六层高的房子，买车的更是越来越多，我们也不能落后不是？"带头的村民点头哈腰地不断说着好话。

"公安厅那么厉害，肯定有办法的，帮我们把路拓宽一点儿吧，否则以后我们进出也太不方便了。"

其他村民也纷纷附和。

黄文学看看老洪，问他什么意见。老洪说，工程量是肯定没办法调整的，否则牵扯太大，因为这里只占整个村道硬化工程的一小部分，不可能为了这么一点儿工程量更改整个项目。

"那怎么办呢？"黄文学也挺为难，"村民们有他们的局限，但实事求是地讲，路建得太窄也确实不合适啊。"

项目经理也凑过来道："黄队长，不瞒你说，如果非要修宽一点儿也可以，但是这条路的长度就得缩短，也就是说，往里面延伸不到每家每户的门前了，会留下一截泥土路。"

"嗯，施工量规定死了，如果拓宽道路，必然会导致路的长度不够。"老洪点点头，"就看怎么取舍了。"

黄文学想了想，冲村民们招招手，把他们叫到跟前："路修宽了，会占据两边的水田，你们以后又反悔了怎么办？"

"不会的，我们这次绝不反悔！"村民们赶紧大声表态，"我们几家商量好了，没占水田的几户凑点儿钱补偿给占水田的人，大家在协议上签名按手印，将来谁也不许反悔！"

"嗯，这样的话倒也不是不可以。"黄文学满意地点点头，"现在只有一个办法，就是拓宽道路，但是缩短长度，留下一截泥土路，以后你们有了钱可以自己把这一小截铺上。怎么样？"

村民们犹豫起来，脸上显出失望的表情。

"到底修不修？别忘了你们前几年是怎么目光短浅的，不要再让自己以后后悔！"老洪大声道，"现在你们修宽一点儿肯定没错，剩下的那截路就当一个提醒吧，让你们时刻记着自己吃过的亏。"

"什么时候真正发家致富了，什么时候再把这段路填起来。"

村民们的笑脸纷纷凝固，纠结了半天终于决定还是先拓宽，剩下的以后再说。

"也许多少年后你们生活好了，跟子孙后辈说起曾经的往事，还会用这半截泥土路做例子，永远警醒后人呢。"老洪嘿嘿笑道。

刚处理完施工的事，黄文学就接到小陈打来的电话："学哥，刚才罗定市公安局来了好多人，到镇里和村里抓走了几个人。"

"怎么回事？"黄文学脑瓜仁有点儿疼，今天这是怎么了，一件接着一件的。

"不知道啊，镇派出所的人也不了解情况，梁所长也一起去了罗定。"小陈说道，"不过我听村干们说，被带走的都是村里平时不学好的那几个，好像龅牙也在里面。"

"这样啊，搞不好是他们组织赌博的事情犯了呢。"黄文学说，"这帮人留在村里也不干好事，带走教育教育也是应该的。"

"大家都这么说，不过奇怪的是高水大竟然没事儿，他跟龅牙平时经常在一块儿，很奇怪为啥这次没把他带走。"

"哦，他正跟老婆闹离婚呢，可能最近顾不上吧。"黄文学笑道，"这家伙也是运气，跑了好几年的老婆上个月突然回来了，要把孩子带走，说是在外面另有新欢了，这次回来就是要跟高水大离婚带走孩子的。"

"哦，原来这样。"小陈说，"带走也好，孩子跟妈妈生活肯定比跟他强。"

黄文学想了想说："这样，我跟老洪去他家里看一下，晚点儿再回村委会。"

两人开着车朝流沙尾村驶去。

因为村道修通，汽车用了不到二十分钟就到了流沙尾的山里。高水大家的那个山坡也经过了改造，过去湿滑的泥巴路被一条三米宽的水泥路取代，直接通到他家门口。

"高水大，在家吗？"黄文学和老洪下了车在门口叫道。

过了一会儿，脸色苍白的高水大靠在门框上朝外打量："在。"

"你气色还不错呀！"老洪打趣道，"怎么没跟龅牙他们一起去罗定?"

高水大摇摇头,懒得搭理老洪。

"你小孩儿呢?"黄文学直接问道,"跟你老婆的事解决了没?"

"离了,两个归她,一个归我。"高水大言简意赅,似乎在谈论一件和自己毫无关系的事。

黄文学闻言皱了皱眉:"怎么还留了一个给你?不会是最小的那个吧?"

高水大点点头:"就一个儿子,当然得留下。"

老洪气不过道:"你会照顾孩子吗?留在你身边连两个姐姐都见不着,那不是更惨?"

哪知高水大竟然笑了,一副看傻子的表情望向老洪:"儿子自然要跟我过,喂饱他还不容易?反正你们隔三岔五地来送吃的,饿不死。"

"高水大,那是你儿子,不是饿不死就行的。你还得教他做人,陪他成长,他是个人,不是一条狗!"黄文学火气上来,恨铁不成钢地道,"我跟你说,你对孩子最好上点儿心,否则鲍牙他们的事儿,你未必能跑得掉!"

高水大耸耸肩根本无所谓:"他们玩的是网络赌博,发展下线,我压根儿没参与,肯定没我事儿。"

"这你都知道?"

"当然,他们看我没钱,不让我参与,我就把他们举报了。"高水大毫不在意道,"反正就那么回事儿,全是钱闹的。"

黄文学和老洪对视一眼,这个滚刀肉真是无可救药了。什么责任、道德、法律、自尊等,在这位眼中根本不存在,人家摆明了破罐子破摔,你还有什么办法?

"唉,你不为自己好,也得为孩子着想一下。你这辈子自甘堕落已经无可救药了,难道还想让孩子也像你一样被人瞧不起吗?"老洪痛心地看着高水大,"你好好想想吧,我要是你就把孩子送到他妈妈那里,至少有个人样儿。"

高水大靠着门框的身子更歪了,只是发呆,过了好久,终于点点头:"我想想吧。"

黄文学进屋看了看孩子,发现正在睡午觉,便放下心来,也没有叫醒孩子。

"今年9月孩子就可以上合江小学的学前班了,那里有校服发还有营养餐吃,总比这样在家待着强。"

叮嘱了两句,黄文学和老洪开车离开。

"真是不省心啊!"老洪在路上感叹不已,"整个合江村比高水大困难得多了去了,但没有哪户让我这么揪心的。"

"是啊,连阿进家经过那么多打击,现在都比他强。"黄文学点头。

"阿进比他强一百倍还不止,前两天我去他家,看见他和他老婆正带着他们那个自闭症的儿子在盖猪圈。他老婆身体那么差还搬着砖头干活儿,这种贫困户我看见就想帮助他们。"老洪气鼓鼓地说,"那个场面真是让人感动,我特佩服他们夫妻。"

"阿进自从被马蜂蜇伤送到ICU抢救了九天,才把命救回来后,整个人就变得更上进了。"黄文学赞同道,"我还记得第一次见他的时候,一副生无可恋的模样,没想到他现在竟然变了一个人似的,他老婆也很坚强,胃癌化疗了那么多次,还是挺过来了。他们家真算得上是贫困户里的榜样了。"

"对，我们应该支持他们修猪圈和养猪的计划，经济上帮一把，再购买一些小猪仔送给他们养。"老洪提议道，"对于这种自强不息的贫困户，咱们就需要大力支持，让其他贫困户都看见，才能带动更多人。"

"好，就这么办。咱们回去就把像阿进家这样的贫困户梳理一下，有针对性地再帮扶，让他们日子更有盼头、生活更有奔头。"

2020年底的一天，党群服务中心的门口一大早就聚满了人群，小广场上人头攒动、三五成群，全是合江村的贫困户。和几年前差不多，贫困户们同样是扶老携幼，还有坐着轮椅被人推来的，更有不少婴儿还在妈妈的襁褓之中。

黄文学站在门口和贫困户们寒暄聊天，老洪手里拿着一摞材料正在二楼大会议室分发，小陈则紧张地调试电脑设备。

一个贫困户笑呵呵地走到黄文学跟前道："黄队长，今天开会发多少钱啊？"

黄文学扶了扶眼镜，狡黠一笑道："是不是不发钱你们就不来啦？"

周围的贫困户听见后一起哈哈大笑："那是以前，一小时五十块钱，现在一小时给一千块我们也不稀罕了！"

"是啊，现在大家白天来村委会是为了了解上级最新的政策和精神，是为了和其他村民沟通交流致富经验；晚上来村委会是为了跳广场舞、带孩子玩儿。谁还会为了钱来开会啊！"

大家七嘴八舌地说个不停。

黄文学笑道:"我也没说错啊,今天本来就是发钱的会议嘛!而且,我告诉你们哦,今年我们村里的分红比去年更多了!"

"太好了!感谢公安厅,感谢共产党!"

过了一会儿,开会时间到了,人们陆续上楼来到大会议室。

黄文学带着工作队和村支书三哥一起坐在主席台上,他们先是传达学习习总书记和党中央最新指示和会议精神,然后又向大家介绍2020年全年村集体经济发展情况,最后宣布今年集体经济分红,每户贫困户三千二百元。

会场彻底沸腾,大家一起鼓掌,欢呼声响彻云霄!

2021年2月25日上午,全国脱贫攻坚总结表彰大会在北京人民大会堂隆重举行。习近平总书记庄严宣告:经过全党全国各族人民共同努力,在迎来中国共产党成立一百周年的重要时刻,我国脱贫攻坚战取得了全面胜利。区域性整体贫困得到解决,完成了消除绝对贫困的艰巨任务,创造了又一个彪炳史册的人间奇迹!这是中国人民的伟大光荣,是中国共产党的伟大光荣,是中华民族的伟大光荣!

同年3月20日,又是一个周末。

这天一早,黄文学匆匆吃过早饭,换上衬衣西裤,对着镜子左照右照,还时不时用手抚两下锃亮的头顶。

已经是高三学生的黄子琪精神抖擞地从房间里走出来,看着在镜子前臭美的黄文学笑道:"老黄,都五年了,你怎么还这么嘚瑟?小心我妈看见揪你耳朵。"

黄文学调整了一下上衣,美滋滋地道:"你知道吗,你刚上初一那年我就跟献血的小护士约好了，等你十八岁了就带你来献血，他们会给你颁发一块纪念奖牌呢！"

"切，献血的奖牌有啥的。"黄子琪撇撇嘴，"什么奖牌也没有我爸的奖牌厉害，那可是党中央国务院发的，可以当传家宝的奖牌啊！"

黄文学看着女儿骄傲的神情，突然觉得鼻子有些发酸。

五年前，他做梦也想不到，自己有生之年竟然能坐在人民大会堂，亲耳聆听习总书记的讲话，还获得了"全国脱贫攻坚先进个人"的荣誉称号！

"女儿，你觉得爸爸参加扶贫工作去对了吗？"黄文学看着已经长大成人的女儿，好像曾经的那个小姑娘突然间就成了大人，他错过了女儿的成长，但也收获了女儿的崇拜，似乎没什么可遗憾的。

"爸，对不对的你肯定最清楚。"黄子琪乖巧地笑道，"不过，我知道，我老爸在脱贫攻坚中成了我的大英雄！"

# 后　记

2020年11月的一天，我接到一项任务：去云浮罗定市合江村采访广东省公安厅扶贫工作队，撰写一篇全面反映省公安厅对口帮扶合江村的报告文学。

刚领到任务时，我心里有些没底，原因很简单：我对扶贫工作一无所知，更对写报告文学一窍不通。但是厅政治部宣传处处长骆伟顺拿出当年鼓励黄文学的办法，对我说："不用担心，权当一次试验，做好了咱们就好好宣传一下。"

骆处长没说写不好会怎样，因为在他眼里事情就没有做不好的，区别只是愿不愿意做。

于是，11月23日，我跟着驻村工作队队长黄文学，队员彭燕权、李骑宏三人从广州出发前往罗定。这是我第一次来合江，从这一天开始，接下来的半年里我大半时间都住在合江村。从对这个偏远山村的一无所知，到逐渐熟悉这里的一草一木；从对扶贫工作两眼一抹黑，到提起脱贫攻坚滔滔不绝。

这本书的写作过程并不困难，只花了二十天时间书稿便基本成型。困难的是在动笔前半年我一点点走进扶贫干部内心的过程。黄文学，一个土家族汉子，2016年3月来到合江村，一干就是五年。每次我问他扶贫这些年有什么故事和感受，他总是略显腼腆地笑笑，摇头说没什么感受，更没什么特别的经历。哪怕到了现在,这本书即将付梓,他仍经常说:"扶贫哪有什么特别?干着干着时间就过去了。"

是啊,干着干着,五年就过去了。

五年前,省公安厅扶贫工作队队长是牟维照,队员是黄文学和广东警官学院干部罗荣华。当年年底,牟维照在走访途中跌落山沟造成髋骨粉碎性骨折。2019年,工作队第二轮驻村开始,黄文学留了下来并担任队长,队员则换成警官学院干部彭燕权和厅机关新警李骑宏。虽然人员变化了,但新老队员们对合江村的关心却从未改变:伤愈后的牟维照每次说起合江,都会心跳加速,情绪汹涌;罗荣华的手机里至今保留着上百条贫困户发来的信息,有表达感激的,有分享当下幸福生活的,还有遇到困难请他出主意的……至于黄文学,当我拉开他办公桌抽屉时,眼前满满两抽屉的药瓶已经说明了一切!

扶贫干部们的压力与心酸外人很难想象,没有干过扶贫的人根本无法理解。曾经有贫困户听说领导第二天来慰问,头天晚上连夜把自己家砸得稀巴烂;还有人因为公安厅扶贫投入大反而胃口大开,想方设法讨要财物。更不用说少数好吃懒做怎么帮也没长进的懒汉。正是因此,扶贫干部们才会在面对采访时不知从何说起,甚至有些回忆提都不想再提。这也是我来之前完全想象不到的。

2016年初的合江村是个偏远落后的穷山村,下高速后还要在坑坑洼洼的省道跑上五十多公里。当时的道路正在维修,每隔一段就会封闭一半车道,所有车辆必须交替通行,尘土漫天、路况极差。从广州过来一趟至少得花五个小时,下车后,每个人都被颠得晕头转向，半天缓不过来。

工作队刚进村，就在时任厅机关党办主任的骆伟顺带领下，马不停蹄地开始入村走访。他们要争分夺秒地把村里贫困户情况摸清楚，第一时间向厅党委汇报。当时的队长牟维照是军人出身，做事雷厉风行，很快便与村民们打成一片。有些贫困户从没见过省里来的干部，更别说是警察，心里十分紧张，明明有千言万语可就是一句话也说不出来；还有些村民对工作队抱有怀疑，不愿意敞开心扉。不过，这些问题在阅历丰富的工作队员面前都算不上什么，经过一段时间的真诚相处，他们逐渐赢得了村民们的信任，也获得了珍贵的第一手资料。

20世纪90年代，合江村也曾短暂风光过：因为山里有金矿，不少村民靠偷采金矿发了财。据说90年代初，一家人每天就有上百元的非法收入。不过，这样的行为注定不会长久，政府很快采取行动取缔了非法偷采。但是经历过一夜暴富的村民们心态却出现分化，有些人再也回不到原本辛勤耕耘的日子。村里的懒散闲汉多了起来，赌博盗窃越来越猖獗，甚至还有村民沾染毒品。好好的一个山村被污染侵蚀，村民们变得互不信任，经济也跟着一落千丈。

到2016年，合江村的年轻人几乎全部外出，只留下老弱病残在村里苦熬。下辖的二十四个自然村如同树枝般分布在大山里，道路泥泞不堪，有些村被河流阻隔还得靠划竹筏进出。多年的贫穷让这里成了被遗忘的地方：男人娶不到老婆，老人孤苦无依，孩子们面黄肌瘦，住的房子四面透风……

当时，看到这样的情形，队员们心里很不是滋味，没想到距离广州仅三百公里的地方生活条件竟贫困至此。这也让他们从心底感受到扶贫工作的迫切和重大意义，真正生出帮助贫困村民脱贫致富的愿望。

投入工作后，工作队首先启动的是危房改造工作，按照国家规定，每个贫困户的危房都要先建设、再验收、后补贴。而对合江村村民来说，他们根本拿不出建房的钱，就算勉强凑出一部分也不够盖出满意的新房。于是，工作队请示厅党委后，决定先为贫困户垫资建房，等到验收合格后贫困户再将补贴款返还公安厅。不仅如此，公安厅还为每户额外发放两万元至三万元建房补贴，保证他们的新居住得舒服、住得满意。

黄文学作为具体经办人，亲自为贫困户们跑手续、申请资金。没过多久，许多贫困户的新房便如雨后春笋般盖起来。然而，随着垫资的不断增加，黄文学发现一个让他头皮发麻的事：有些贫困户盖起新房却还不上垫资款。这下可把他急坏了，因为这些借款全是由他经办，最多的时候接近四百万元。一旦不能按时归还，后果不堪设想。

黄文学急得不行，赶紧挨家挨户地了解情况：有些是拿到国家补贴后想要更进一步，顺便把房子装修了；有些则是建房超过国家标准，验收没有通过，领取不到国家补贴；还有人干脆动了贪念，想要无限期地拖下去。

工作队苦口婆心地做工作，一方面发动厅机关领导干部帮贫困户解决生活难题，帮助装修；另一方面向那些心怀贪念的人板起面孔，通过延迟发放建房补贴的办法逼他们还款。黄文学也从这件事上体会到了基层工作的复杂和脱贫攻坚的不易。

经过危房改造，工作队深切感受到扶贫先扶智，不解决思想上的问题，就算送一座金山也改变不了山村的贫困落后。于是，他们首先想到了教育，只有从下一代抓起，让孩子们从小接受现代知识的教育和熏陶，才能彻底改变合江村的未来。

在走访中，他们发现不止一家贫困户是因为生育的子女太多、无力抚养而导致贫穷。最让人印象深刻的是一个贫困户：男主人好吃懒做、沉迷赌博，妻子离家出走再无音讯，只剩下三个年幼的孩子。彭燕权说有一次他们上门慰问，发现三个孩子饿得有气无力，看见工作队带去的方便面，竟然每人吃了三大碗，直到撑得直不起腰才算罢休。而他们的父亲却整日游手好闲，把家里值钱的东西输得精光，任由孩子们住在山里的破房子自生自灭。

这样的场面让工作队员心酸掉泪，下定决心一定要给孩子们一个美好的童年，保证他们衣食无忧、健康成长。正是在这样的信念驱使下，重建合江小学改造提上日程。到 2018 年 9 月 1 日，年久失修的合江小学终于完成改造，不仅新建了足球场、篮球场、餐厅厨房，还新建了教师宿舍，并从全镇选拔优秀教师到这里任教。除此之外，公安厅拨款五十万元成立教育基金，为贫困学生发放助学补贴，提供营养餐食，保证不让一个孩子因贫失学。

如今的合江小学每天都回荡着琅琅书声，操场上随处可见欢快奔跑的身影，学生人数从 100 多名增长到 300 多名，连隔壁村（广西壮族自治区）的家长都把孩子送来读书。孩子们有了健康的体魄，精神面貌也跟着焕然一新，见到外人再也不会怕生害羞，学习成绩也快速提高，从全镇垫底跨越到了全镇前列。

在教育上的大力投入，换来的不仅是孩子们的幸福童年，整个合江村的精神面貌跟着发生了巨大变化。不少家长开始关心孩子的成长，觉得生活有了奔头，村子里的闲人越来越少，村民们终于从安于现状的麻木状态中逐渐走出，开始有了追求和期盼。

工作队深知，仅有想法还远不足以改变现状，想要脱贫致富首先必须甩掉现实中的各种负担，没有后顾之忧。在合江村的贫困户中，相当一部分是由于疾病导致，这其中又分为重病和残障。早些年，因为生活贫穷，许多村民生了病根本不去医院，哪怕挂号费只有两元钱，他们也舍不得花。于是，不少人从小病拖延成大病，甚至彻底丧失劳动能力。最典型的，是一个贫困户因为上山割桂皮伤到脚，回家后不舍得去医院，一直靠塑料袋裹草药包扎，咬着牙、忍着痛继续干活儿。这一拖就是十多年，直到脚上的伤口感染、彻底腐烂，才被工作队发现送医，避免了截肢的厄运。

类似这样的例子在合江村还有很多，工作队甚至见过连续十几天不吃不喝，躺在家里等死的精神病人。要不是他们和镇卫生院一起全力救治，病人肯定早已离开人世。除了生病，还有一部分家庭是因身体残障导致贫困。其中许多人因为娶不到老婆，无奈之下只能找智力有障碍的女性结婚，然后生下的孩子也不健康，再加上当地医疗条件落后，得不到及时治疗，一家人便陷入困顿。

工作队看到这种情况深感棘手，因为这不是一个合江村的问题，而是当地医疗卫生事业发展滞后的必然结果。但是如果不加以解决，合江村的贫困户就永远摆脱不了巨大的医疗负担。经过反复研究，并报厅党委同意，决定将健康扶贫向加益镇延伸：不仅投资修建村卫生站，出资五十万元设立医疗救助基金，还投资上百万元帮助加益镇改建卫生院，购买救护车，装修住院部，从根本上提升当地的医疗水平。

在硬件升级的基础上，工作队还联合商业保险公司，针对贫困户实际量身打造意外伤害和重大疾病保险，保证村民小病不出村、中病不出镇、大病不发愁。2019年，贫困户王永中不慎摔断腿，治疗花了六万多元，经过新农合和村里的医疗基金报销，再加上保险理赔，最后不仅没花一分钱，反而还得到了一笔赔偿金。这对合江村村民来说，是过去想都不敢想的事情。就像村里五保户王企生说的那样："我六十多年来第一次有了幸福的感觉。"

在解决了村民后顾之忧的同时，工作队始终没有忘记扶贫工作的重头戏：发展村集体经济，带领群众脱贫致富。如果说前面的各项工作主要靠扶贫投入，是"输血"，那么发展经济，增加村民收入，则是从根本上消除贫困的"造血"。

为了解决好这个问题，扶贫工作队在五年时间里一刻不停地进行着探索。开始的时候，他们想在村里发展养殖业，先是打起加益河的主意，准备蓄水养鱼。但经过专家测算，河水水量不足，使用电力抽水的话成本太高，无利可图。于是，他们又组织村民养鸡，在发放了几批鸡苗后，却发现村民们各自为战，养出的鸡肥瘦不一，有些人干脆直接当作口粮，根本不想投入精力和时间，效果不尽如人意。除了养鸡，工作队还组织村民喂过猪、养过鸵鸟，结果不是技术不过关就是一场猪瘟让全村生猪全部被扑杀。这些无一例外都没有达到预期效果。

后来，工作队又将目光转回传统种植，他们顶着压力带领村民试种辣椒，第一年气候适宜，取得丰收，每亩收益接近万元。第二年扩大规模后却遭遇寒潮，上百亩辣椒苗被冻死，辛辛苦苦忙活了半年，却刚刚收支平衡。没有赚到钱的村民们对工作队怨声载道，有人还跑到村委会嚷着要赔偿。

几年时间，工作队承受着不断的失败和挫折，心里的委屈只能往肚子里咽。今天的合江村已经形成桂皮加工、文具生产和太阳能光伏立体农业三大产业支撑的繁荣景象：村集体收入从过去每年不足两千元，增加到现在每年超过八十万元；贫困户年人均可支配收入从过去的不到四千元，增长到现在的一万七千元。可谁又知道，这些成绩取得的背后是一次次咬紧牙关的坚持和数不清的挫折打击。

在脱贫攻坚的道路上，永远充满了风险和挑战，不仅村民们不理解，有时连家人都颇有怨言。黄文学从2016年开始扶贫，连续五年时间扎在村里，孩子从初一读到了高三，眼看就要高考，可这个爸爸却从没陪伴过她上学放学。有一次周末留在村里加班到深夜，彭燕权突然问了他一句："你多少年没回老家看望父母了？"黄文学瞬间被戳到痛处，蹲在地上抱头痛哭，因为他自己也不记得多少年没回家看过父母了。

不仅是他，工作队里的每一个人都为了合江村的蜕变殚精竭虑、倾情付出，有时甚至是血的代价。2016年12月15日，第一批工作队队长牟维照在骑摩托车进村走访时发生意外，从十米多高的山坡上跌落，掉进深沟当场昏迷，造成髋骨粉碎性骨折，落下终身伤残。罗荣华有一次深夜冒雨开车送贫困户回家，车辆在山坡上打滑差点儿翻进旁边的深沟。彭燕权为了支持贫困户早日脱贫致富，自掏腰包数万元为他们购买种苗。年轻的工作队员李骑宏参加工作四年，其中近三年是在合江村度过的。为了扶贫，他和女朋友的婚期一再拖延，新买的房子装修了快一年还无法完工。

类似的事情太多太多，每个扶贫干部在这里牺牲的不仅是健康以及陪伴家人的时间，付出的更多的是自己的真情和心血。然而，这些精神上、物质上的奉献他们早已习惯，正如黄文学所说："谁让我们干了这份工作，接受了这份使命。只要能把工作干好，付出再多艰辛也值得。"

艰难方显勇毅，磨砺始得玉成。正是工作队队员们五年间的无私奉献和默默付出，才终于换来了合江村翻天覆地的蜕变。如今的合江，家家户户都在铆足了劲儿为幸福生活努力奋斗。过去，工作队队员们绞尽脑汁为村民寻找致富路，嗓子喊哑了还吆喝不到几个人；现在的合江村，许多村民自发钻研技术、创新创业，到处是一片欣欣向荣、热火朝天的景象。

曾经参加过唐山大地震救援的老支书冯文球感慨地说："过去，合江村每个人都想往外跑，娶来的媳妇不是傻子就是残疾。哪里想得到能变成今天的样子？这还是自己生活了一辈子的合江村吗！"

不错，山川依旧，却已换了人间。合江村地处北纬二十度，正是地球上最适宜生活的地理区间。在这里，每天清晨都能看到薄薄的雾霭如梦似幻，但阳光却总会冲破晨雾，洒遍山河。晨曦载曜，万物咸睹。美丽的合江早已褪去旧日铅华，沐浴在温暖的晨曦当中。而亲手织就这幅美景的，正是像牟维照、黄文学那样千千万万个为民奋斗、砥砺前行的党员先锋。

最后要说明的是，本书内容均来自真实事件，为便于阅读个别细节稍有演绎。主要人物骆伟顺、牟维照和黄文学三人使用真名，其他人物和部分地点为化名。在本书写作中，除了省公安厅政治部宣传处给予的大力支持外，我还得到了罗定市加益镇政府以及合江村村委会的鼎力相助，在此向他们表示诚挚的感谢，并向所有积极投身脱贫攻坚事业的人们致敬！

韩唐
2021年6月2日夜　于广州